# 디지털 포트리스
## Digital Fortress

DIGITAL FORTRESS
Copyright ⓒ 1998 by Dan Brown
All rights reserved.

Korean Translation Copyright ⓒ 2010 by Moonhak Soochup Publishing Co., Ltd.
Korean edition is published by arrangement with St. Martin's Press, LLC
through Imprima Korea Agency


이 책의 한국어판 저작권은 Imprima Korea Agency를 통해
St. Martin's Press, LLC와의 독점계약으로 문학수첩에 있습니다.
저작권법에 의해 한국 내에서 보호를 받는 저작물이므로
무단전재와 무단복제를 금합니다.

# 디지털 포트리스
Digital Fortress

댄 브라운 지음 | 안종설 옮김

문학수첩

**일러두기**

1. 한글 맞춤법은 국립국어원 《표준국어대사전》에 따랐다. 외래어 표기법도 국립국어원 〈외래어 표기법〉에 따라 표기하였다.
2. 마일, 야드, 피트, 에이커, 제곱피트 등의 단위는 센티미터, 미터, 킬로미터, 제곱미터 등의 단위로 환산하였다.

## 58

 투톤이 베커에게 바락바락 소리를 질러 댔다. "메건은 내 친구 에두아르도 거야! 근처에 얼씬 거릴 생각도 하지 마!"
 "지금 어디 있지?" 베커는 걷잡을 수 없이 심장이 두근거렸다.
 "좆 까!"
 "아주 급한 일이야!" 베커가 말하며 꼬마의 소매를 붙잡았다. "그 아이가 내 반지를 가지고 있다고. 물론 대가는 충분히 지불할 생각이야!"
 투톤은 동작을 멈추더니 갑자기 웃음을 터뜨렸다. "별것도 아닌 금반지가 당신 거라고?"
 베커의 눈이 휘둥그레졌다. "너도 봤어?"
 투톤은 유세라도 하듯 고개를 끄덕였다.
 "어디 있어?" 베커가 물었다.
 "내가 어떻게 알아!" 투톤이 웃음을 지으며 대꾸했다. "메건이 어디다 팔아먹으려고 하던데."
 "그걸 팔아먹었다고?"

"걱정 마, 걔도 그렇게까지 재수가 좋지는 않았으니까. 그나저나 당신 취미도 참 알아줄 만하군."

"아직 팔리지 않은 게 분명해?"

"지금 농담해? 누가 그딴 걸 400달러나 주고 사겠어? 내가 50달러 주겠다고 했더니 그걸로는 안 된다고 하더군. 걔는 지금 비행기표를 사려고 대기 중이야."

베커는 얼굴에서 핏기가 확 가시는 기분이었다. "어디를 가려고?"

"코네티컷. 에디가 맞이 갈 만도 하지." 투톤이 대답했다.

"코네티컷?"

"젠장, 그렇다니까. 교외에 있는 엄마 아빠 집으로 돌아가는 거야. 여기 홈스테이 집이 너무 마음에 안 든다고. 그 집 아들놈들이 자꾸 귀찮게 하나 봐. 더운 물도 안 나오고."

베커는 목구멍에서 뜨거운 불덩어리가 올라오는 느낌이었다. "언제 떠나지?"

투톤은 고개를 들었다. "언제?" 그는 웃음을 터뜨리며 덧붙였다. "지금쯤 도착할 때 다 되어 갈걸. 몇 시간 전에 공항으로 떠났으니까. 반지를 팔기에는 공항이 최고지. 돈 많은 관광객 놈들이 득실거리니까. 반지가 팔리는 대로 바로 떠난다고 했어."

베커는 속이 울렁거렸다. '어쩌면 일이 이렇게도 꼬일 수가 있을까?' 베커는 한참 생각한 다음, 다시 물었다. "그 여자애 성이 뭐야?"

투톤은 잠시 생각을 하더니 어깨를 으쓱거렸다.

"무슨 비행기를 탄다고 했지?"

"로치 코치가 어떻고 하던데."

"로치 코치?"

"그래, 주말 심야에 출발하는 밤 비행기. 세비야에서 마드리드를 거쳐서 라 과르디아로 가는데, 주로 대학생들이 많이 탄대. 싸니까. 뒷자리에 앉아서 로치(대마초)를 피우나 보지.”

'첩첩산중이로군.' 베커는 신음을 토하며 머리칼을 쓸어 올렸다. “몇 시에 출발한대?”

“새벽 2시 정각. 토요일 밤마다 떠나. 지금쯤 대서양 어디쯤 날아가고 있겠네.”

베커는 손목시계를 확인했다. 새벽 1시 45분이었다. 그는 어리둥절한 표정으로 투톤을 바라보았다. “새벽 2시에 출발이라며?”

투톤은 웃으며 고개를 끄덕였다. “이 아저씨 왜 이렇게 말귀를 못 알아들어?”

베커는 화난 표정으로 자기 시계를 가리켰다. “아직 2시 15분 전이잖아!”

투톤은 시계를 슬쩍 쳐다보더니, 어리둥절한 표정을 지었다. “저런, 내가 맛이 갔군.” 그는 웃음을 터뜨렸다. “보통 새벽 4시까지는 이렇게 맛이 가지는 않는데.”

“공항까지 가는 제일 빠른 길이 어디지?” 베커가 물었다.

“입구에 택시가 있을 거야.”

베커는 주머니에서 1천 페세타짜리 지폐를 한 장 꺼내 투톤의 손에 쥐어 주었다.

“어이, 고마워!” 투톤은 베커의 등 뒤에 대고 소리쳤다. “메건 만나면 안부 좀 전해 줘!” 하지만 베커는 이미 사라진 다음이었다.

투톤은 한숨을 내쉬며 비틀거리는 걸음으로 댄스장으로 걸어갔다. 그는 너무 취해서 은 테 안경을 낀 남자가 자기를 따라오는 것을 미처 알아차리지 못했다.

바깥으로 나온 베커는 주차장을 둘러보았지만 택시는 한 대도 보이지 않았다. 그는 땅딸막한 클럽 경비원에게 달려갔다. “택시!”

경비원은 고개를 가로저었다. “Demasiado temprano(아직 너무 이른 시간이라서).”

'너무 이르다고?' 베커는 욕이 나올 것만 같았다. '새벽 2시가 너무 이르다는 거야?'

"Pídame uno(택시 한 대 불러 줘요)!"

경비원은 무전기를 꺼내 몇 마디를 주고받더니 베커에게 말했다. "Veinte minutos(20분)."

"20분?" 베커가 되물었다. "Y el auto bus(버스는요)?"

경비원은 어깨를 으쓱거렸다. "45분."

베커는 기가 막혀서 두 손을 들어 보였다. '완벽하군!'

어디선가 조그만 엔진 소리가 들렸다. 얼핏 듣기에는 전기 톱 돌아가는 소리 같았다. 덩치 큰 남자아이가 낡은 베스파 250 오토바이에 체인으로 몸을 휘감은 여자친구를 태우고 주차장으로 들어섰다. 여자아이는 바람 때문에 치맛자락이 허벅지까지 올라간 상태였지만 아무렇지도 않은 모양이었다. 베커는 그들에게 달려갔다. '내가 지금 뭘 하고 있는 거지?' 그는 속으로 중얼거렸다. '난 오토바이를 싫어하잖아.' 그는 남자아이에게 소리쳤다. "공항까지 데려다 주면 1만 페세타 주지!"

아이는 그를 무시한 채 시동을 껐다.

"2만 페세타! 난 지금 당장 공항으로 가야 해!" 베커가 소리쳤다.

그제야 아이는 고개를 들었다.

"Scusi(뭐라고요)?" 그는 이태리 사람이었다.

"Aerop órto! Per favore. Sulla Vespa! Venti millepesete(공항까지 태워다 주면 2만 페세타 주겠다고)!"

아이는 낡고 조그만 오토바이를 돌아보며 웃음을 터뜨렸다. "Venti mille pesete? La Vespa(이 오토바이를 2만 페세타에)?"

"5만 페세타!" 베커가 말했다. 거의 400달러에 해당하는 액수였다.

아이는 미심쩍은 듯이 웃음을 지었다. 'Dov'é la plata(돈은요)?'

베커는 주머니에서 1만 페세타짜리 지폐 다섯 장을 꺼내 아이에게 내밀었다. 아이는 그 돈과 자기 여자친구를 번갈아 쳐다보았다. 여자아이가 냉큼 돈을 낚아채서 자기 블라우스 속에 집어넣었다.

"Grazie(고마워요)!" 이태리 아이의 얼굴이 환하게 밝아지더니, 열쇠를 베커에게 던져 주었다. 그러고는 여자친구의 손을 잡고 웃음을 터뜨리며 건물 쪽으로 뛰어가 버리는 것이었다.

"Aspetta(기다려)! 공항까지 태워 달라니까!" 베커가 소리쳤다.

## 59

 수전은 스트래드모어가 내민 손을 붙잡고 사다리를 기어올라 크립토 플로어로 올라왔다. 발전기 위에 떨어진 채 처참하게 숨을 거둔 필 차트루키언의 모습이 그녀의 마음속 깊숙이 각인되었다. 헤일이 크립토의 내장 속에 숨어 있다는 사실 때문에 자꾸만 현기증이 일었다. 어떻게 된 일인지 굳이 궁금해할 필요도 없었다. 헤일이 차트루키언을 밀어 떨어뜨린 것이다.
 수전은 트랜슬레이터의 그림자를 지나 크립토의 출입문을 향해 다가갔다. 그녀가 몇 시간 전에 열고 들어온 바로 그 문이었다. 수전이 미친 듯이 키패드를 두드렸지만, 거대한 출입문은 꿈쩍도 하지 않았다. 꼼짝없이 갇혀 버린 것이다. 이제 크립토는 거대한 감옥이나 다름없었다. NSA 본관과는 100미터가량이 떨어진 이 돔 안으로 들어올 수 있는 통로는 그 출입문밖에 없었다. 크립토가 동력을 자체적으로 조달하고 있으니, 교환대 쪽에서는 이곳에 문제가 생겼다는 사실을 알 리가 없었다.

"주 동력이 나갔어." 스트래드모어가 그녀 뒤로 다가오며 말했다. "보조 전력이 작동중이야."

크립토의 보조 전력은 전등과 출입문 등 다른 모든 시스템보다 트랜슬레이터와 냉각 시스템이 우선적으로 공급되도록 설계되어 있었다. 불시에 전원 공급이 차단되어 중요한 작업을 하고 있던 트랜슬레이터의 작동이 중단되는 사태를 막기 위해서였다. 이는 트랜슬레이터는 프레온가스를 이용한 냉각 시스템 없이는 작동되지 않는다는 의미이기도 했다. 밀폐된 공간 속에서 300만 개의 프로세서가 돌아가기 때문에 엄청난 열이 발생하는 것은 당연했고, 이런 상태에서 냉각 시스템이 제대로 작동하지 않으면 실리콘 칩이 과열되어 녹아 버릴 것이다. 그런 사태를 상상하고 싶은 사람은 아무도 없었다.

수전은 이성을 유지하기 위해 안간힘을 썼다. 머릿속에는 자꾸만 발전기 위에 쓰러져 있던 차트루키언의 모습이 어른거렸다. 수전은 다시 한 번 키패드를 두드려 보았지만, 여전히 아무 반응이 없었다. "트랜슬레이터의 작동을 중단시켜요!" 수전이 말했다. 디지털 포트리스의 패스 키를 찾고 있는 트랜슬레이터의 작업을 중단시키면 보조 전력을 이용해 출입문을 작동시키는 데는 아무런 무리가 없을 터였다.

"진정해, 수전." 스트래드모어는 그녀의 어깨에 한 손을 얹으며 말했다.

스트래드모어의 믿음직한 손길이 수전을 현실 세계로 되돌려 놓았다. 그녀는 문득 자신이 왜 그를 찾아가려 했는지를 떠올렸다. 수전은 빙글 몸을 돌리며 소리쳤다. "부국장님! 그렉 헤일이 바로 노스 다코타예요!"

캄캄한 어둠 속에 끝없이 이어질 것만 같은 침묵이 떠돌았다. 이윽고 스트래드모어가 입을 열었다. 충격을 받았다기보다는 무척 혼란스러운 목소리였다. "그게 무슨 소리지?"

"헤일……. 그가 바로 노스 다코타라고요." 수전이 속삭였다.

스트래드모어는 그 말을 곰곰이 생각하는 듯, 또 한참 동안이나 침묵을 지켰다. 여전히 혼란스러운 기색이 역력했다. "추적기가 밝혀낸 사실인가?"

"추적기는 아직 돌아오지 않았어요. 헤일이 작동을 중단시켜 버려서요!"

수전은 헤일이 어떻게 자신의 추적기를 작동 중단시켰는지, 자신이 어떻게 탄카도가 헤일의 계정으로 보낸 전자우편을 발견했는지를 설명했다. 또 한 번 긴 침묵이 이어졌다. 스트래드모어는 믿기지 않는다는 듯이 고개를 가로저었다.

"그렉 헤일이 탄카도의 보험 역할을 하다니, 그건 있을 수 없는 일이야! 말이 안 된다고! 탄카도가 헤일을 믿었을 리가 없어."

"부국장님." 수전이 말했다. "헤일은 전에도 스킵잭 사건으로 우리를 물 먹인 적이 있어요. 그 때문에 탄카도가 그를 믿은 거예요."

스트래드모어는 말문이 막혀 버렸다.

"트랜슬레이터의 작동을 중단시키세요." 수전이 애원하듯 말했다. "노스 다코타를 찾았잖아요. 보안 요원들에게 연락하고, 우리는 여기서 빠져나가야 해요."

스트래드모어는 손을 들어 잠깐 생각할 여유를 달라는 시늉을 했다.

수전은 초조한 눈길로 뚜껑 문 쪽을 바라보았다. 트랜슬레이터에 가려서 보이지는 않았지만, 마치 얼음 위에 불이 붙은 것처럼 검은 타일 위로 불그스름한 불빛이 새어 나오고 있었다. '어서 보안 요원들을 불러요, 부국장님! 트랜슬레이터를 중단시키라고요! 여기서 빠져나가야 해요!'

갑자기 스트래드모어가 용수철이 튕기듯 행동을 개시했다. "따라와." 그가 말했다. 그는 성큼성큼 뚜껑 문을 향해 다가갔다.

"부국장님! 헤일은 아주 위험한 자예요! 그는……."

하지만 스트래드모어는 어둠 속으로 사라져 버렸다. 수전은 서둘러 그 뒤를 쫓았다. 스트래드모어는 트랜슬레이터를 빙 돌아 아직 열려 있는 뚜껑 문 앞에 도착했다. 그는 증기가 피어오르는 구덩이 속을 들여다보았다. 그러고는 말없이 크립토 바닥을 둘러보는 것이었다. 그는 몸을 굽혀 묵직한 뚜껑 문을 들어올렸다. 문짝이 호를 그리며 들리자, 스트래드모어는 손을 놓아 버렸다. 쿵 소리와 함께 뚜껑 문이 닫혔다. 크립토는 다시 정적에 휩싸인 캄캄한 동굴이 되어 버렸다. 노스 다코타는 이제 그 밑에 갇혀 버린 형국이었다.

스트래드모어는 무릎을 굽히고 커다란 나사를 돌리기 시작했다. 이로서 크립토의 지하실은 다시 봉인된 것이다.

스트래드모어도, 수전도 노드 3 쪽에서 나는 희미한 발소리를 듣지 못했다.

## 60

투톤은 거울이 달린 복도를 통해 야외 파티오에서 댄스장으로 돌아갔다. 그가 코에 달린 옷핀을 살펴보기 위해 거울에 비친 자신의 모습을 들여다보는 순간, 뒤에서 희미한 그림자가 나타났다. 투톤은 뒤를 돌아보려 했지만 미처 그럴 틈이 없었다. 바위처럼 단단한 두 팔이 뒤에서 그의 몸을 밀어붙이며 얼굴을 거울에 짓이기는 것이었다.

투톤은 몸을 돌리려고 안간힘을 다했다. "에두아르도? 이봐, 너 에두아르도 맞지?" 상대방의 손이 그의 주머니에서 지갑을 빼낸 다음, 더욱 힘껏 그의 등을 밀어붙였다. "에디!" 투톤이 앓는 소리를 했다. "장난 그만해! 어떤 놈이 메건을 찾고 있어."

그래도 등 뒤의 상대방은 꿈쩍도 하지 않았다.

"이봐, 에디, 이 손 좀 치워 봐!" 하지만 간신히 고개를 든 투톤은 거울에 비친 상대방의 모습이 자신의 친구가 아니라는 사실을 알아차렸다.

마마에 흉터 자국이 뒤섞인 험상궂은 얼굴이었다. 은 테 안경 뒤에서 아무런 감정이 실리지 않은 두 개의 새카만 눈동자가 그를 노려보고 있었다. 남자는 투톤의 등을 더욱 힘껏 밀어붙이며 그의 귀에 대고 속삭였다. 소름이 돋을 만큼 이상한 목소리였다. "Adonde fue(그자가 어디로 갔지)?"

투톤은 겁에 질려 꼼짝도 할 수가 없었다.

"Adonde fue(그자가 어디 갔지)?" 목소리가 같은 질문을 되풀이했다. "El Americano(미국인 말이야)."

"고, 공항……." 투톤이 간신히 더듬거렸다.

"공항?" 남자는 그렇게 중얼거리며 거울에 비친 투톤의 입술을 살폈다.

투톤은 고개를 끄덕였다.

"Tenia el anillo(그가 반지를 가졌나)?"

겁에 질린 투톤은 고개를 가로저었다. "아니요."

"Viste el anillo(너는 그 반지를 봤어)?"

투톤은 잠시 숨을 멈추었다. 어느 쪽이 정답일까?

"Viste el anillo(반지를 봤냐고)?" 소름 끼치는 목소리가 다시 물었다.

투톤은 정직한 대답이 이 위기를 벗어나게 해 줄 거라는 희망에 고개를 끄덕였다. 그의 계산은 빗나갔다. 불과 몇 초 후, 그는 목이 부러진 채 바닥으로 무너져 내렸다.

# 61

자바는 분해된 대형 컴퓨터 속에 몸을 반쯤 집어넣다시피 한 채 바닥에 드러누워 있었다. 그의 입에는 조그만 손전등이 물려 있었고, 손에는 납땜 인두를 들고 있었으며, 배 위에는 커다란 회로도가 놓여 있었다. 고장난 마더보드에 막 새 감쇠기(전기 신호의 질을 바꾸지 않고 신호 세기를 줄이는 장치—옮긴이)를 부착한 참이었는데, 하필 그때 그의 휴대전화가 울리기 시작했다.

"빌어먹을." 자바는 투덜거리며 케이블 더미를 더듬어 전화기를 집어 들었다. "자바요."

"자바, 미지예요."

대번에 자바의 표정이 환해졌다. "하룻밤 사이에 두 번이나 전화를? 이거 황송해서 몸둘 바를 모르겠군요."

"크립토에 문제가 생겼어요." 잔뜩 긴장한 목소리였다.

자바는 얼굴을 찌푸렸다. "그 이야기는 아까도 했잖아요. 기억 안 나요?"

"이번엔 전력 문제예요."

"난 전기 담당이 아니잖아요. 엔지니어링 쪽에 연락해 봐요."

"돔이 캄캄해요."

"이제 헛것이 보이는 모양이군요. 그만 퇴근하라니까요." 자바는 회로도를 들여다보며 대답했다.

"칠흑처럼 캄캄하단 말이에요!" 미지가 버럭 고함을 질렀다.

자바는 한숨을 내쉬며 손전등을 내려놓았다. "미지, 잘 들어요. 첫째, 거기에는 보조 전력이 있어요. 무슨 일이 있어도 칠흑처럼 캄캄해질 수가 없다는 거지요. 둘째, 크립토라면 지금의 나보다는 스트래드모어가 훨씬 더 잘 보이는 곳에 있을 거예요. 그 양반한테 연락을 해 보지 그래요?"

"바로 이 일이 그 양반하고 관계가 있기 때문에 그럴 수가 없어요. 그는 뭔가를 숨기고 있다고요."

자바는 눈알을 부라렸다. "미지, 난 지금 여기서 시리얼 케이블에 꽁꽁 묶여 있어요. 당신이 데이트를 청하는 거라면 기꺼이 이 케이블들을 잘라 버리고 뛰어가겠지만, 그게 아니라면 엔지니어링 부서에 연락해 봐요."

"자바, 사태가 아주 심각해요. 난 그걸 느낄 수 있단 말이에요."

'느낄 수가 있다고?' 자바는 속으로 또 시작이로군, 하고 생각했다. 그것은 곧 미지의 상태가 별로 좋지 않다는 의미였다. "스트래드모어가 걱정하지 않는 일이라면 나도 마찬가지예요."

"크립토가 칠흑처럼 캄캄하단 말이에요, 빌어먹을!"

"스트래드모어가 별 구경이라도 하는 모양이지요."

"자바! 지금 농담하자는 거예요?"

"알았어요, 알았어." 자바는 한쪽 팔꿈치로 체중을 받치며 몸을 일으켰다. "발전기에 무슨 문제가 생긴 모양이군요. 여기 일이 끝나는 대로 크립토에 들러서…….”

"보조 발전기는 어떻게 된 거죠?" 미지가 소리쳤다. "발전기가 고장 났는데 왜 보조 동력이 작동하지 않느냐는 말이에요!"

"그야 나도 몰라요. 아마 스트래드모어가 트랜슬레이터를 돌리느라 보조 동력에 여유가 없나 보지요."

"그럼 트랜슬레이터를 중단시키면 되잖아요? 바이러스가 침투했을 수도 있다면서요?"

"젠장, 미지!" 자바도 더 이상 참지 못하고 버럭 소리를 질렀다. "말씀드렸잖아요. 크립토에 바이러스 따위는 있을 수 없다고! 제발 좀 그 편집증 좀 갖다 버려요!"

미지는 오랫동안 아무 말도 하지 않았다.

"이런 빌어먹을, 미지." 자바는 대번에 꽁무니를 내렸다. 이제 그의 목소리에도 장난기는 찾아볼 수 없었다. " 내 설명 잘 들어요. 첫째, 크립토에는 건트릿이라는 게 있어요. 어떤 바이러스도 그걸 뚫고 들어갈 수는 없지요. 둘째, 전원에 이상이 생겼다면 그건 하드웨어와 관련된 문제예요. 바이러스는 전원을 차단하는 게 아니라 소프트웨어와 데이터를 공격하는 놈들이니까. 따라서 크립토에서 무슨 일이 벌어지고 있는지는 모르지만 바이러스는 아니다, 이 말입니다."

또다시 침묵이 이어졌다.

"미지? 듣고 있어요?"

미지는 얼음처럼 차가운 목소리로 대답했다. "자바, 나에게는 할 일이 있어요. 그 일을 한다고 누가 나한테 고함을 지른다면, 나더러 내 일을 하지 말라는 거잖아요. 내가 당신에게 전화를 한 건 수십억 달러가 투입된 장비가 캄캄한 어둠에 휩싸여 있는 이유를 알고 싶어서였고, 전문가의 답변을 기대했기 때문이에요."

"알았어요, 미지."

"간단하게 예, 아니요로만 대답해요. 크립토에 바이러스와 관련된 문제가 생겼을 가능성이 있나요?"

"미지, 분명히 아까 내가……."

"예, 아니요로 대답하라고 했죠. 트랜슬레이터가 바이러스에 감염될 수도 있나요?"

자바는 한숨을 내쉬었다. "아니에요, 미지. 그건 절대로 있을 수 없는 일이에요."

"고마워요."

자바는 억지로 웃음을 지으며 분위기를 바꿔 보려고 노력했다. "물론 스트래드모어가 직접 바이러스를 만들어서 내 필터를 우회시켰다면 얘기가 다르지만."

이어지는 침묵 속에서 당혹감이 느껴졌다. 다시 입을 연 미지의 목소리는 이상할 정도로 불안해 보였다. "스트래드모어가 건트릿을 우회시킬 수 있어요?"

자바는 한숨을 내쉬었다. "농담이에요, 미지."

하지만 엎질러진 물이었다.

## 62

스트래드모어와 수전은 닫힌 뚜껑 문 옆에 서서 이제부터 어떻게 할 것인지를 상의했다.

"저 밑에 필 차트루키언이 죽어 있어." 스트래드모어가 말했다. "만약 지금 우리가 도움을 청하면 크립토는 아주 난장판이 되어 버릴 거야."

"그럼 어떻게 하자는 말씀이에요?" 수전은 어서 이곳을 벗어나고 싶은 마음에 그렇게 다그쳤다.

스트래드모어는 잠시 생각을 해 보았다. "어떻게 해서 이런 일이 벌어졌는지는 나한테 묻지 마." 그는 잠긴 뚜껑 문을 내려다보며 말을 이었다. "하지만 내가 보기에 지금 우리는 본의 아니게 노스 다코타를 붙잡아서 가둬 두었다고 할 수 있겠지." 그는 믿기지 않는 듯 고개를 설레설레 가로저었다. "굳이 묻는다면, 더럽게 운이 좋았다고 해야 할 거야." 그는 아직도 헤일이 탄카도의 계획과 연루되었다는 사실로 인한 충격에서 벗어나지 못한 표정이었다. "내가 짐작하기에 헤일은 패스 키를 자기 컴퓨터 속에 숨겨 놓았을 거야. 어쩌면 집에도 복사본이 있을지도 모르지. 어느 쪽이든 그는 지금 갇혀 있어."

"그런데 왜 보안 요원들을 불러서 그를 체포하라고 하지 않는 거예요?"

"아직은 그럴 때가 아니야." 스트래드모어가 말했다. "시스템 보안실에서 트랜슬레이터가 꼬박 하루 가까이 돌아가고 있다는 사실을 알아차리면 문제는 전혀 새로운 국면으로 접어들 거야. 이번 일을 공론화하기 전에 디지털 포트리스의 모든 흔적을 깨끗이 없애는 게 좋겠어."

수전은 마지못해 고개를 끄덕였다. 나쁜 계획은 아니었다. 보안 요원들이 헤일을 끄집어내 차트루키언의 죽음을 추궁하기 시작하면, 그는 디지털 포트리스의 비밀을 폭로하겠다고 협박할지도 모른다. 하지만 그 전에 증거를 다 없애 버리면 스트래드모어는 마음 놓고 바보 행세를 할 수 있다. '트랜슬레이터가 계속 돌아갔다고? 깨지지 않는 알고리즘? 말도 안 되는 소리! 헤일 녀석은 버고프스키의 법칙도 못 들어 봤나?'

"이제부터 우리는 이렇게 하는 거야." 스트래드모어가 침착하게 자신의 계획을 설명했다. "우선 헤일이 탄카도와 연락을 주고받은 흔적을 다 지워야 해. 내가 건트릿을 우회시킨 기록도 삭제하고, 차트루키언의 시스템 분석과 실행 모니터 자료 등 모든 걸 깨끗이 없애야 해. 디지털 포트리스 자체가 사라지는 거야. 우리는 그걸 본 적도 없어. 그다음에는 헤일의 패스 키를 없애고, 데이비드가 탄카도의 복사본을 찾아내기를 기도하는 수밖에 없는 거지."

'데이비드.' 수전은 또다시 고개를 드는 데이비드 생각을 애써 지워 버렸다. 지금은 발등에 떨어진 불을 끄는 데 전념해야 했다.

"시스템 분석실은 내가 맡지." 스트래드모어가 말했다. "실행 모니터 통계, 뮤테이션 활동 통계 등은 내가 처리할 테니까, 자네는 노드 3을 맡아 줘. 헤일의 전자우편을 모즈리 삭제해 버려. 탄카도와 연락을 주고받은 내용, 디지털 포트리스가 언급된 것들을 하나도 남기지 말고."

"알았어요. 드라이버를 통째로 지워 버리죠 뭐. 포맷을 해 버리거나." 수전이 정신을 바짝 차리며 대답했다.

"그건 안 돼! 헤일이 패스 키를 그 컴퓨터에 숨겨 놓았을 가능성이 높아. 나는 그걸 원해." 스트래드모어가 진지하게 말했다.

수전은 깜짝 놀라서 되물었다. "패스 키를 원하신다고요? 부국장님 목적은 패스 키를 없애는 것 아니었나요?"

"맞아. 하지만 그렇다고 달라질 건 없어. 나는 그 망할 놈의 파일을 열어서 탄카도가 짠 프로그램을 내 눈으로 직접 보고 싶으니까."

수전은 스트래드모어의 호기심을 충분히 이해할 수 있었다. 하지만 디지털 포트리스의 알고리즘을 해독하는 것은 그다지 현명한 처사가 아니었다. 지금은 이 치명적인 프로그램이 암호화된 금고 속에 얌전히 보관되어 있는 셈이지만, 그게 해독되는 순간……. "부국장님, 굳이 그럴 필요없이 그냥……."

"나는 그 키를 원해." 스트래드모어가 대답했다.

수전 역시 디지털 포트리스 이야기를 처음 들은 순간부터 탄카도가 어떤 방법으로 그런 프로그램을 짰는지 궁금했다. 그런 프로그램이 존재한다는 사실 자체가 암호학의 가장 근본적인 원칙에 위배되는 탓이었다. 수전은 스트래드모어를 슬쩍 돌아보았다. "보고 나서 바로 알고리즘을 삭제하실 거죠?"

"그야 물론이지."

수전은 인상을 찌푸렸다. 헤일의 키를 찾는 것이 결코 간단한 일이 아님을 잘 아는 탓이었다. 노드 3의 하드 드라이브에 무작위로 저장된 패스 키를 찾는다는 것은 텍사스 크기만 한 침실에서 양말 한 짝을 찾는 것과 비슷했다. 컴퓨터의 탐색 기능은 자기가 무엇을 찾는지 알고 있을 때만 효과가 있는데, 이 패스 키의 경우는 그렇지가 못했다. 하지만 다행스러운 것은 크립토가 무작위 자료를 처리해야 하는 경우가 워낙 많다 보니 수전을 비롯한 몇몇 요원들이 '비정형 탐색'이라는 복잡한 프로세스를 개발해 두었다는 점이다. 이 탐색은 컴퓨터로 하여금 자신의 하드 드라이브에 저장된 모든 문자열을 검토해서 방대한 사전과 비교함으로써 말이 안 되거나 무작위 열을 가려 내는 기능을 가지고 있었다. 매개변수를 지속적으로 정의하는 것은 쉬운 일이 아니지만, 그렇다고 불가능한 일도 아니었다.

수전은 패스 키를 찾기 위해서는 자신이 나설 수밖에 없다는 사실을 알고 있었다. 그녀는 그러한 선택을 후회하지 않기를 바라며 한숨을 내쉬었다. "모든 게 순조롭게 풀리면 한 30분쯤 걸릴 거예요."

"그럼 시작하지." 스트래드모어가 말하며 그녀의 어깨에 한 손을 얹어 그녀를 노드 3 쪽으로 인도했다.

머리 위로 별들이 총총한 하늘이 돔 위에까지 걸쳐 있었다. 수전은 데이비드도 세비야에서 똑같은 별들을 볼 수 있을지 궁금했다.

노드 3의 육중한 유리문으로 다가가던 스트래드모어가 갑자기 나지막히 욕을 내뱉었다. 노드 3의 키패드 역시 불이 켜져 있지 않았고, 문짝 역시 작동이 되지 않았다.

"빌어먹을. 전기가 안 들어오잖아. 깜빡 잊고 있었어." 스트래드모어가 중얼거렸다.

스트래드모어는 미닫이식으로 된 유리문을 살펴보더니, 손바닥을 쫙 펴서 유리에 갖다 댔다. 그러고는 몸을 옆으로 눕히며 문을 열려고 힘을 주었다. 땀으로 축축한 그의 손이 미끄러졌다. 그는 손바닥을 바지에 닦고 다시 한 번 시도해 보았다. 이번에는 문에 조그만 틈이 생겼다.

수전도 가능성을 발견하고 스트래드모어 뒤에서 함께 문을 밀기 시작했다. 문이 3센티미터 정도 열렸다. 두 사람은 안간힘을 다했지만 문을 지탱하는 압력이 너무 강했다. 마치 스프링이 움츠러들듯, 문은 도로 닫히고 말았다.

"잠깐만요." 수전이 말하며 스트래드모어 앞쪽으로 자리를 옮겼다. "됐어요, 다시 한 번 해 봐요."

두 사람은 다시 힘을 쓰기 시작했다. 문은 이번에도 3센티미터가량이 열렸다. 노드 3 안쪽에서 희미한 푸른색 불빛이 새어 나왔다. 컴퓨터들은 여전히 켜져 있었다. 이 컴퓨터들은 트랜슬레이터의 작동에 결정적인 영향을 미치기 때문에 보조 동력을 공급받고 있었다.

수전은 페라가모를 신은 발끝으로 체중을 지탱한 채 더욱 힘을 주었다. 문짝이 다시 움직이기 시작했다. 스트래드모어는 좀 더 힘을 효과적으로 쓸 수 있도록 자세를 고쳤다. 손바닥을 왼쪽 문짝에 고정시킨 채 뒤쪽으로 힘을 주었고, 수전은 오른쪽 문짝을 반대 방향으로 밀어냈다. 양쪽 문의 틈이 서서히 벌어지기 시작했다. 이제 30센티미터 정도의 공간이 생겼다.

"놓으면 안 돼." 스트래드모어는 가쁜 숨을 몰아쉬며 중얼거렸다. "조금만 더 벌리면 돼."

수전은 다시 자세를 고치고 어깨로 문짝을 밀어냈다. 각도가 좋아져서 힘을 주기가 조금 더 수월했다. 하지만 문짝도 호락호락 물러서지 않았다.

수전은 스트래드모어가 만류할 틈도 없이 열린 틈 사이로 날씬한 몸을 집어넣었다. 스트래드모어가 안 된다고 소리쳤지만 수전은 단호했다. 어떻게든 크립토를 빠져나가고 싶었지만, 헤일의 패스 키를 찾기 전까지는 스트래드모어가 절대 그녀를 놔주지 않으리라는 것을 잘 알

앉다.

수전은 문틈 한복판에 낀 형국으로 있는 힘을 다해 문짝을 밀었다. 문이 조금 더 밀려나는 듯했다. 그때 갑자기 수전의 손이 미끄러졌다. 양쪽 문짝이 동시에 그녀를 향해 튕겨 나갔다. 스트래드모어는 최악의 사태를 막기 위해 안간힘을 다했지만 불가항력이었다. 양쪽 문짝이 맞닿기 직전, 수전은 재빨리 몸을 비틀어 문 안쪽으로 쓰러졌다.

스트래드모어는 다시 젖먹던 힘을 다해 문을 밀었고, 문짝 사이에 실오라기 같은 틈이 벌어졌다. 스트래드모어는 그 문틈에 얼굴을 갖다 댔다. "맙소사, 수전 괜찮아?"

수전은 일어나서 옷에 붙은 먼지를 털었다. "괜찮아요."

수전은 주위를 둘러보았다. 노드 3은 컴퓨터 모니터에서 새어 나오는 희미한 불빛 외에는 텅 비어 있었다. 푸르스름한 그림자 때문에 유령이라도 튀어나올 듯한 분위기였다. 수전은 문틈으로 보이는 스트래드모어를 바라보았다. 불빛 때문에 그런지, 그의 얼굴도 무척 창백해 보였다.

"수전." 스트래드모어가 말했다. "20분이면 시스템 보안실의 파일들을 모두 삭제할 수 있어. 그리고 나서 내 단말기로 트랜슬레이터의 작동을 중단시킬 거야."

"어서 서둘러요." 수전은 묵직한 유리문을 바라보며 말했다. 트랜슬레이터가 보조 동력을 다 잡아먹는 사태를 해결하기 전까지 그녀는 꼼짝없이 노드 3 안에 갇힌 신세였다.

스트래드모어가 문에서 손을 떼자 문짝은 도로 닫혔다. 수전은 유리벽을 통해 스트래드모어가 크립토의 어둠 속으로 사라지는 모습을 지켜보았다.

# 63

 베커가 새로 장만한 베스파 오토바이는 세비야 공항의 진입로를 힘겹게 올라왔다. 공항까지 달려오는 내내 베커는 손가락 관절에 핏기가 하나도 없을 정도로 잔뜩 긴장한 상태였다. 그의 손목시계는 현지 시간으로 새벽 2시를 막 넘어선 상태였다.
 청사 현관 앞에 다다른 그는 오토바이를 인도 위로 몰고 들어와 바퀴가 채 멈추기도 전에 뛰어내렸다. 오토바이는 조금 더 나아가다가 옆으로 쓰러진 뒤 멈춰 섰다. 베커는 흐느적거리는 다리로 회전문을 박차고 뛰어들었다. '다시는 오토바이 타나 봐라.' 그는 속으로 악담을 퍼부었다.
 텅 빈 청사 안에는 환한 불빛이 쏟아지고 있었다. 연마기로 바닥 청소를 하고 있는 아저씨 한 사람 말고는 아무도 보이지 않았다. 로비 반대편에서 발권 담당 직원 한 사람이 이베리아 항공의 카운터를 막 닫고 있었다. 베커에게는 그다지 좋은 조짐이 아니었다.
 베커는 서둘러 그쪽으로 달려갔다. "El vuelo a los Estados

Unidos(미국행 비행기 떠났나요)?"

전형적인 안달루시아 미녀로 손색이 없는 여직원이 카운터 뒤에서 고개를 들며 미안한 듯 미소를 지었다. "Acaba de salir(아슬아슬하게 놓치셨네요)." 그녀의 한마디가 허공에 걸려 좀처럼 사라지지 않았다.

'놓쳤다……' 베커의 어깨가 축 늘어졌다. "대기석에 자리가 있었습니까?"

"아주 많았어요. 거의 비어 있었으니까요. 하지만 내일 아침 8시 비행기도……." 여직원은 다시 미소를 지었다.

"내 친구가 그 비행기에 탑승했는지를 알고 싶습니다. 대기자 명단에 올라 있었거든요."

여직원은 미간을 찌푸렸다. "죄송합니다, 손님. 대기자 명단에 있던 손님이 몇 분 탑승하시기는 했는데, 저희 규정상……."

"아주 중요한 일입니다. 그녀가 비행기를 탔는지만 알면 됩니다. 더 이상 바라지도 않아요." 베커가 다급하게 말했다.

여직원은 안타깝다는 듯이 고개를 끄덕였다. "사랑 싸움인가요?"

베커는 잠시 생각을 해 보았다. 그러고는 수줍은 듯 미소를 지었다. "그렇게 티가 납니까?"

여직원은 한쪽 눈을 찡긋했다. "여자 분 이름이 뭐죠?"

"메건입니다." 베커가 슬픈 표정으로 대답했다.

여직원은 미소를 지었다. "물론 성도 있겠죠?"

베커는 천천히 숨을 내쉬었다. '물론 있겠지, 하지만 잘 모르겠는데…….' "솔직히 말씀드리면 상황이 아주 복잡합니다. 아까 대기석이 거의 비어 있었다고 했으니, 이름만 가지고도……."

"성을 모르면 확인하기가……."

베커는 다른 아이디어가 떠올라서 얼른 그녀의 말을 가로막았다. "오늘 밤 줄곧 여기 계셨습니까?"

여직원은 고개를 끄덕였다. "저녁 7시부터 아침 7시까지 근무거든요."

"그럼 아마 그녀를 봤을 겁니다. 아주 어린 여자아이예요. 열다섯에서 여섯 정도? 머리 모양이……." 베커는 말을 하다 말고 자신의 실수를 깨달았다.

대번에 여직원의 눈매가 가늘어졌다. "여자친구가 열다섯 살이라고요?"

"아니요! 그게 아니라." 베커는 신음을 토했다. '빌어먹을.' "너무 중요한 일이라서 이렇게 부탁드리는 겁니다, 조금만 도와주시면……."

"미안합니다." 여직원이 쌀쌀하게 말했다.

"당신이 생각하시는 그런 게 아니라니까요. 조금만 이해를……."

"안녕히 가세요, 손님." 그녀는 카운터 위로 쇠창살을 끌어당기고는 뒷문으로 사라져 버렸다.

베커는 신음을 토하며 하늘을 올려다보았다. '잘한다, 데이비드.' 베커는 탁 트인 로비를 둘러보았다. 아무것도 없었다. '반지를 팔고 비행기를 탄 모양이야.'

베커는 청소하는 아저씨에게 다가갔다. "Has visto a una nina(혹시 어떤 여자애 못 보셨어요)?" 베커는 기계 소리 때문에 한껏 목소리를 높였다.

노인은 손을 뻗어 기계를 껐다. "뭐라고?"

"Una nina(여자애를 보았냐고요)?" 베커가 되풀이했다. "머리를 빨간색, 흰색, 파란색으로 염색한 아입니다."

노인은 웃음을 터뜨렸다. "Que fea(볼만하겠구먼)." 그는 고개를 가로저으며 하던 일로 돌아갔다.

데이비드 베커는 텅 빈 공항 로비 한복판에 서서 이제 어떻게 할 것인지를 고민했다. 하루 종일 실수로 점철된 코미디를 하며 돌아다닌 기분이었다. 스트래드모어의 목소리가 귓전을 맴돌았다. '반지를 찾기 전에는 전화하지 마.' 갑자기 견디기 힘든 피로가 몰려왔다. 만약 메건이 반지를 팔고 비행기를 탔다면, 지금 그 반지를 누가 가지고 있을지 알아낼 방법이 없었다.

베커는 눈을 감고 정신을 집중하려 노력했다. '이제 어디로 가야 하지?' 베커는 잠시 그 고민을 뒤로 미루기로 마음먹었다. 우선 오래전부터 참아 온 볼일을 해결해야 했다.

## 64

수전은 아무 소리도 들리지 않는 어두컴컴한 노드 3에 혼자 서 있었다. 당장 해야 할 일은 아주 간단했다. 헤일의 단말기에 접속해서 그의 키를 찾아낸 다음, 탄카도와의 통신 기록을 모두 삭제하면 된다. 어디에도 디지털 포트리스의 흔적을 남겨 두면 안 된다.

키를 찾아내 디지털 포트리스의 암호를 푸는 행위에 대한 두려움이 또다시 되살아났다. 수전은 왠지 마음이 불안했다. 지금까지는 오히려 너무나 운이 좋은 편이었다. 노스 다코타가 기적처럼 코앞에 나타나 지금 지하실에 갇혀 있지 않은가. 남은 문제는 데이비드밖에 없었다. 그가 반드시 또 하나의 패스 키를 찾아내야만 했다. 수전은 그의 노력에 진전이 있기를 바라는 마음이 간절했다.

수전은 노드 3 안쪽으로 들어가면서 마음을 비우려고 노력했다. 이토록 낯익은 공간에서 불안감을 느낀다는 게 오히려 이상할 지경이었다. 워낙 어두워서 그런지, 노드 3 안에 있는 모든 것들이 너무 낯설게 느껴졌다. 하지만 단지 어두워서 그런 것만은 아니었다. 수전은 잠시 망설이다가 작동이 되지 않는 출입문을 돌아보았다. 도망칠 곳은 어디에도 없었다. '20분만 참으면 돼.' 수전은 생각했다.

헤일의 단말기로 돌아서던 수전은 뭔가 낯선 사향 냄새 같은 것을 맡았다. 평소의 노드 3에서는 전혀 감지할 수 없던 냄새였다. 수전은 공기 정화 장치에 문제가 생긴 게 아닐까 했다. 왠지 낯익은 듯하면서도 오싹한 느낌을 주는 냄새였다.

수전은 증기로 가득한 지하에 갇혀 있을 헤일의 모습을 떠올렸다. '그가 어디다 불을 지른 건 아닐까?' 수전은 고개를 들고 환기구를 향해 코를 킁킁거렸다. 하지만 냄새는 아주 가까운 곳에서 나는 것 같았다.

수전은 간이 주방의 격자문 쪽을 바라보았다. 그리고 그 냄새의 정체를 알아차렸다. 그것은 향수 냄새와 땀 냄새였다.

수전은 자신이 보게 될 광경에 마음의 준비가 되지 않아 본능적으로 몸을 움츠렸다. 격자문 뒤에서 두 개의 눈동자가 그녀를 노려보고 있었다. 다음 순간, 뒤늦게 사태를 파악한 수전의 온몸에 소름이 돋았다. 그렉 헤일이 지하에 갇혀 있는 게 아니라 이미 노드 3 안으로 들어와 있었던 것이다. 그는 스트래드모어가 뚜껑 문을 닫기 전에 위로 올라왔고, 워낙 힘이 좋아서 혼자서도 노드 3의 출입문을 열 수 있었던 모양이었다.

수전은 언젠가 전혀 예기치 못한 공포에 사로잡히면 몸이 마비된다는 이야기를 들은 적이 있다. 그것은 사실이 아니었다. 그녀의 뇌가 사태를 파악하는 순간, 거의 동시에 그녀의 몸이 움직이기 시작했다. 어떻게든 도망쳐야 한다는 일념으로 뒷걸음질을 친 것이다.

이내 그녀의 등 뒤에서 요란한 소리가 터져 나왔다. 소리 나지 않게 웅크리고 있던 헤일이 싸움판에 나선 숫양처럼 다리를 쭉 뻗은 것이다. 격자문이 경첩째 떨어져 나가면서 번개처럼 튀어나온 헤일이 수전의 뒤를 쫓아왔다.
 수전은 조금이라도 헤일의 움직임을 막아 보려고 옆에 있던 스탠드를 쓰러뜨렸다. 헤일은 사뿐히 스탠드를 뛰어넘었다. 빠른 속도로 두 사람의 거리가 좁혀지고 있었다.
 그의 오른팔이 허리에 감겨드는 순간, 수전은 마치 쇠몽둥이에 한 대 얻어맞은 듯했다. 그녀가 고통스럽게 가쁜 숨을 몰아쉬는 사이, 헤일의 강력한 이두박근이 그녀의 갈비뼈를 휘어 감았다.
 수전은 거칠게 몸을 비틀며 저항했다. 어떻게 하다 보니 그녀의 팔꿈치가 헤일의 코를 강타했다. 헤일의 손이 수전을 놓고 자신의 코를 움켜쥐었다. 이내 그는 두 손으로 얼굴을 감싸고 무릎을 꿇었다.
 "이 개 같은……." 헤일의 입에서 고통스러운 비명이 터져 나왔다.
 수전은 출입문의 발판 뒤로 달려 올라가면서 그사이에 스트래드모어가 전력을 복구해 이 문이 활짝 열렸으면 얼마나 좋을까 하는 부질없는 희망을 품었다. 하지만 육중한 유리문은 꿈쩍도 하지 않았다.
 헤일이 코피를 흘리며 그녀에게 갈려왔다. 이내 그의 손이 다시 그녀를 덮쳤다. 한쪽 손은 그녀의 왼쪽 젖가슴을, 다른 손은 복부를 단단히 움켜쥐었다. 그 상태로 그는 그녀를 뒤로 끌어당겼다.
 수전은 비명을 지르며 그를 떼어 내기 위해 발버둥을 쳤지만 소용이 없었다.
 헤일이 그녀를 뒤로 잡아끌자, 그의 허리띠 버클이 그녀의 등뼈를 파고들었다. 수전은 그의 무지막지한 힘이 그저 놀라울 따름이었다. 카펫 위를 질질 끌려가던 수전의 신발이 벗겨졌다. 헤일은 유연한 동작으로 그녀를 번쩍 들어올려 자기 컴퓨터 옆의 바닥 위에 내동댕이쳤다.
 수전은 치맛자락이 엉덩이까지 말려 올라간 채 똑바로 누운 자세가 되었다. 블라우스의 윗 단추가 풀려 가쁘게 오르내리는 젖가슴이 푸르스름한 불빛 아래 살짝 드러났다. 헤일은 그녀를 꼼짝도 못하게 짓누르며 그녀의 배를 깔고 앉았다. 수전은 그의 눈빛에 드러난 감정을 도무지 해석할 수가 없었다. 공포 같기도 했고, 분노처럼 보이기도 했다. 그의 눈길이 그녀의 몸을 훑었다. 수전은 또 다른 차원의 두려움이 밀려들었다.

 헤일은 그녀의 몸을 깔고 앉은 채 차가운 눈으로 그녀를 바라보았다. 지금까지 호신술에 대해 공부한 모든 내용들이 수전의 머릿속에 맴돌기 시작했다. 수전은 맞서 싸우고 싶었지만, 몸이 말을 듣지 않았다. 꼼짝도 할 수가 없었다. 수전은 눈을 감아 버렸다.

 '아, 제발 하느님. 안 돼!'

## 65

브린커호프는 미지의 사무실을 이리저리 서성거렸다. "누구도 건트 릿을 우회시킬 수는 없어요. 그건 불가능하다고요!"

"그렇지 않아." 미지가 반박했다. "방금 자바랑 통화를 했어. 작년에 자기가 우회 스위치를 설치했다고 하더군."

브린커호프는 믿을 수가 없다는 표정이었다. "그런 이야기는 한번도 들어 본 적이 없어요."

"누구나 마찬가지야. 극비리에 처리된 일이니까."

"미지, 자바는 보안에 관한 한 완벽주의자예요! 절대 우회 스위치 같은 것을 설치했을 리가……." 브린커호프가 말했다.

"스트래드모어의 지시였어." 미지가 그의 말을 가로막았다.

브린커호프는 그녀의 머리가 빠르게 돌아가는 소리가 들리는 듯했다.

"작년에 있었던 사건을 생각해 봐. 스트래드모어가 캘리포니아의 반유대인 테러리스트들을 잡은 적이 있잖아." 미지가 말했다.

브린커호프는 고개를 끄덕였다. 그 사건은 작년에 스트래드모어가 거둔 최고의 실적 가운데 하나였다. 트랜슬레이터를 이용해 테러리스트들의 코드를 해독함으로써 로스앤젤레스의 어느 유대인 학교에 폭탄이 설치된 사실을 알아 낸 것이다. 스트래드모어는 폭발 예정 시간을 불과 12분 남겨 놓고 테러리스트의 메시지를 해독함으로써 300명에 달하는 어린 학생들의 목숨을 구했다.

"생각을 해 봐." 미지가 목소리를 낮추며 말했다. "자바와 스트래드모어는 폭발 예정 시간을 6시간 남겨 둔 상태에서 테러리스트의 암호를 가로챘어."

브린커호프는 입이 쩍 벌어졌다. "그런데 왜 그렇게 오랫동안……."

"건트릿이 자꾸만 거부하는 바람에 그 파일을 트랜슬레이터에 집어넣을 수가 없었던 거야. 새로 나온 공개 키 알고리즘으로 암호화가 되어 있었는데, 건트릿의 필터들이 한번도 본 적이 없는 것들이었지. 자바가 그 문제를 해결하는 데 거의 여섯 시간이 걸린 거야."

브린커호프는 어리둥절한 표정이었다.

"스트래드모어는 난리가 났지. 또다시 이런 사태가 벌어질 경우를 대비해 당장 건트릿에 우회 스위치를 설치하라고 자바를 몰아붙였어."

"맙소사." 브린커호프가 중얼거렸다. "나는 전혀 몰랐어요." 이내 그의 눈매가 가늘어졌다. "그래서 무슨 말씀을 하고 싶은 거지요?"

"나는 스트래드모어가 오늘 그 스위치를 사용했을 거라고 생각해. 건트릿이 거부한 파일을 처리하기 위해서."

"그래서요? 그런 목적 때문에 스위치를 설치한 것 아닙니까."

미지는 고개를 가로저었다. "문제의 파일이 바이러스라면 이야기가 달라지지."

브린커호프는 펄쩍 뛸 듯이 놀랐다. "바이러스? 누가 그런 소리를 해요?"

"그것 말고는 달리 설명할 방법이 없어." 미지가 말했다. "자바 말로는 그렇게 오랫동안 트랜슬레이터를 붙잡아 둘 수 있는 파일은 바이러스밖에 없기 때문에……."

"잠깐만요!" 브린커호프가 두 손으로 타임아웃 신호를 만들어 보이며 말했다. "스트래드모어는 아무 이상도 없다고 했잖아요!"

"거짓말이야."

브린커호프는 말문이 막혔다. "스트래드모어가 의도적으로 트랜슬레이터에 바이러스를 집어넣었다고 말씀하시는 겁니까?"

"아니." 미지가 잘라 말했다. "아다 그도 그게 바이러스인 줄 몰랐을 거야. 누구에게 속은 거지."

브린커호프는 이제 할 말이 없었다. 미지 밀켄이 아무래도 제정신이 아닌 모양이라고 생각했다.

"그렇게 되면 많은 의문이 풀려. 스트래드모어가 밤새 거기서 뭘 하고 있었는지도 설명이 되고." 미지가 말했다.

"자기 컴퓨터에 바이러스를 집어넣으면서 밤을 샜다고요?"

"아니." 미지가 성가시다는 듯이 말했다. "자신의 실수를 덮으려 했던 거야. 바이러스가 프로세서를 장악하고 있으니 트랜슬레이터의 작동을 중단시켜서 보조 동력을 활용할 수가 없는 거라고."

브린커호프는 눈알을 부라렸다. 옛날에도 미지가 가끔 헛소리를 한 적이 있긴 하지만, 이렇게 심한 경우는 처음이었다. 브린커호프는 그녀를 진정시키기 위해 말했다. "자바는 아무 걱정도 없는 것 같던데요."

"자바는 바보야." 미지가 단호하게 쏘아붙였다.

브린커호프는 깜짝 놀랐다. 자바를 돼지라고 부른다면 또 모를까, 누구도 그를 바보라고 부를 수는 없다. "여자의 직감이 자바의 최첨단 프로그래밍 실력을 앞선다고 믿는 모양이군요?"

미지가 험악한 눈빛으로 그를 노려보았다.

브린커호프는 항복한다는 뜻으로 두 손을 치켜들었다. "신경쓰지 마세요. 그 말은 취소할게요." 재앙을 예견하는 미지의 초자연적인 능력에 대해서는 이미 그도 인정하는 터였다. "미지." 그가 애원하듯 말했다. "당신이 스트래드모어를 싫어하는 건 알지만……."

"이건 스트래드모어하고는 아무 관계도 없는 일이야!" 미지가 발끈해서 소리쳤다. "지금 당장 우리가 해야 할 일은 정말로 스트래드모어가 건트릿을 우회시켰느냐 하는 점이야. 만약 그게 사실이라면 국장에게 보고를 해야 하고."

"좋아요." 브린커호프가 신음을 토했다. "내가 스트래드모어에게 연락해서 진술서 쓰고 서명까지 해서 보내라고 하지요."

"안 돼." 미지는 브린커호프의 농담을 무시하며 대답했다. "스트래드모어는 이미 오늘 우리에게 한 번 거짓말을 했어." 그녀는 고개를 들고 똑바로 브린커호프의 눈을 바라보았다. "폰테인의 집무실 열쇠 가지고 있지?"

"물론이지요. 내가 그의 보좌관 아닙니까."

"그 열쇠가 필요해."

브린커호프는 자신의 귀를 믿을 수가 없었다. "미지, 내가 당신을 폰테인의 집무실로 들여보낼 수 없다는 건 당신도 잘 아시잖아요."

"다른 방법이 없어!" 미지가 밀어붙였다. 그러고는 몸을 돌려 '빅 브라더'의 자판을 두드리기 시작했다. "나는 지금 트랜슬레이터에 입력된 파일의 목록을 뽑는 중이야. 스트래드모어가 수동으로 건트릿을 우회시켰다면 당연히 그 흔적이 나올 테니까."

"그게 폰테인의 집무실하고 무슨 관계가 있다는 겁니까?"

미지는 빙글 몸을 돌리며 그를 노려보았다. "입력 파일 목록은 폰테인의 프린터로만 출력이 돼. 자기도 알잖아!"

"그건 그 정보가 기밀 사항이기 때문이에요, 미지."

"지금은 비상사태야. 난 목록을 봐야 한다고."

브린커호프는 두 손으로 그녀의 어깨를 잡았다. "미지, 제발 좀 진정해요. 내가 당신의 부탁을 들어줄 수 없다는 걸……."

미지는 코웃음을 치며 다시 자판을 두드렸다. "난 지금 파일 목록을 인쇄하라는 명령을 내렸어. 폰테인의 방으로 들어가서 출력물을 집어 들고 나오면 돼. 자, 열쇠 이리 줘."

"미지……."

타이핑을 마친 미지는 다시 그를 돌아보았다. "채드, 보고서가 출력되는 데 30초밖에 안 걸려. 이제부터 우린 이렇게 하는 거야. 일단 자기가 열쇠를 나한테 줘. 만약 스트래드모어가 우회시킨 게 확인되면 보안 요원들한테 연락해야 해. 만약 내 생각이 틀렸으면 나는 얌전히 퇴근할게. 자기는 카르멘 우에르타하고 잼 바르기 놀이나 하면 되고." 미지는 단호한 표정으로 그를 바라보며 손을 내밀었다. "자, 어서."

브린커호프는 크립토의 보고서를 확인하기 위해 그녀를 다시 불러들인 순간을 후회하며 속으로 신음을 내뱉었다. 그의 시선이 미지의 손바닥 위로 떨어졌다. "당신은 지금 국장의 집무실로 들어가 기밀 정보를 꺼내 오겠다고 말하고 있어요. 만약 발각되는 날이면 무슨 일이 벌어질지 알고 있어요?"

"국장은 지금 남미에 있어."

"미안해요, 미지. 도저히 안 되겠어요." 브린커호프는 팔짱을 낀 채 그녀의 방을 나가 버렸다.

미지는 이글거리는 눈으로 그의 뒷모습을 지켜보았다. "그래, 어디 두고 보자고." 그녀는 그렇게 속삭이며 다시 빅 브라더로 돌아가 동영상 파일을 뒤지기 시작했다.

'저러다 말겠지.' 브린커호프는 자기 책상에 앉아 보고서를 정리하며 속으로 중얼거렸다. 미지가 한 번씩 발동이 걸릴 때마다 번번이 국장 집무실의 열쇠를 내줄 수는 없는 노릇이었다.

브린커호프가 막 통신 보안상의 문제점을 검토하기 시작했을 때, 갑자기 옆방에서 누군가의 목소리가 들려왔다. 브린커호프는 일손을 멈추고 문 앞으로 걸어갔다.

반쯤 열린 미지의 문틈에서 새어 나오는 회색 불빛 한 줄기를 제외하면 국장실 전체가 어둠에 휩싸여 있었다. 브린커호프는 귀를 기울였다. 목소리는 계속 흘러 나왔다. 무척 흥분한 것 같았다. "미지?"

아무 대답이 없었다.

브린커호프는 그녀의 방으로 다가갔다. 왠지 귀에 익은 목소리 같았다. 브린커호프는 문을 살짝 밀었다. 방은 텅 비어 있었다. 미지의 의자도 비어 있었다. 소리는 머리 위에서 들려왔다. 브린커호프는 고개를 들어 비디오 모니터를 쳐다본 순간, 쓰러져 버리는 줄 알았다. 열두 개의 모니터에서 똑같은 동영상이 돌아가고 있었다. 브린커호프는 미지의 의자 등받이에 몸을 의지한 채 겁에 질린 표정으로 모니터를 바라보았다.

"채드?" 등 뒤에서 미지의 목소리가 들렸다.

브린커호프는 빙글 몸을 돌려 어둠 속을 바라보았다. 미지가 국장 집무실 앞의 비서관 책상 앞에 서 있었다. 그녀가 손바닥을 앞으로 쭉 내밀었다. "열쇠 이리 줘, 채드."

브린커호프는 얼굴이 화끈 달아올랐다. 다시 한 번 모니터를 돌아보았다. 손으로라도 가리고 싶었지만 소용없는 짓이었다. 꿀로 뒤덮인 카르멘 우에르타의 조그만 젖가슴을 핥으며 가쁜 신음 소리를 토해 내는 자신의 모습이 사방에 비치고 있었던 것이다.

## 66

로비를 가로질러 화장실 문 앞으로 다가간 베커는 'CABALLEROS (신사용)'라는 표시가 붙은 문 앞을 오렌지색 삼각뿔이 가로막고 있는 것을 발견했다. 그 옆에는 세제와 걸레 따위가 든 청소용 손수레가 놓여 있었다. 베커는 반대편 문을 바라보았다. 'DAMAS(숙녀용)'. 그는 그쪽으로 다가가 큰 소리로 문을 두드렸다.

"Hola(여보세요)?" 그가 외치며 여자 화장실 문을 살짝 밀어 보았다. "Con permiso(실례합니다)."

아무 소리가 없었다.

베커는 안으로 들어섰다.

하얀색 타일로 뒤덮인 정사각형 구조에 천장에는 백열 전구가 달린, 전형적인 스페인식 화장실이었다. 칸막이 하나, 그리고 한쪽 구석에 소변기가 하나 달려 있었다. 여자 화장실에서 과연 소변기를 쓸 일이 있을지는 그리 중요한 문제가 아니었다. 시공 업체 입장에서는 칸막이를 하나 더 설치하는 것보다 소변기를 다는 것이 비용을 절약할 수 있을 테니까.

베커는 얼굴을 찌푸린 채 화장실을 둘러보았다. 상당히 지저분했다. 세면대는 갈색 물때가 잔뜩 끼어 있었다. 지저분한 종이 타월이 사방에 널려 있었고, 바닥도 축축했다. 벽에 붙은 낡은 핸드 드라이어는 온통 푸르스름한 손때로 얼룩져 있었다.

베커는 거울 앞으로 다가가며 한숨을 내쉬었다. 예리한 눈빛으로 그를 마주보던 거울 속의 눈동자는 평소처럼 투명해 보이지 않았다. '내가 이 동네를 헤매고 다닌 지가 얼마나 됐지?' 베커는 좀처럼 시간 관념을 되찾을 수가 없었다. 베커는 습관적으로 넥타이를 한번 바로잡은 다음, 등 뒤의 소변기를 향해 돌아섰다.

베커는 소변기 앞에 선 채 수전이 지금쯤 집으로 돌아왔을까 하는 생각을 했다. '어디를 간 걸까? 설마 혼자서 스톤 매너로 간 건 아니겠지?'

"이봐요!" 등 뒤에서 성난 여자 목소리가 들렸다.

베커는 화들짝 놀라 뒤를 돌아보았다. 그는 말을 더듬으며 황급히 지퍼를 올렸다. "아, 난 그냥……. 미안합니다. 난……."

베커는 방금 화장실로 들어온 여자를 바라보았다. 마치 《세븐틴》 잡지에 나오는 모델처럼, 아주 젊고 세련된 여자아이였다. 수수한 격자무늬 바지에 하얀 민소매 블라우스 차림이었다. 손에는 L. L. 빈 브랜드의 더플백을 들었고, 금발 머리는 완벽하게 정돈된 모습이었다.

"미안해요." 베커가 허리띠를 채우며 말했다. "남자 화장실이……. 아무튼 얼른 나가지요."

"미친 변태 새끼!"

그 소리를 들은 베커는 깜짝 놀랐다. 마치 세련된 유리병에서 시커먼 구정물이 흘러나오는 것처럼, 얌전해 보이는 여자아이의 입에서 그렇게 거친 말이 튀어나올 줄은 미처 상상하지 못했다. 하지만 좀 더 찬

찬히 상대방을 살펴본 베커는 그녀가 얼핏 보기처럼 그렇게 양전하기만 한 아이가 아니라는 사실을 알아차렸다. 푸석푸석한 눈과 충혈된 눈동자는 그렇다 하더라도, 왼쪽 팔뚝이 잔뜩 부어 있던 것이다. 팔의 살갗이 발그스름하게 부어올랐고, 그 밑에 파란 멍 자국이 보였다.

'맙소사. 정맥 주사 자국이로군. 누가 상상이나 했을까?' 베커는 생각했다.

"나가요! 당장 나가라고요!" 여자아이가 소리쳤다.

베커는 순간적으로 반지니 NSA니 아무것도 생각나지 않았다. 오로지 이 어린 여자아이가 그의 마음을 완전히 사로잡은 것이다. 이 아이의 부모는 아마도 대학 진학 예비학교의 프로그램에 따라 딸에게 신용카드를 쥐어 준 채 이곳으로 보냈을 것이다. 그런 아이가 결국 한밤중에 공항 화장실에서 혼자 마약 주사를 놓는 신세가 되어 버렸다니.

"괜찮니?" 베커는 문을 향해 뒷걸음질 치며 물었다.

"난 멀쩡해요. 그만 나가라니까요!" 당돌한 목소리였다.

베커는 돌아서서 다시 한 번 슬픈 눈빛으로 그녀의 팔뚝을 쳐다보았다. '네가 할 수 있는 일은 아무것도 없어, 데이비드. 그냥 내버려 두라고.'

"어서요!" 여자아이가 다시 한 번 소리를 빽 질렀다.

베커는 고개를 끄덕였다. 그는 문을 나서며 슬픈 미소를 지어 보였다. "몸조심해라."

# 67

"수전?" 헤일이 그녀에게 얼굴을 바짝 갖다 댄 채 숨을 헐떡였다.

그가 양쪽 다리로 수전의 하체를 누르고 있어서 그의 체중이 고스란히 그녀의 복부를 짓눌렀다. 그의 꼬리뼈가 수전의 얇은 치마 위로 치골을 눌러 댔다. 그의 코에서 흘러내린 피가 수전의 얼굴 위로 떨어졌다. 수전은 목구멍 안쪽에서 구토가 올라올 것만 같았다. 그의 손은 아직도 그녀의 가슴에 닿아 있었다.

수전은 아무 생각도 할 수가 없었다. '이 녀석이 지금 나를 더듬고 있는 거야?' 문득 정신을 차리고 보니 그사이에 헤일은 그녀의 블라우스 단추를 채우고 치마 자락도 끌어내린 모양이었다.

"수전, 나를 여기서 나가게 해 줘요." 헤일이 가쁜 숨을 몰아쉬며 말했다.

수전은 어리둥절한 기분이었다. 이건 또 무슨 소리란 말인가.

"수전, 제발 도와줘요! 스트래드모어가 차트루키언을 죽였어요! 내 눈으로 똑똑히 봤다고요!"

그 말이 무슨 뜻인지를 알아차리기까지는 적지 않은 시간이 걸렸다. '스트래드모어가 차트루키언을 죽였다고?' 헤일은 수전이 지하실에서 자신을 보았다는 사실을 모르는 게 분명했다.

"스트래드모어는 내가 자기를 봤다는 걸 알아요! 틀림없이 나도 죽이려 할 거예요!" 헤일이 다급하게 말했다.

수전은 두려움 때문에 숨조차 쉬기 힘든 상태만 아니었더라도 그의 면전에 대고 웃음을 터뜨렸을 것이다. 역시 해병대 출신답게, 이른바 '분할 점령'이라는 수법을 동원하는 모양이었다. 거짓말을 꾸며 내 적들이 서로 맞서도록 부추기는 작전이었다.

"정말이에요! 당장 도움을 청해야 해요! 우리 둘 다 위험한 상황이라고요!" 헤일이 소리쳤다.

수전은 그가 하는 말을 한마디도 듣지 않았다.

우람한 다리에 잔뜩 힘을 준 채 수전을 짓누르던 헤일이 자세를 바꾸려는 듯 체중을 약간 이동했다. 동시에 그가 무슨 말을 하려고 입을 벌렸지만, 그것은 뜻대로 되지 않았다.

헤일의 몸이 살짝 들리는 순간, 수전은 제대로 혈액 순환이 되지 않던 다리에 다시 피가 통하는 것을 느꼈다. 다음 순간 수전은 미처 생각할 틈도 없이 본능적으로 왼쪽 무릎을 들어 헤일의 사타구니를 힘껏 내질렀다. 그녀의 무릎 연골에 헤일의 가랑이 사이에 달린 말랑말랑한 주머니가 으깨지는 느낌이 전해졌다.

헤일의 입에서 외마디 비명이 터져 나오면서 사지가 흐느적거리기 시작했다. 수전은 그가 사타구니를 붙잡고 옆으로 쓰러진 사이에 겨우 몸을 추스를 수 있었다. 그녀는 비틀거리며 출입문 쪽으로 다가갔지만, 그 문을 통해 밖으로 빠져나갈 수는 없다는 사실을 잘 알고 있었다.

번개처럼 마음의 결정을 내린 수전은 기다란 회의용 단풍나무 탁자 뒤에 자리를 잡고 두 발에 힘을 주었다. 다행히 탁자의 다리에는 바퀴가 달려 있었다. 수전은 있는 힘을 다해 탁자를 유리 벽 쪽으로 밀어붙였다. 바퀴가 말을 잘 들어서 탁자는 어렵지 않게 밀려 나갔다. 노드 3을 반쯤 가로질렀을 무렵, 수전은 이미 최고 속도에 도달해 있었다.

유리 벽을 1~2미터가량 남겨 두고 수전은 마지막 힘을 준 뒤 손을 놓았다. 그러고는 한쪽 옆으로 비켜서 두 손으로 눈을 가렸다. 다음 순간, 귀청이 찢어질 듯한 굉음과 함께 유리 벽은 박살이 나 버렸다. 이 건물이 지어진 뒤 처음으로 크립토의 소음이 노드 3 안으로 밀려드는 순간이었다.

수전은 고개를 들었다. 벽에 뚫린 구멍 너머로 탁자가 계속 굴러가는 것이 보였다. 크게 원을 그리며 바닥을 굴러간 탁자는 이내 캄캄한 어둠 속으로 사라졌다.

수전은 재빨리 엉망이 되어 버린 신발을 도로 신고 아직도 고통스럽게 꿈틀거리는 그렉 헤일을 한번 돌아본 다음, 깨진 유리 조각 사이를 뚫고 크립토 바닥으로 뛰어나왔다.

## 68

"거봐, 별것 아니지?" 미지는 브린커호프가 건네준 폰테인의 집무실 열쇠를 받아 들며 놀리듯이 말했다.

브린커호프는 시무룩한 표정이었다.

"퇴근하기 전에 삭제할 테니 걱정하지 마." 미지가 약속했다. "혹시 자기가 두고두고 아내와 함께 감상하기 위해 가보로 모셔 두고 싶다면 또 모르지만."

"어서 출력물이나 가져오세요. 빨리 나가야 해요!" 브린커호프가 쏘아붙였다.

"알았어요, 세뇨르." 미지는 걸쭉한 푸에르토리코 억양으로 또 그를 놀려 댔다. 그러고는 한쪽 눈을 찡긋하며 폰테인 국장 집무실로 들어섰다.

르랜드 폰테인의 집무실은 국장실의 다른 방들하고는 전혀 다른 분위기였다. 비싼 그림이나 고급 소파, 이국적인 화분이나 골동품 시계 따위는 찾아볼 수 없었다. 오로지 효율성만 염두에 둔 공간 배치인 듯했다. 유리가 덮인 책상과 검은색 가죽 의자는 커다란 전망창을 똑바로 마주보고 있었다. 한쪽 구석에 세 개의 캐비닛이 서 있었고, 그 옆에는 조그만 테이블에 프렌치 프레스 커피 주전자가 놓여 있었다. 유리창으로 스며드는 은은한 달빛이 실내의 소박한 분위기를 더욱 돋보이게 했다.

'내가 지금 여기서 뭘 하고 있는 거지?' 브린커호프는 속으로 투덜거렸다.

미지는 프린터 쪽으로 다가가더니 파일 목록을 집어 들었다. 너무 어두워서 글자가 보이지 않는 모양이었다. "여기선 읽을 수가 없어." 그녀가 말했다. "불을 켜야겠어."

"밖에 나가서 보면 되잖아요. 어서 나가요."

하지만 미지는 브린커호프를 가지고 노는 게 너무 재미있는 듯, 창가로 다가가 종이를 옆으로 기울인 채 달빛에 비춰 보았다.

"미지."

그녀는 꿈쩍도 하지 않았다.

브린커호프는 문 앞에 서서 초조하게 몸을 꼼지락거렸다. "미지, 어서 나와요. 여긴 국장님 개인 집무실이에요."

"여기 어디 있을 텐데……." 미지는 그렇게 중얼거리며 서류를 살펴보았다. "스트래드모어가 건트릿을 우회시킨 기록이 어딘가 남아 있을 거야." 그녀는 더욱 창가로 바짝 다가갔다.

브린커호프는 식은땀이 흐르기 시작했지만 미지는 서류만 들여다보고 있었다.

잠시 후, 그녀의 입에서 신음이 터져 나왔다. "그럴 줄 알았어! 스트래드모어의 소행이야! 이 멍청이가 정말로 그런 짓을 하다니!" 미지는 서류를 집어 들고 흔들어 댔다. "그가 건트릿을 우회시켰다고! 이것 좀 보란 말이야!"

브린커호프는 한참 동안 멍하니 그녀를 바라보다가 황급히 그녀에게 달려갔다. 그러고는 창가의 그녀 옆으로 바짝 붙어섰다. 미지가 손가락으로 출력물 끝 부분을 가리켰다.

브린커호프는 자신의 눈을 믿을 수가 없었다. "도대체 이게?"

출력물에는 트랜슬레이터에 입력된 서른여섯 개의 파일 목록이 정리되어 있었다. 각각의 파일 옆에 네 자리로 된 건트릿 통과 코드가 적혀 있었는데, 마지막 파일 옆에는 코드 대신 두 개의 단어가 적혀 있었다. '수동 우회.'

'맙소사, 미지의 직감이 또 들어맞았어.' 브린커호프는 속으로 중얼거렸다.

"멍청한 녀석!" 미지가 씩씩거리며 소리쳤다. "이걸 좀 봐! 건트릿이 두 번이나 이 파일을 거부했어. 뮤테이션 스트링 때문이었겠지! 그런데도 결국 우회시키고 말았군! 도대체 무슨 생각을 하는 거지?"

브린커호프는 무릎이 후들거렸다. 미지의 직감이 매번 귀신같이 들어맞는 이유를 알 수가 없었다. 두 사람 다 충격을 받은 나머지, 그들 뒤로 시커먼 그림자 하나가 다가오는 것을 미처 알아차리지 못했다. 거구의 남자가 문이 열린 폰테인의 집무실 앞에 버티고 서 있었다.

"빌어먹을, 바이러스가 침투한 거라고 생각하세요?" 브린커호프가 중얼거렸다.

미지는 한숨을 내쉬었다. "달리 설명할 방법이 없어."

"그건 당신들이 신경쓸 일이 아닐 텐데!" 그들의 등 뒤에서 나직한 목소리가 들려왔다.

미지는 깜짝 놀라 허둥거리다가 유리에 머리를 찧었다. 브린커호프 역시 의자를 하나 쓰러뜨린 다음에야 겨우 목소리를 향해 돌아섰다. 그는 한눈에 그림자를 알아보았다.

"국장님!" 브린커호프의 입에서 다급한 신음이 터졌다. 브린커호프는 앞으로 걸어 나가며 손을 내밀었다. "어서 오십시오, 국장님."

거구의 남자는 그 손을 무시했다.

"저, 저는……. 남미에 계시는 줄 알았습니다." 브린커호프가 손을 거둬들이며 더듬거렸다.

르랜드 폰테인은 총알 구멍 같은 눈으로 자신의 보좌관을 바라보며 대답했다. "그래, 그랬지. 지금 막 돌아오는 길이야."

## 69

"이봐요, 아저씨!"

베커는 로비를 가로질러 공중전화로 가는 중이었다. 걸음을 멈추고 돌아보니, 방금 화장실에서 그를 깜짝 놀라게 했던 여자아이가 그를 따라오고 있었다. 그녀는 그에게 손짓을 하며 다시 소리쳤다. "아저씨, 잠깐만요!"

'또 뭐야? 프라이버시 침해했다고 고소라도 하겠다는 거야?' 베커는 속으로 툴툴거렸다.

여자아이는 더플백을 질질 끌며 그에게 다가왔다. 이제 그녀의 얼굴에는 환한 미소가 떠올라 있었다. "조금 전에 소리 질러서 미안해요. 너무 놀라서 나도 모르게 그만……."

"괜찮아." 베커는 영문을 모르겠다는 생각을 하면서도 일단 그렇게 대답했다. "여자 화장실에 들어간 내가 잘못이지."

"미친 소리처럼 들릴지도 모르겠는데……. 혹시 돈 좀 빌려 주실 수 있으세요?" 그녀가 충혈된 눈으로 그를 바라보며 말했다.

베커는 멍하니 그녀를 바라보았다. "무슨 돈?" 그가 물었다. '너한테 마약 살 돈을 대 주고 싶은 마음은 눈곱만큼도 없어.'

"집으로 돌아가야 하거든요. 도와주실 수 있으세요?" 여자아이가 말했다.

"비행기를 놓쳤나 보지?"

여자아이는 고개를 끄덕였다. "표를 잃어 버렸어요. 그렇다고 비행기를 안 태워 주다니, 도둑놈들이지 뭐예요. 다시 표를 살 돈은 없고."

"부모님은 어디 계시는데?" 베커가 물었다.

"미국에요."

"연락이 안 돼?"

"그러게요. 아까 전화를 걸어 봤는데, 주말이라 누구랑 요트를 타러 가셨나 봐요."

베커는 그녀가 입고 있는 값비싼 옷가지를 살펴보았다. "신용카드도 없어?"

"있긴 있는데 아빠가 끊어 버렸어요. 내가 약을 한다고 생각하시거든요."

"진짜 하긴 해?" 베커는 부어오른 그녀의 팔뚝을 슬쩍 쳐다보며 아무것도 모르는 척 물었다.

여자아이는 발끈하며 외쳤다. "미쳤어요?" 그녀는 순진한 표정으로 베커를 쳐다보며 소리쳤고, 베커는 이 아이가 자기를 가지고 노는 듯한 기분에 사로잡혔다.

"부탁이에요. 아저씨는 굉장히 부자처럼 보여요. 집으로 돌아갈 수 있도록 조금만 도와주시면 나중에 꼭 보내 드릴게요." 그녀가 말했다.

베커는 이 여자아이에게 돈을 주었다가는 그 돈이 영락없이 트리아나의 어느 마약 밀매꾼의 손에 들어가고 말 거라고 생각했다. 그가 말했다. "먼저 나는 부자가 아니야. 평범한 선생에 지나지 않으니까. 하지만 지금부터 내가 어떻게 할 거냐 하면…….' '네 잔꾀를 물거품으로 만들어 주지.' "내가 직접 비행기표를 끊어 주면 어떻겠니?"

금발의 여자아이는 깜짝 놀란 표정으로 그를 바라보았다. "정말 그렇게 해 주시겠어요?" 그녀는 희망에 들뜬 표정으로 중얼거렸다. "집으로 돌아갈 표를 사 주시겠다고요? 아, 하느님. 정말 고마워요!"

베커는 할 말을 잃었다. 아마 그의 판단이 빗나간 모양이었다.

여자아이는 힘껏 그를 끌어안았다. "정말 지긋지긋한 여름이었어요." 그녀는 금방이라도 눈물을 터뜨릴 것 같은 목소리였다. "정말 고마워요! 어서 이곳을 떠나고 싶었거든요!"

베커도 얼떨결에 그녀를 끌어안았다. 그녀가 포옹을 풀자, 베커는 다시 한 번 그녀의 팔뚝을 슬쩍 쳐다보았다.

그녀는 그의 시선을 쫓아 푸르스름한 멍 자국을 바라보았다. "정말 흉하죠?"

베커는 고개를 끄덕였다. "마약은 안 한다고 했잖아."

소녀는 웃음을 터뜨렸다. "이건 매직 마커 자국이에요! 이거 지우느라고 하마터면 살갗이 다 벗겨질 뻔했다고요. 잉크가 번져서요."

베커는 좀 더 자세히 들여다보았다. 환한 형광등 불빛이 비추는 가운데 발갛게 부어 오른 부분에 희미한 글자의 윤곽이 남아 있는 것이 보였다. 살갗에다 뭐라고 글씨를 썼던 모양이었다.

"하지만 눈이 심하게 충혈되어 있어." 베커가 멍한 목소리로 말했다.

여자아이는 웃음을 지었다. "실컷 울었거든요. 아까 말했잖아요, 비행기표를 잃어버렸다고."

베커는 그녀의 팔뚝에 적힌 글자를 다시 한 번 살펴보았다.

그녀는 당혹스러운 듯이 얼굴을 찌푸렸다. "저런, 아직도 알아볼 수 있겠어요?"

베커는 허리를 굽히고 자세히 들여다보았다. 역시 글자를 알아보는 데는 별 문제가 없었다. 메시지는 너무나 분명했다. 희미한 그 네 개의 단어를 확인한 순간, 지난 열두 시간이 주마등처럼 그의 눈앞을 지나갔다.

데이비드 베커는 알폰소 트레세 호텔의 객실로 돌아가 있었다. 뚱뚱한 독일인이 자신의 팔뚝을 가리키며 엉성한 영어로 말했다.

'Fock off und die(나가서 뒈져 버려).'

"괜찮으세요?" 여자아이가 생각에 잠긴 베커를 바라보며 물었다.

베커는 그녀의 팔뚝에서 눈을 뗄 수가 없었다. 현기증이 일었다. 네 개의 단어가 전하는 메시지는 너무나 간단했다. '엿이나 먹고 뒈져라.'

금발의 소녀는 당혹스러운 표정으로 그 글자를 들여다보았다. "내 친구가 쓴 거예요. 진짜 멍청하죠?"

베커는 아무 말도 할 수가 없었다. 'Fock off und die.' 도저히 믿기지가 않았다. 그 독일인은 베커에게 욕을 하려고 한 것이 아니라 그를 도우려던 것이었다. 베커는 고개를 들어 소녀의 얼굴을 살펴보았다. 환한 형광등 불빛 때문에 그녀의 금발 머리에 희미한 빨강과 파랑의 흔적이 남아 있는 것을 볼 수 있었다.

"너, 너는……." 베커는 구멍을 뚫지 않은 그녀의 귀를 살펴보며 말을 더듬었다. "혹시 귀걸이 하고 다니지 않았니?"

소녀는 이상하다는 듯이 그를 바라보더니, 주머니에서 뭔가를 꺼내 내밀었다. 베커는 해골 모양의 조그만 귀걸이를 물끄러미 내려다보았다.

"똑딱이?" 베커가 중얼거렸다.

"네. 전 바늘을 아주 무서워하거든요." 소녀가 대답했다.

#  70

 텅 빈 공항 로비에 선 데이비드 베커는 다리가 덜덜 떨리는 느낌이었다. 그는 앞에 서 있는 소녀를 바라보며 이제 자신의 방황은 끝났다는 사실을 알아차렸다. 소녀는 염색을 지우고 옷을 갈아입었다. 어쩌면 그렇게 하는 것이 반지를 파는 데 조금 더 유리하다고 생각했는지도 모르지만, 아무튼 그녀는 뉴욕행 비행기에 오르지 못했다.
 베커는 이성을 유지하기 위해 안간힘을 다해야 했다. 걷잡을 수 없던 그의 여정도 이제 막바지에 이르렀다. 그는 소녀의 손가락을 살펴보았다. 아무것도 없었다. 그의 시선이 그녀의 더플백으로 향했다. '저 안에 있다. 저 속에 있는 게 틀림없어!' 그는 생각했다.
 베커는 흥분을 감추지 못하고 미소를 지었다. "좀 이상하게 들릴지도 모르지만, 내가 보기에 너는 나에게 필요한 무언가를 가지고 있어."
 "네?" 메건은 갑자기 불안한 표정이 되었다.
 베커는 지갑에 손을 뻗었다. "물론 기꺼이 대가는 지불할 거야." 베커는 고개를 숙이고 지폐를 세기 시작했다.

베커가 돈을 세는 것을 본 메건은 깜짝 놀라 숨을 멈추었다. 그의 의도를 잘못 이해한 게 틀림없었다. 그녀는 겁먹은 눈으로 로비 입구의 회전문을 바라보며 거리를 가늠해 보았다. 50미터가 채 안 되는 거리였다.

"집으로 돌아가는 비행기표를 사는 데는 부족함이 없을……."

"그런 말씀 마세요." 메건은 억지로 미소를 지어 보이며 대답했다. "아저씨에게 무엇이 필요한지 알 것 같네요." 메건은 허리를 굽히고 가방을 뒤지기 시작했다.

베커는 희망이 샘솟는 것을 느꼈다. '얘가 가지고 있어!' 그는 속으로 외쳤다. '얘가 반지를 가지고 있다고!' 그는 메건이 어떻게 자기가 무엇을 원하는지를 알아차렸는지 모르겠다고 생각했지만, 너무 피곤해서 미처 그런 데까지 신경쓸 여유가 없었다. 온몸의 근육이 나른하게 풀렸다. 환한 미소를 짓는 NSA 부국장에게 반지를 건네주는 자신의 모습이 눈에 선했다. 이어서 수전과 함께 스톤 매너의 커다란 캐노피 침대에 누워 잃어버린 시간을 벌충하는 모습을 그려 보았다.

이윽고 메건은 찾던 것을 발견했다. 뜻밖에도 그것은 '페퍼 가드', 환경 오염을 막기 위해 세계에서 가장 매운 고추를 이용해 만든 최루가스 대용품이었다. 메건은 재빠른 동작으로 베커의 눈을 향해 그 스프레이를 뿌렸다. 그러고는 가방을 움켜쥐고 회전문을 향해 냅다 달리기 시작했다. 뒤를 돌아보니 데이비드 베커는 얼굴을 감싸쥔 채 바닥에 쓰러져 고통스럽게 몸을 비틀고 있었다.

# 71

도쿠겐 누마타카는 네 번째 시가를 문 채 계속해서 방 안을 서성거렸다. 이윽고 그는 수화기를 움켜쥐고 교환실로 전화를 걸었다.

"그 전화번호에 대해서는 아직 아무 소식이 없나?" 교환원이 말을 꺼내기도 전에 그가 먼저 다그쳐 물었다.

"네, 회장님. 휴대전화라 그런지 생각보다 시간이 조금 걸리네요."

'휴대전화라……. 멍청한 놈들.' 누마타카는 속으로 중얼거렸다. 미국인들이 새로운 전자 장비에 남다른 탐욕을 보인다는 사실은 일본 경제를 위해서도 다행스러운 일이 아닐 수 없었다.

"기지국은 지역 번호 202번에 해당하는데, 아직 전화번호까지는 알아 내지 못했어요."

"202번? 거기가 어디지?" '미국의 그 넓은 땅덩이에 이 수수께끼의 노스 다코타는 어디에 숨어 있는 것일까?'

"워싱턴 D.C. 근처입니다, 회장님."

누마타카는 눈썹을 치켜세웠다. "번호를 알아내는 즉시 연락해."

# 72

수전 플래처는 캄캄한 크립토를 힘겹게 가로질러 스트래드모어의 집무실로 달려갔다. 닫힌 공간 안에서 수전이 헤일에게서 최대한 멀어질 수 있는 곳이 바로 스트래드모어의 집무실이었다.

계단 꼭대기에 다다른 수전은 스트래드모어의 방문이 열려 있는 것을 발견했다. 전기가 나간 탓에 전자식 자물쇠가 효력을 발휘하지 못하는 모양이었다. 수전은 재빨리 안으로 뛰어들었다.

"부국장님?" 방 안의 유일한 빛은 스트래드모어의 컴퓨터 모니터에서 새어 나오고 있었다. "부국장님!" 그녀는 다시 한 번 소리쳤다.

수전은 문득 스트래드모어가 시스템 분석실로 갔다는 사실을 기억해 냈다. 빈 사무실을 돌아 들어가는 동안에도 헤일과의 실랑이로 인한 흥분이 채 가라앉지 않은 듯했다. 수전은 어떻게든 크립토를 빠져나가고 싶은 마음뿐이었다. 디지털 포트리스고 뭐고 간에, 이제 트랜슬레이터의 작동을 중단시키고 이곳을 벗어나야 할 때였다. 수전은 스트래드모어의 모니터를 슬쩍 쳐다본 다음, 그의 책상 앞으로 다가가 자판을 붙잡았다. '트랜슬레이터의 작동을 중단시켜야 해!' 지금 그녀는 그 명령을 내릴 수 있는 단말기 앞에 앉아 있었다. 수전은 명령어를 입력하는 창을 연 다음, 빠른 속도로 타이핑을 했다.

작동 중단

그녀의 손가락이 엔터 키 위에서 잠시 머뭇거렸다.
"수전!" 출입문에서 누군가의 목소리가 들려왔다. 수전은 혹시 헤일이 아닐까 하는 두려움으로 빙글 몸을 돌렸다. 하지만 정작 모습을 드러낸 사람은 스트래드모어였다. 가쁜 숨을 몰아쉬며 희미한 모니터 불빛 속에 서 있는 그의 얼굴이 몹시 창백해 보였다. "여기서 뭘 하고 있는 거지?"
"부…… 국장님!" 수전은 목소리가 제대로 나오지 않았다. "헤일이 노드 3에 들어와 있어요! 그가 나를 공격했다고요!"
"뭐? 그럴 리가 없어! 헤일은 지하에……."
"아니에요! 어느 틈에 빠져나왔는지 모르겠어요. 당장 보안 요원을 불러야 해요! 지금 트랜슬레이터의 작동을 중단시키는 중이에요." 수전은 그렇게 말하며 자판을 향해 손을 뻗었다.
"건드리지 마!" 스트래드모어가 번개처럼 달려들며 수전의 손을 잡아당겼다.
수전은 어리둥절한 표정으로 몸을 움츠렸다. 스트래드모어의 그런 모습을 목격하는 게 오늘만 벌써 두 번째였다. 수전은 갑자기 혼자가 된 기분이었다.
스트래드모어는 수전의 셔츠에 묻은 핏자국을 보는 순간, 자신의 행동을 후회했다. "맙소사, 수전, 괜찮아?"
수전은 대답을 하지 않았다.

스트래드모어도 자신의 성급한 반응을 후회했다. 그는 잔뜩 신경이 곤두선 상태였다. 걸린 문제가 너무 많았고, 고민과 걱정도 많았다. 수전 플래처가 알지 못하는 일들, 아직 그녀에게 설명하지 않았고 앞으로도 설명할 필요가 없기를 바라는 일들도 많았다.

"미안해. 무슨 일이 벌어졌는지 얘기해 봐." 스트래드모어가 부드러운 목소리로 말했다.

수전은 고개를 돌렸다. "상관없어요. 이 피는 내 것도 아니고요. 어서 여기서 나가도록 해 줘요."

"다쳤어?" 스트래드모어가 그녀의 어깨에 손을 올렸다. 수전은 몸을 움츠렸다. 그는 손을 치우며 시선을 돌렸다. 그가 다시 수전을 바라보았을 때, 그녀는 그의 어깨 너머 벽 쪽을 쳐다보고 있었다.

어둠 속에 조그만 키패드가 환한 빛을 발하고 있었다. 그녀의 시선을 따라가던 스트래드모어가 얼굴을 찌푸렸다. 수전이 그걸 보지 못했으면 했기 때문이다. 그것은 그의 전용 엘리베이터를 조작하는 키패드였다. 이따금 권력 핵심층의 손님들이 비밀리에 스트래드모어를 찾아오는 경우가 있었는데, 그때마다 크립토의 다른 요원들이 그들의 방문을 알아차리지 못하도록 이 전용 엘리베이터를 이용하곤 했다. 이 엘리베이터는 크립토 지하 15미터 지점까지 내려간 다음, 지하 터널을 통해 약 100미터가량을 수평으로 이동해 NSA 본관의 지하와 연결되어 있었다. 크립토와 본관을 연결하는 이 엘리베이터는 본관 쪽에서 전원을 공급받기 때문에 크립토의 전력 사정과는 무관하게 작동했다.

스트래드모어는 이 엘리베이터가 작동한다는 사실을 잘 알고 있었지만, 수전이 필사적으로 아래층의 현관을 두드릴 때도 그 같은 사실을 언급하지 않았다. 아직은 그럴 때가 아니라고 판단했던 것이다. 스트래드모어는 수전이 밖으로 나가는 것을 포기하게 하려면 어느 정도까지 사실을 털어놓아야 할지 모르겠다는 생각을 했다.

수전은 스트래드모어를 지나 벽 쪽으로 달려갔다. 그러고는 미친 듯이 숫자판을 눌러 댔다.

"제발." 수전이 애원하듯 중얼거렸다. 하지만 문은 열리지 않았다.

"수전." 스트래드모어가 조용히 말했다. "그 엘리베이터는 비밀번호를 입력해야 작동하도록 되어 있어."

"비밀번호?" 수전이 화난 목소리로 되물었다. 키패드를 다시 한 번 살펴보니, 아래쪽에 조그만 단추들이 달린 또 하나의 키패드가 보였다. 각각의 단추에는 알파벳이 새겨져 있었다. 수전은 스트래드모어를 돌아보았다. "비밀번호가 뭐죠?" 그녀가 물었다.

스트래드모어는 잠시 생각을 해 본 다음, 깊은 한숨을 내쉬었다. "수전, 잠깐 좀 앉지."

수전은 자신의 귀가 믿기지 않는다는 듯이 그를 바라보았다.

"앉아." 스트래드모어는 단호하게 다시 한 번 되풀이했다.

"내보내 줘요." 수전은 불안한 눈으로 열려 있는 출입문을 쳐다보았다.

스트래드모어는 겁에 질린 수전 플래처의 모습을 살펴보더니, 출입문 쪽으로 다가갔다. 바깥으로 나가서 주위를 살폈지만 헤일의 모습은 어디에도 보이지 않았다. 스트래드코어는 다시 안으로 들어와 문을 닫았다. 그러고는 그 앞에 의자를 하나 당겨 놓은 다음, 자신의 책상으로 다가가 서랍에서 뭔가를 꺼냈다. 모니터에서 나오는 희미한 빛 덕분에 수전은 그가 무엇을 들고 있는지 똑똑히 볼 수 있었다. 그녀의 얼굴이 하얗게 질렸다. 권총이었다.

스트래드모어는 의자 두 개를 방 한복판으로 끌어와 닫힌 출입문을 마주보도록 놓았다. 스트래드모어는 의자에 앉아 베레타 반자동 권총을 들더니, 차분하게 출입문을 겨누었다. 잠시 후, 그는 총을 자기 무릎에 내려놓았다.

이윽고 그가 진지하게 입을 열었다. "수전, 여긴 안전해. 잠깐 할 이야기가 있어. 그렉 헤일이 저 문으로 들어오면……." 스트래드모어는 굳이 말을 끝맺지 않았다.

수전은 할 말을 잃었다.

스트래드모어는 희미한 불빛에 비친 그녀의 모습을 바라보았다. 그가 자기 옆자리를 톡톡 두드리며 말했다. "수전, 좀 앉아. 할 이야기가 있다니까." 수전은 꿈쩍도 하지 않았다. "이야기가 끝나면 엘리베이터 비밀번호를 알려 줄 테니, 그때 가서 나가든지 그냥 있든지 자네가 알아서 결정해."

오랜 침묵이 흘렀다. 수전은 마지못해 스트래드모어 옆에 놓인 의자에 앉았다.

"수전." 스트래드모어가 입을 열었다. "내가 자네한테 미처 얘기하지 못한 것들이 있어."

# 73

데이비드 베커는 누군가가 자신의 얼굴에 기름을 끼얹고 불을 붙여 버린 느낌이었다. 정신없이 바닥을 뒹구는 와중에도 메건이 회전문을 향해 달려가는 모습이 어렴풋이 보였다. 잔뜩 겁에 질린 채 가방을 질질 끌며 종종걸음으로 달리는 모습이었다. 베커는 어떻게든 몸을 일으켜 보려고 안간힘을 다했지만 뜻대로 되지 않았다. 시뻘건 불꽃이 자신의 시야를 가리는 기분이었다. '놓치면 안 돼!'

베커는 뭐라고 소리를 지르고 싶었지만 그의 허파 속에는 타는 듯한 통증뿐, 공기가 남아 있지 않았다. "안 돼!" 그는 기침을 토해 내며 간신히 중얼거렸다. 그 하나의 단어조차 그의 입술을 제대로 빠져나오지 못하는 느낌이었다.

베커는 메건이 저 회전문을 빠져나가는 순간, 영원히 사라져 버릴 거라는 생각이 들었다. 다시 한 번 그녀를 불러 보려 했지만, 이번에도 목소리는 나오지 않았다.

소녀는 이제 거의 회전문 앞에까지 도착했다. 베커는 비틀거리며 간신히 몸을 일으키며 가쁜 숨을 몰아쉬었다. 그러고는 그녀를 쫓아가기 시작했다. 소녀는 가방을 끌며 회전문의 첫 번째 칸 안으로 뛰어들었다. 20미터 후방에서는 베커가 앞이 제대로 보이지 않는 와중에도 정신없이 달려오고 있었다.

"기다려!" 베커가 겨우 소리쳤다.

소녀는 힘껏 문짝을 밀었다. 문이 돌아가는가 싶더니, 이내 멈춰 버렸다. 돌아보니 그녀의 가방이 문틈에 끼어 있었다.

소녀는 무릎을 꿇고 미친 듯이 가방을 잡아당겼다.

베커는 문틈에 낀 그 가방을 향해 어른거리는 시야의 초점을 맞추었다. 그러고는 오로지 그 가방을 붙잡아야 한다는 일념으로 두 팔을 앞으로 쭉 뻗은 채 몸을 날렸다.

데이비드 베커가 바닥에 떨어지는 순간, 그의 손끝은 불과 몇 센티미터가 못미쳤고 그사이에 가방은 문틈을 빠져나가 어디론가 사라져 버렸다. 그의 손가락이 허공을 가르는 순간, 장애물이 사라진 탓에 회전문이 다시 작동을 시작했던 것이다. 소녀와 가방은 문밖의 길거리로 사라져 버렸다.

"메건!" 베커는 바닥에 쓰러진 채 길게 울부짖었다. 하얗고 뜨거운 바늘이 눈구멍 안쪽을 쿡쿡 찔러 대는 것 같았다. 눈앞이 뿌옇게 흐려지면서 속이 울렁거리기 시작했다. 그의 목소리가 캄캄한 암흑 속에 메아리처럼 울려 퍼졌다. '메건!'

얼마나 시간이 흘렀을까. 서서히 의식이 돌아오기 시작한 데이비드 베커는 머리 위의 형광등에서 나는 나직한 소음이 들렸다. 모든 것이 정지한 느낌이었다. 침묵을 뚫고 누군가의 목소리가 들렸다. 누가 그를 부르고 있었다. 베커는 머리를 들어 올리려고 안간힘을 다했다. 온 세상이 물기가 가득한 채 비스듬히 기울어진 것처럼 보였다. '저건 누구의 목소리지?' 베커는 힘겹게 눈을 뜨고 20미터가량 떨어진 곳에서 누군가의 모습을 발견했다.

"아저씨?"

베커는 그 목소리를 알아보았다. 메건이었다. 그녀가 가방을 품에 꼭 끌어안은 채 다른 출입문 앞에 서 있었다. 아까보다 훨씬 더 겁에 질린 모습이었다.

"아저씨?" 그녀가 떨리는 목소리르 물었다. "난 내 이름을 한번도 얘기한 적이 없어요. 어떻게 내 이름을 알았죠?"

# 74

　63세의 르랜드 폰테인은 군인처럼 머리를 짧게 자른 거구의 남자였고, 태도 역시 군인처럼 딱딱했다. 칠흑처럼 까만 눈동자는 화가 날 때마다 석탄처럼 반들거렸는데, 문제는 그가 거의 언제나 화가 난 것처럼 보인다는 점이었다. 그는 성실한 태도와 탁월한 기획력, 그리고 선임자들의 총애를 발판 삼아 NSA에서 최고의 자리에까지 오른 인물이었다. NSA 역사상 최초의 흑인 국장이기도 했지만, 피부 색깔에 관한 한 색맹과도 같은 정치적 입장을 견지하는 탓에 그 누구도 거기에 대해서는 감히 입방아를 찧지 못했다.
　폰테인은 미지와 브린커호프를 그대로 세워 둔 채 말없이 과테말라 산 자바 커피를 한 잔 내렸다. 그러고는 자기 책상 앞에 앉아 교장실에 불려 온 초등학생처럼 바짝 긴장해서 서 있는 두 사람에게 질문을 던지기 시작했다.
　미지는 그동안 벌어진 일련의 사건들을 설명하며 성소와도 같은 폰테인의 집무실을 침범할 수밖에 없던 이유를 변명했다.

"바이러스?" 국장이 차가운 목소리로 물었다. "두 사람 다 바이러스가 침투했다고 생각하는 건가?"

브린커호프는 움찔했다.

"네, 국장님." 미지가 용감하게 대답했다.

"스트래드모어가 건트릿을 우회시켰다는 이유로?" 폰테인은 앞에 놓인 출력물을 슬쩍 들여다보며 되물었다.

"그래요. 게다가 스무 시간이 넘도록 암호가 풀리지 않은 파일도 있잖아요!" 이번에도 미지가 나섰다.

폰테인은 얼굴을 찌푸렸다. "그건 아직 당신 데이터를 가지고 유추한 내용에 지나지 않아."

미지는 뭐라고 반박을 하고 싶었지만, 그 문제는 일단 놔두고 보다 심각한 사안으로 넘어갔다. "크립토에 전기가 나갔어요."

폰테인은 놀란 듯이 고개를 들었다.

미지는 단호하게 고개를 끄덕이며 자신의 말을 뒷받침했다. "모든 전력이 차단되었어요. 자바 말로는……."

"자바한테 연락을 했나?"

"네, 국장님, 저는……."

"자바?" 폰테인은 버럭 화를 내며 자리에서 일어섰다. "왜 스트래드모어에게 연락을 하지 않았지?"

"했어요! 그 사람 말로는 아무 문제도 없다고 하더군요." 미지가 대답했다.

폰테인의 가슴이 오르내리는 것이 보였다. "그 친구 말을 의심해야 할 이유라도 있나?" 아무래도 목소리가 심상치 않았다. 그는 커피를 한 모금 들이켜며 말했다. "이제 그만 나가 보게, 난 할 일이 좀 있으니까."

미지의 입이 쩍 벌어졌다. "네?"

브린커호프는 이미 돌아서서 출입문 쪽으로 걸어가고 있었지만 미지는 꿈쩍도 하지 않았다.

"그만 나가 보라고 했어, 밀켄 부인." 폰테인이 되풀이했다.

"하, 하지만 국장님. 저로서는 반론을 제기할 수밖에……." 미지가 말을 더듬었다.

"반론을 제기한다고?" 국장이 말했다. 그는 커피 잔을 내려놓으며 성난 목소리로 덧붙였다. "반론을 제기할 사람은 나야! 당신이 내 집무실에 들어왔다는 사실, 이 정보 기관의 부국장에게 거짓말을 한 혐의를 암시하는 언급에 대해서 반론을 제기하고……."

"바이러스가 침투했어요, 국장님! 제 직감에 의하면……."

"음, 당신 직감이 틀렸어, 밀켄 부인! 어쩌다가 한 번쯤 틀릴 때도 있으니까!"

그래도 미지는 물러서지 않았다. "하지만 국장님! 스트래드모어 부국장은 건트릿을 우회시켰어요!"

폰테인은 노골적으로 화를 내며 그녀에게 성큼 다가섰다. "그건 그에게 주어진 특권이야! 내가 당신에게 월급을 주는 이유는 분석관과 일반 직원들을 감시하기 위해서지 부국장을 감시하기 위해서가 아니라고! 그가 아니었다면 우리는 지금도 연필과 종이를 가지고 암호를 해독하고 있을 테니까! 자, 이제 그만 나가 봐!"

그는 사색이 되어 문 앞에서 벌벌 떨고 있는 브린커호프를 돌아보며 덧붙였다. "두 사람 다!"

"외람된 말씀이지만 국장님, 제가 보기에는 시스템 보안 요원들을 크립토에 보내서……." 미지가 말했다.

"그럴 필요없어!"

잠시 팽팽한 긴장이 흐른 뒤, 미지는 고개를 끄덕였다. "알겠습니다, 국장님. 안녕히 계세요." 미지는 돌아서서 방을 나왔다. 브린커호프는 자기 앞을 지나가는 그녀의 눈에서 이대로 물러서지는 않겠다는 단호한 의지를 읽었다. 적어도 자신의 직감을 확인하기 전까지는 호락호락 물러설 그녀가 아니었다.

브린커호프는 자기 책상 앞에서 씩씩거리는 국장을 슬쩍 쳐다보았다. 이것은 확실히 그가 알고 있는 폰테인의 모습이 아니었다. 평소의 폰테인은 사소한 것 하나도 놓치지 않고 모든 것을 꼼꼼히 챙기는 성격이었다. 부하 직원들에게도 일상적인 절차와 맞지 않는 게 있으면 아무리 사소한 부분도 두 번 세 번 확인해야 한다고 강조하곤 했다. 그런 그가 지금은 지극히 비상식적인 일들이 연이어 발생했는데도 등을 돌릴 것을 요구하고 있었다.

국장이 무언가를 숨기고 있는 건 분명했지만, 브린커호프는 그를 보좌하기 위해 월급을 받는 사람이지 그를 심문할 수 있는 입장이 아니었다. 폰테인은 모든 사람의 입장을 진심으로 배려하는 성품을 지금까지 수도 없이 입증해 보였다. 지금 상황에서는 그냥 모르는 척 눈감아 주는 것이 그를 돕는 일이라면, 당연히 그렇게 해야 했다. 불행하게도 미지는 질문을 하라고 월급을 받는 사람이었고, 브린커호프는 그녀가 그 같은 자신의 임무에 충실하기 위해 당장 크립토로 달려갈지도 모른다는 생각이 들었다.

'미지의 후임자를 새로 뽑을 준비나 해야겠군.' 브린커호프는 출입문을 향해 돌아서며 생각했다.

"채드!" 폰테인이 그를 불렀다. 폰테인도 돌아서는 미지의 눈빛을 똑똑히 본 게 틀림없었다. "그녀를 국장실에서 나가지 못하게 해."

브린커호프는 고개를 끄덕인 다음, 서둘러 미지를 쫓아갔다.

폰테인은 한숨을 내쉬며 두 손으로 머리를 감쌌다. 눈꺼풀이 너무 무거웠다. 예정보다 일찍 먼 길을 달려온 탓도 무시할 수 없을 것이다.

지난 한 달 동안 르랜드 폰테인은 커다란 기대감에 사로잡혀 있었다. 지금 NSA 내부에서는 역사를 바꿔 놓을 만한 엄청난 일이 벌어지고 있었지만, 묘하게도 폰테인 국장이 그 같은 사실을 알게 된 것은 순전히 우연에 지나지 않았다.

석 달 전, 폰테인은 스트래드모어 부국장의 아내가 남편 곁을 떠나려 한다는 소식을 전해 들었다. 스트래드모어가 밤낮을 가리지 않고 일에 몰두한 끝에 엄청난 스트레스로 쓰러지기 일보 직전이라는 보고도 있었다. 폰테인은 여러 가지 사안에서 스트래드모어와 다른 견해를 드러냈음에도 불구하고, 그의 남다른 재능과 헌신에 대해서는 아낌없는 경의를 표했다. 스트래드모어는 어쩌면 NSA에 몸담은 사람들 중에서 가장 똑똑한 인물일 터였다. 스킵잭 사태 이후 스트래드모어는 극심한 스트레스를 견뎌 내야 했다. 그런 사실이 폰테인을 불안하게 만들었다. 스트래드모어는 NSA 안팎에서 여러 가지 열쇠를 쥐고 있는 인물이었고, 폰테인은 자신이 지휘하는 정보 기관을 지켜야 하는 임무를 가지고 있었다.

폰테인은 스트래드모어가 100퍼센트 자신의 임무를 완수하고 있는지를 감시해 줄 사람이 필요했다. 하지만 그것은 그리 간단한 문제가 아니었다. 스트래드모어는 누구보다 자존심이 강하고 막강한 권력을 가진 인물이었다. 폰테인은 그의 자신감과 권위를 침해하지 않는 범위 내에서 그의 일거수일투족을 지켜보아야 했다.

결국 폰테인은 스트래드모어를 존중하는 차원에서 자기 자신이 그 숙제를 떠맡기로 결심했다. 스트래드모어의 크립토 계정에 보이지 않는 감시 프로그램을 설치해 그의 전자우편과 내부 통신 기록은 물론 그의 브레인스톰 자료까지, 그 모든 것을 지켜보기 시작한 것이다. 만에 하나 스트래드모어가 쓰러질 경우에 대비해서, 폰테인은 그 같은 징후를 미리 포착할 필요가 있었다. 하지만 스트래드모어는 쓰러지기

는커녕 폰테인이 한번도 경험하지 못했을 정도의 엄청난 계획을 세우고 그 준비 작업에 몰두하고 있었다. 스트래드모어가 최선을 다하는 것도 무리는 아니었다. 만약 그의 계획이 실패로 돌아간다면, 스킵잭 사태는 그야말로 새발의 피가 될 터였다.

폰테인은 스트래드모어가 자기 능력의 110퍼센트를 동원하며 여느 때처럼 교묘하고 현명하게, 또한 애국적으로 일하고 있다는 결론을 내렸다. 국장이 할 수 있는 일은 그가 자신의 마법을 완성하도록 지켜보는 것밖에 없었다. 스트래드모어는 교묘한 계획을 세우고 있었고, 폰테인은 절대 그 계획에 반대할 마음이 없었다.

# 75

스트래드모어는 무릎에 놓인 베레타 권총을 만지작거렸다. 속으로는 피가 끓었지만, 그의 두뇌는 그런 상황에서도 냉철한 이성을 유지하도록 프로그래밍되어 있었다. 그렉 헤일이 감히 수전 플래처에게 손을 댔다는 사실이 그를 괴롭혔지만, 일을 그렇게 만든 게 바로 자기 자신이라는 생각 때문에 더욱 마음이 쓰라렸다. 수전을 노드 3으로 들여보낸 것이 바로 그였다. 스트래드모어는 무엇보다 자신의 감정부터 다스려야 했다. 디지털 포트리스 문제에 대처하면서 감정을 앞세울 수는 없는 노릇이었다. 그는 국가안전보장국의 부국장이었다. 오늘 그가 감당해야 할 임무는 그 어느 때보다도 중요한 것이었다.

스트래드모어는 호흡을 가라앉혔다. "수전." 그의 목소리는 밝았다. "헤일의 전자우편을 삭제했나?"

"아니요." 수전이 당혹스러운 표정으로 대답했다.

"패스 키는?"

수전은 고개를 가로저었다.

스트래드모어는 얼굴을 찌푸린 채 입술을 깨물었다. 마음이 사방팔방으로 흩어졌다. 그는 지금 커다란 딜레마에 빠져 있었다. 자신의 엘리베이터 비밀번호를 입력해서 수전을 내보내는 것은 지극히 간단한 일이었다. 하지만 그에게는 수전이 필요했다. 헤일의 패스 키를 찾아내기 위해서는 수전의 도움을 받아야만 했다. 아직 수전에게 얘기하지는 않았지만, 패스 키를 찾아내는 일은 단순한 학문적 호기심의 차원이 아니었다. 반드시 알아내지 않으면 안 되는 이유가 있었다. 스트래드모어는 수전의 비정형 탐색을 자기 손으로 직접 돌려서 패스 키를 찾아내는 방법도 생각해 보았지만, 이미 그녀의 추적기를 시행할 때도 문제에 봉착한 적이 있지 않았던가. 그런 위험을 또 한 번 감수하고 싶지는 않았다.

　"수전." 스트래드모어는 단호한 표정으로 한숨을 내쉬었다. "헤일의 패스 키를 찾기 위해서는 자네의 도움이 필요해."

　"뭐라고요?" 수전이 눈을 휘둥그렇게 뜨며 벌떡 일어났다.

　스트래드모어는 자기도 자리를 박차고 일어나고 싶은 충동을 애써 억눌렀다. 그는 협상에 대해 많은 것을 알고 있었다. 언제나 힘을 가진 쪽이 앉아 있도록 되어 있었다. 스트래드모어는 수전이 먼저 숙이고 들어오기를 기대했다. 하지만 수전은 꿈쩍도 하지 않았다.

　"수전, 앉아."

　수전은 무시했다.

　"앉아." 이번에는 명령이었다.

　그래도 수전은 그냥 뻣뻣이 서 있을 뿐이었다. "부국장님, 아직도 탄카도의 알고리즘을 직접 확인해 보고 싶으면 혼자 하세요. 전 빠지겠어요."

　스트래드모어는 고개를 늘어뜨린 채 깊은 숨을 들이쉬었다. 아무래도 그녀에게 설명을 해 주어야 할 듯했다. '그녀도 알 자격이 있어.' 스트래드모어는 생각했다. 이윽고 그는 마음을 정했다. 수전 플래처에게 모든 것을 털어놓을 생각이었다. 스트래드모어는 자신의 그런 판단이 실수가 아니기를 기도했다.

"수전." 그가 입을 열었다. "이런 순간이 올 거라는 예상은 미처 하지 못했어." 그는 손으로 머리칼을 쓸어올렸다. "내가 자네에게 이야기하지 않은 것이 있네. 때때로 나 같은 입장에 처한 사람은······." 부국장은 고통스러운 고해 성사를 하는 사람처럼 뜸을 들였다. "때때로 나 같은 입장에 처한 사람은 사랑하는 사람에게조차 거짓말을 하지 않으면 안 되는 순간이 있어. 오늘이 바로 그런 경우 가운데 하나로군." 스트래드모어는 슬픈 눈으로 그녀를 바라보았다. "내가 지금부터 할 이야기는 자네는 물론 그 누구에게도 털어놓을 계획이 없던 내용이야."

수전은 한기를 느꼈다. 부국장의 표정은 더할 나위없이 심각했다. 그녀가 미처 알지 못했던 비밀이 숨어 있는 게 틀림없었다. 수전은 천천히 자리에 앉았다.

스트래드모어는 한참 동안이나 천장을 올려다보며 생각을 정리했다. 그가 조금은 흔들리는 목소리로 다시 입을 열었다. "수전, 나에게는 가족이 없어." 그의 시선이 다시 수전을 향했다. "결혼 생활은 엉망이 되어 버렸고, 내 인생은 이 나라에 대한 애정을 빼면 아무것도 남는 게 없어. 이곳 NSA에서 일하는 것이 곧 내 인생인 셈이지."

수전은 말없이 귀를 기울였다.

"자네도 짐작하겠지만······." 그가 말을 이었다. "나는 머지 않아 은퇴를 할 계획이야. 하지만 나는 자부심을 가지고 당당하게 은퇴하고 싶어. 내가 이 조직 속에서 나름대로 뚜렷한 역할을 했다는 자부심 말이야."

"부국장님은 이미 뚜렷한 역할을 하셨어요." 수전은 자신도 모르게 그렇게 말했다. "트랜슬레이터를 만들었잖아요."

스트래드모어는 그녀의 말을 무시한 채 계속 말했다. "지난 몇 년 동안 우리가 하는 일은 점점 더 힘들어졌어. 우리에게 반기를 들 거라고는 한번도 상상하지 못했던 적들과 마주하게 되었으니까. 나는 지금 미국 국민을 말하는 거야. 변호사, 인권 단체, EFF, 그들이 하나같이 나름대로 역할을 해 왔지만, 이제는 그런 차원을 넘어섰어. 그 사람들은 우리 국민이야. 그들이 믿음을 잃어 가고 있지. 마치 편집증 환자처럼, 갑자기 우리를 자기네의 적으로 바라보게 된 거야. 자네나 나 같은 사람들, 조국을 위해 모든 것을 바칠 각오가 되어 있는 사람들이 조국에 봉사할 권리를 지키기 위해 발벗고 싸우지 않으면 안 되는 상황이 되어 버렸어. 우리는 더 이상 평화의 사도가 아니야. 도청하고, 엿보고, 국민의 권리를 침해하는 악당이 되어 버린 거지." 스트래드모어는 깊은 한숨을 내쉬었다. "불행히도 세상에는 우리가 개입하지 않았으면 얼마나 끔찍한 두려움을 겪었을지 상상조차 하지 못하는 순진한 사람들이 많아. 나는 그런 사람들을 무지로부터 구하는 게 우리의 임무라고 믿어."

수전은 그의 본론이 나오기를 기다렸다.

스트래드모어는 피곤한 눈길로 바닥을 내려다보더니, 다시 고개를 들었다. "수전, 내 말 잘 들어." 그는 부드러운 미소를 지으며 말을 이었다. "내 말을 가로막고 싶을지도 모르지만, 일단은 들어 봐. 나는 약 두 달 전부터 탄카도의 전자우편을 해독해 왔어. 탄카도가 디지털 포트리스라는 깨지지 않는 알고리즘에 대한 메시지를 노스 다코타에게 보낸 걸 알고 내가 얼마나 놀랐을지는 자네도 충분히 상상할 수 있을 거야. 처음에는 나도 그런 게 가능하다는 사실을 믿지 않았지. 하지만 새로운 메시지를 하나씩 가로챌 때마다 탄카도의 주장이 점점 더 그럴듯하게 들리기 시작하는 거야. 그가 뮤테이션 스트링을 이용해 순환 키 코드를 만들었다는 사실을 알게 되었을 때, 나는 그가 우리보다 몇 광년 이상 앞서 있다는 것을 깨달았어. 여기서는 누구도 시도조차 해 보지 못한 접근 방법이었으니까."

"우리가 왜 그런 시도를 해야 하죠? 어차피 말이 안 되잖아요." 수전이 되물었다.

스트래드모어는 자리에서 일어나 출입문에 시선을 고정한 채 방 안을 서성거리기 시작했다. "몇 주 전, 나는 디지털 포트리스를 경매에 부친다는 사실을 알고 탄카도의 주장이 빈말이 아님을 직감했어. 만약 그가 이 알고리즘을 일본의 소프트웨어 회사에 팔아넘기면 우리는 끝장이라는 사실을 잘 알기 때문에 어떻게 하면 그를 막을 수 있을지를 고민하기 시작했지. 물론 그를 제거하는 방법도 고려해 보았지만, 이미 이 알고리즘이 널리 알려진 데다 최근 들어 그가 트랜슬레이터를 언급하기까지 했으니 그가 살해될 경우 우리가 가장 유력한 용의자로 떠오를 것은 뻔하지. 그때 나에게 한 가지 묘안이 떠올랐어." 그는 수전을 돌아보았다. "디지털 포트리스를 막을 필요가 없다는 사실을 깨달은 거야."

수전은 멍한 눈길로 그를 바라보았다.

스트래드모어가 말을 이었다. "갑자기 내 눈에는 디지털 포트리스가 필생의 기회로 보이기 시작했어. 디지털 포트리스를 조금만 바꿔 놓으면 이게 우리를 파괴하는 대신 우리를 도울 수 있다는 데 생각이 미친 거야."

수전은 그렇게 터무니없는 소리는 들어 본 적이 없었다. 디지털 포트리스는 깨지지 않는 알고리즘이다. 이런 알고리즘의 존재는 NSA의 존립 기반을 와해시킬 것이 분명했다.

스트래드모어가 말했다. "만약 내가 이 알고리즘이 공개되기 전에 조금만 손을 볼 수 있다면……." 스트래드모어의 교활한 눈빛이 번득였다.

깨달음은 한순간이었다.
스트래드모어는 수전의 눈동자에 경탄의 빛이 번져 가는 것을 발견했다. 그는 더욱 흥분한 목소리로 자신의 계획을 설명했다. "만약 내가 패스 키를 손에 넣어서 디지털 포트리스를 해독하고 약간의 수정을 가할 수만 있다면······."
"백도어······." 수전은 스트래드모어가 자신에게 거짓말을 했다는 사실조차 잊어버린 채 중얼거렸다. 커다란 기대감이 샘솟는 느낌이었다. "스킵잭 때처럼······."
스트래드모어는 고개를 끄덕였다. "그렇게 되면 탄카도가 인터넷으로 배포한 파일을 우리의 수정본으로 바꿔 놓을 수 있어. 디지털 포트리스는 일본인이 만든 알고리즘이기 때문에 아무도 NSA가 개입했다는 사실을 알아차리지 못할 거고. 우리가 할 일은 그 두 개를 바꿔치기 하는 것밖에 없어."
수전은 그 계획이 아주 그럴듯하다고 생각했다. 정말이지 스트래드모어다운 계획이 아닐 수 없었다. 한마디로 NSA가 해독할 수 있는 알고리즘이 유포되도록 하자는 것이었다.
"계획이 맞아떨어지면 디지털 포트리스는 하룻밤 사이에 암호화 표준으로 자리 잡을 거야."
"하룻밤 사이에?" 수전이 말했다. "그걸 어떻게 알죠? 디지털 포트리스를 어디서나 무료로 구할 수 있다고 해도 대부분의 컴퓨터 사용자들은 기존에 쓰고 있던 알고리즘이 더 편하다고 느낄 거예요. 그들이 디지털 포트리스로 바꿔야 할 이유라도 있나요?"
스트래드모어는 미소를 지었다. "간단해. 우리의 보안에 허점이 생겨서 트랜슬레이터의 존재가 만천하에 알려지는 거지."
수전의 입이 쩍 벌어졌다.
"수전, 우리는 소문이 퍼져 나가도록 빌미만 제공하면 돼. NSA가 디지털 포트리스를 제외한 모든 알고리즘을 풀 수 있는 컴퓨터를 가지고 있다는 소문 말이야."

수전은 벌어진 입을 다물 수가 없었다. "그렇게 되면 모든 사람들이 디지털 포트리스로 달려들겠군요. 우리가 그것조차 풀 수 있다는 걸 모르고!"

스트래드모어는 고개를 끄덕였다. "바로 그거야." 잠시 침묵이 흐른 뒤, 그가 덧붙였다. "자네한테 거짓말을 해서 미안해. 디지털 포트리스를 고치는 것은 보통 일이 아니기 때문에 자네를 끌어들이고 싶지 않았어."

"아, 이해해요." 수전은 그의 교묘한 계획에 감탄사를 연발하며 천천히 대답했다. "거짓말하는 데 아주 소질이 있으신가 봐요."

스트래드모어는 웃음을 터뜨렸다. "오랜 연습 덕분이지. 그것만이 자네를 태풍의 눈 속으로 끌어들이지 않는 유일한 방법이었거든."

수전은 고개를 끄덕였다. "그 태풍의 눈 속에 누가 들어가 있죠?"

"지금 자네가 보고 있는 사람들이 전부야."

한 시간만에 처음으로 수전의 얼굴에 미소가 떠올랐다. "그런 대답이 나올까 봐 조마조마했어요."

스트래드모어는 어깨를 으쓱거렸다. "디지털 포트리스가 완전히 자리를 잡으면 국장한테도 보고할 생각이야."

수전은 감동을 받았다. 스트래드모어의 계획은 전 세계 정보전의 양상에 그 누구도 상상하지 못한 정도의 영향을 미칠 것이 틀림없었다. 게다가 그는 그 모든 것을 혼자의 힘으로 추진하고 있었던 것이다. 성공 가능성도 아주 높아 보였다. 패스 키는 아래층에 숨겨져 있고, 탄카도는 이미 세상을 떠났으며, 그의 파트너가 누구인지까지 밝혀지지 않았는가.

수전은 숨을 멈추었다.

'탄카도가 죽었다.' 아무리 생각허도 너무 절묘했다. 지금까지 스트래드모어가 감쪽같이 자신을 속인 것을 떠올린 수전은 갑자기 소름이 끼쳤다. 그녀는 불안한 눈빛으로 그를 바라보았다. "부국장님이 엔세이 탄카도를 살해했나요?"

스트래드모어는 놀란 표정으로 고개를 가로저었다. "그건 아니야. 탄카도를 죽일 필요가 없었으니까. 오히려 나는 그가 죽은 게 상당히 안타까운 심정이라고. 그의 죽음이 디지털 포트리스에 의혹의 시선을 끌 수도 있으니까. 나는 최대한 매끄럽게, 아무런 잡음이 나지 않도록 바꿔치기를 완성하고 싶었어. 그러고 나서 탄카도로 하여금 자신의 키를 팔아 넘기도록 유도할 생각이었지."

확실히 일리 있는 이야기였다. 탄카도는 인터넷에 올라 있는 알고리즘이 원본이 아니라고 의심할 이유가 없었을 것이다. 자신과 노스 다코타 말고는 누구도 그 파일에 접근할 수 있는 사람이 없으니 말이다. 디지털 포트리스가 배포된 이후 다시 한 번 프로그램을 철저하게 되짚어 보지 않는 이상, 그는 백도어에 대해 알 길이 없었을 것이다. 오랜 세월 동안 디지털 포트리스에 매달려 왔을 그가 모든 과정을 다시 한 번 되풀이할 엄두를 내기란 결코 쉬운 일이 아니었다.

수전은 그 점을 곰곰이 생각해 보았다. 스트래드모어가 크립토의 보안을 그토록 강조했던 이유도 이해가 갔다. 복잡한 알고리즘에 백도어를 집어넣고 인터넷상에서 감쪽같이 원본과 바꿔치기 하는 것은 많은 시간이 소요되는 미묘한 작업이었다. 크립토의 보안이 극도로 중요한 이유가 바로 그것이었다. 디지털 포트리스가 오염되었을지도 모른다는 사실이 알려지는 순간, 그의 계획 전체가 틀어지는 탓이었다.

이제야 수전은 스트래드모어가 무엇 때문에 기를 쓰고 트랜슬레이터를 계속 돌리고 있는지도 완벽하게 이해가 되었다. '디지털 포트리스를 NSA의 새로운 자식으로 삼기 위해서, 그게 깨지지 않는 알고리

즘이라는 사실을 확인하고 싶었던 거야!'

"아직도 여기서 나가고 싶나?" 스트래드모어가 물었다.

수전은 고개를 들었다. 어둠 속에 자신과 나란히 앉아 있는 사람이 그 대단한 트레버 스트래드모어라고 생각하니 두려움이 사라졌다. 그의 계획이 성공하면 역사가 바뀔 것이다. 스트래드모어는 위대한 계획에 수전의 도움이 필요했다. 수전은 어색한 미소를 지었다. "이제 우리가 할 일은 뭐죠?"

스트래드모어의 얼굴이 환하게 밝아졌다. 그는 수전의 어깨에 손을 올리며 말했다. "고마워." 그는 미소를 지으며 곧장 본론으로 들어갔다. "나하고 같이 아래층으로 내려가자고." 그가 말하며 권총을 집어 들었다. "자네는 헤일의 단말기를 검색해. 내가 경계를 맡을 테니까."

수전은 아래층으로 내려간다는 소리에 다시 긴장감이 몰려왔다. "데이비드에게서 탄카도의 키를 찾았다는 연락이 올 때까지 기다리면 안될까요?"

스트래드모어는 고개를 가로저었다. "바꿔치기를 빨리 마무리할수록 그만큼 우리에게 유리해. 데이비드가 탄카도의 키를 반드시 찾아낸다는 보장도 없고. 만에 하나, 반지가 엉뚱한 자들의 손에 들어갈지도 모르는데, 그 전에 바꿔치기를 마무리해야 해. 그렇게 되면 누가 그 키를 손에 넣건 간에 우리가 바꿔 놓은 알고리즘을 다운로드하게 될 테니까." 스트래드모어는 권총을 든 채 자리에서 일어났다. "당장 헤일의 키를 찾아야 해."

수전은 입을 다물었다. 그의 말이 옳았다. 그들에게는 헤일의 패스키가 필요했다. 그것도 지금 당장.

수전은 몸을 일으켰지만, 다리가 제대로 말을 듣지 않았다. 차라리 헤일을 좀 더 세게 걷어차 주었더라면 싶었다. 스트래드모어의 총을 슬쩍 쳐다보니 갑자기 더욱 마음이 불안해졌다. "정말로 그렉 헤일을 쏠 건가요?"

"아니." 스트래드모어는 출입문으로 다가가며 대답했다. "헤일은 그런 사실을 몰라야 할 텐데."

# 76

 세비야 공항 청사 앞에 택시 한 대가 미터기를 켜 놓은 채 대기하고 있었다. 은 테 안경을 쓴 승객이 커다란 통유리 너머로 환하게 불이 켜진 로비 안을 바라보고 있었다. 시간 맞춰 도착한 모양이었다.
 금발의 여자아이가 보였다. 그녀는 데이비드 베커를 부축해 의자에 앉혔다. 베커는 상당히 고통스러운 모습이었다. '아직 진짜 고통이 어떤 것인지는 꿈에도 모를 것이다.' 승객은 생각했다. 여자아이는 주머니에서 조그만 물건을 꺼내 내밀었다. 베커는 그것을 받아 들고 불빛에 비춰 보았다. 이어서 그는 그것을 자신의 손가락에 끼우고 주머니에서 두툼한 지폐 다발을 꺼내 소녀에게 건넸다. 두 사람은 잠시 이야기를 주고 받았고, 소녀가 베커를 포옹했다. 그녀는 손을 흔들어 보인 다음, 가방을 어깨에 둘러매고 로비를 가로지르기 시작했다.
 '드디어.' 택시 안에 앉은 남자는 생각했다.

# 77

스트래드모어는 권총을 움켜쥔 채 자신의 집무실을 나섰다. 수전도 그 뒤를 바짝 따라붙으며 헤일이 아직 노드 3에 있을까 하는 생각을 했다.

스트래드모어의 모니터에서 나오는 불빛이 계단참에 기묘한 형상으로 그들의 그림자를 드리웠다. 수전은 조금 더 스트래드모어 뒤로 다가섰다.

문에서 멀어질수록 불빛은 점점 희미해졌고, 이내 칠흑 같은 어둠이 그들을 집어삼켰다. 별빛, 그리고 박살난 노드 3의 유리 벽 뒤에서 흘러나오는 어렴풋한 불빛이 크립토를 비추는 조명의 전부였다.

스트래드모어는 좁다란 계단이 시작되는 지점을 살피며 조심스럽게 걸음을 내디뎠다. 권총을 왼손으로 바꿔 쥐고 오른손으로는 난간을 더듬었다. 사격 실력이야 어차피 왼손이나 오른손이나 큰 차이가 없었지만, 아무튼 오른손으로는 난간을 잡아야 했다. 이런 계단에서 구르기라도 했다가는 몸이 남아나지 않을 것이고, 휠체어에 앉아서 은퇴 이후를 보낼 생각은 전혀 없었다.

크립토를 휘감은 어둠 속에서 한 치 앞도 보이지가 않는 수전은 한 손을 스트래드모어의 어깨에 갖다 댄 채 조심스럽게 계단을 내려갔다. 채 두 발짝도 떨어지지 않은 스트래드모어의 몸조차 그 윤곽을 알아볼 수 없을 지경이었다. 수전은 발끝을 앞으로 밀어 계단 끝 부분을 일일이 확인해 가며 최대한 신중을 기했다.

수전은 문득 헤일의 패스 키를 찾으러 노드 3으로 들어가는 것이 얼마나 위험한 일인지를 떠올렸다. 스트래드모어는 헤일이 그들과 맞설 만큼 배짱이 좋지 않다고 주장했지만, 수전은 생각이 달랐다. 헤일은 지금 절박한 상황에 몰려 있었다. 그가 선택할 수 있는 것은 크립토를 빠져나가거나 감옥으로 가는 것, 두 가지밖에 없었다.

마음 한구석에서 데이비드의 연락을 기다렸다가 탄카도의 패스 키를 이용하는 것이 낫다는 속삭임이 계속 들려왔지만, 그가 반지를 찾아낸다는 보장이 없다는 점은 수전도 잘 알고 있었다. 데이비드가 왜 이렇게 오랫동안 연락이 없는지 궁금해 미칠 지경이었다. 하지만 수전은 모든 걱정을 꿀꺽 삼키고 계속 걸음을 옮겼다.

스트래드모어 역시 소리 나지 않게 조심조심 계단을 내려갔다. 헤일에게 그들이 내려간다는 사실을 광고할 필요는 없었다. 거의 계단 막바지에 이르자, 스트래드모어는 걸음을 늦추고 발을 쭉 뻗어 마지막 칸을 더듬었다. 이윽고 까만 타일 위에 그의 뒤꿈치 닿는 소리가 딸깍 하고 울려 퍼졌다. 수전은 그의 어깨에 잔뜩 힘이 들어가는 것을 느꼈다. 이제 그들은 위험 지대로 들어선 것이다. 헤일이 어디에 숨어 있을지 모르는 상황이었다.

그들의 목적지, 노드 3은 트랜슬레이터에 가려서 보이지 않았다. 수전은 헤일이 아직도 거기서 사타구니를 움켜쥔 채 바닥을 뒹굴고 있기를 기도했다.

스트래드모어는 난간을 놓고 권총을 다시 오른손으로 바꿔 들었다. 그는 아무 말도 하지 않고 어둠 속으로 나아갔고, 수전은 그의 어깨를 꽉 붙잡았다. 지금 스트래드모어를 놓쳤다가는 소리내어 부르지 않는 이상 다시 찾을 방법이 없었다. 그렇게 되면 헤일도 틀림없이 그 소리를 들을 것이다. 그나마 안전하게 느껴지던 계단으로부터 점점 멀어지니, 수전은 어린 시절 한밤중에 술래잡기하던 기억이 떠올랐다. 그녀는 지금 은신처를 벗어나 탁 트인 곳으로 나왔다. 언제 어디서 술래가 덮칠지 알 수 없었다.

트랜슬레이터는 드넓은 흑빛 바다에 떠 있는 유일한 섬이었다. 스트래드모어는 몇 발을 옮길 때마다 걸음을 멈추고 총을 겨눈 채 귀를 기울였다. 지하에서 올라오는 희미한 소음 말고는 아무 소리도 들리지 않았다. 수전은 그를 잡아당겨 안전한 은신처로 돌아가고 싶은 마음이 굴뚝같았다. 사방의 어둠 속에 누군가의 얼굴이 숨어 있는 것만 같았다.

트랜슬레이터를 향해 절반쯤 다가섰을 무렵, 갑자기 크립토의 정적이 깨졌다. 어둠 속 어디선가 높은 음조의 신호음이 터져 나온 것이다. 스트래드모어가 빙글 몸을 돌리는 바람에 수전은 그를 놓치고 말았다. 재빨리 두 팔을 내밀어 허공을 더듬어 보았지만 아무것도 잡히지 않았다. 조금 전까지 그의 어깨가 있던 곳이 지금은 텅 빈 허공일 뿐이었다. 수전은 비틀거리며 그 허공 속으로 한 발을 내디뎠다.

신호음은 계속 이어졌다. 아주 가까운 곳이었다. 수전은 정신없이 어둠 속을 둘러보았다. 옷이 바스락거리는 소리가 나더니, 갑자기 신호음이 뚝 멎었다. 수전은 그 자리에 얼어붙었다. 다음 순간, 어린 시절의 악몽처럼 불쑥 환영이 나타났다. 바로 그녀의 코앞에서 누군가의 얼굴이 나타난 것이다. 유령처럼 어렴풋한 초록색을 띤 그 얼굴이 마치 악마의 형상처럼 보였다. 깜짝 놀란 수전은 몸을 돌려 달아나려 했지만, 유령이 그녀의 팔을 움켜잡았다.

"움직이지 마!" 유령이 명령했다.

순간적으로 수전은 불타는 듯한 헤일의 눈동자를 본 듯했다. 하지만 목소리는 헤일이 아니었다. 손길 역시 아주 부드러웠다. 스트래드모어였다. 그는 막 주머니에서 꺼낸 무언가를 손에 들고 있었는데, 거기에서 희미한 빛이 나와 그의 얼굴을 밑에서부터 비추었다. 수전은 온몸의 긴장이 풀리는 것을 느꼈다. 호흡도 이내 정상으로 돌아왔다. 스트래드모어가 손에 들고 있는 전자 장치의 조그만 LED 화면에서 푸르스름한 빛이 새어 나왔다.

"빌어먹을." 스트래드모어가 소리 죽여 신음을 내뱉었다. "새로 장만한 호출기야." 그는 한심하다는 듯 손에 쥔 무선 호출기를 바라보았다. 그걸 진동으로 바꿔 놓는다는 것을 깜빡 잊고 있었던 것이다. 얼마 전에 가까운 전자 상가에서 현찰을 주고 구입한 호출기였다. NSA가 요원들에게 지급하는 호출기가 철저한 감시의 대상이라는 사실은 스트래드모어 자신이 누구보다 잘 알고 있었다. 그는 비밀리에 메시지를 주고 받을 수 있는 새로운 호출기가 필요했다.

수전은 불안한 눈길로 주위를 둘러보았다. 만약 헤일이 지금까지 그들이 접근하는 것을 모르고 있었다면, 이제는 사정이 달라졌을 것이 틀림없었다.

스트래드모어는 몇 개의 단추를 조작해 방금 들어온 메시지를 확인했다. 그의 입에서 소리 없는 신음이 새어 나왔다. 스페인에서 또 좋지 않은 소식이 날아든 것이다. 이번에는 데이비드 베커가 아니라 그가 비밀리에 세비야로 보낸 다른 요원들이 보내온 메시지였다.

거기에서 4,800킬로미터가 떨어진 세비야의 한적한 도로를 첨단 장비로 무장한 승합차 한 대가 달려가고 있었다. NSA의 극비 호출에 따라 로타의 군사 기지에서 출동한 차량이었다. 차 안의 두 요원은 잔뜩 긴장한 표정이었다. 포드 미드에서 비상 명령을 받은 것은 처음이 아니었지만, 이렇게 고위층에서 직접 명령이 내려온 적은 한번도 없었다.

운전대를 잡은 요원이 어깨 너머로 물었다. "무슨 흔적 없어?"

그의 동료는 한순간도 차량 지붕에 달린 광각 비디오 모니터에서 눈을 떼지 않았다. "없어. 계속 운전해."

# 78




 자바는 실타래처럼 엉킨 케이블 더미 밑에서 땀을 뻘뻘 흘리고 있었다. 아직도 손전등을 입에 문 채 컴퓨터 밑에 드러누운 채였다. 하드웨어를 손보기 위해서는 요원들이 조금이라도 덜 북적거리는 시간을 이용해야 했기 때문에 주말 밤이 그의 주된 작업 시간이었다. 빨갛게 달아오른 납땜 인두를 손에 든 그의 동작은 극도로 조심스러웠다. 자칫 엉뚱한 회로를 건드렸다가는 대형 사고가 터지기 십상이다.
 '몇 센티미터만 더.' 자바가 속으로 중얼거렸다. 이번 작업은 생각보다 시간을 많이 잡아먹었다.
 그가 막 목표물에 인두 끝을 갖다 대려는 순간, 느닷없이 그의 휴대전화 벨소리가 터져 나왔다. 깜짝 놀란 자바의 팔이 반사적으로 움찔거리는 순간, 녹아내린 큼직한 납덩어리 하나가 그의 팔뚝에 떨어졌다.
 "이런 빌어먹을!" 그는 재빨리 인두를 옆으로 치웠지만 하마터면 입에 물고 있던 손전등이 목구멍으로 넘어갈 뻔했다. "빌어먹을! 빌어먹

을! 빌어먹을!"

자바는 이미 굳기 시작한 납덩어리를 미친 듯이 털어 냈다. 납덩어리는 금방 떨어져 나갔지만 그의 팔뚝에 큼직한 화상 자국을 남긴 다음이었다. 그사이 그가 붙이려던 칩이 떨어져 그의 머리를 때렸다.

"이런 빌어먹을!"

그동안에도 벨소리는 계속 울려 댔다. 자바는 그 소리를 무시해 버렸다.

"미지." 그는 나직이 욕설을 내뱉었다. '제발 그만 좀 하시지! 크립토는 멀쩡해!' 벨소리가 계속 울리는 가운데, 자바는 다시 하던 작업으로 돌아갔다. 잠시 후 이윽고 문제의 칩이 제자리에 고정되었지만, 그때까지도 벨소리는 멈출 줄을 몰랐다. '아, 하느님 맙소사! 미지, 제발 그만 좀 하라니까!'

벨소리는 그러고도 15초를 더 지나서야 간신히 잦아들었다. 자바는 안도의 한숨을 내쉬었다.

60초 후, 머리 위의 인터콤이 지직거리기 시작했다. "시스템 보안실장님, 교환대에 메시지가 와 있습니다."

자바는 믿기지 않는다는 듯이 눈알을 부라렸다. '도무지 포기를 모르는 할머니로군.' 자바는 호출까지 무시해 버렸다.

#  79

 스트래드모어는 호출기를 주머니에 집어넣고 어둠 너머 노드 3 쪽을 살펴보았다.
 그는 수전에게 손을 내밀며 속삭였다. "가지."
 하지만 수전의 손이 잡히지 않았다.
 갑자기 어둠 속에서 단발마의 비명 소리가 터져 나왔다. 이어서 시커먼 그림자 하나가 마치 전조등도 켜지 않은 대형 트럭처럼 무시무시한 기세로 달려와 스트래드모어를 들이받았다. 그 충격으로 스트래드모어는 바닥에 벌렁 자빠졌다.
 헤일이었다. 호출기 때문에 스트래드모어의 위치가 노출된 것이다.
 수전은 스트래드모어의 권총이 바닥에 떨어지는 소리를 들었다. 순간적으로 그녀는 어느 쪽으로 도망을 쳐야 할지, 어떤 행동을 해야 좋을지 알지 못해 제자리에서 꼼짝도 하지 못했다. 그녀의 본능은 어서 달아나라고 외치고 있었지만, 그녀는 엘리베이터의 비밀번호를 모르는 상태였다. 또 다른 마음 한구석에서는 어서 스트래드모어를 도와야 한다고 외쳐 댔지만, 어떻게 해야 그를 도울 수 있을지 알 수가 없었다. 수전은 바닥에서 두 남자의 목숨을 건 사투가 벌어질 거라고 생각했지만, 뜻밖에 아무 소리도 들리지 않았다. 갑자기 주위가 쥐 죽은 듯이 조용해졌다. 마치 헤일이 스트래드모어를 덮친 다음, 도로 어둠 속으로 사라져 버린 것 같았다.

수전은 스트래드모어가 무사하기를 바라며 눈에 잔뜩 힘을 주고 어둠을 살펴보았다. 얼마나 시간이 흘렀을까. 수전은 더 이상 참지 못하고 속삭였다. "부국장님?"

수전은 그 말이 끝나기도 전에 자신이 큰 실수를 저질렀음을 깨달았다. 등 뒤쪽에서 헤일의 향수 냄새가 물씬 풍겨 왔던 것이다. 수전은 재빨리 몸을 돌렸지만 이미 너무 늦었다. 그녀는 자신도 모르는 사이에 미친 듯이 몸을 비틀며 숨을 헐떡이고 있었다. 헤일이 그녀의 목에 한쪽 팔을 휘감은 채 얼굴을 자신의 가슴으로 끌어당긴 것이다.

"아직도 사타구니가 얼얼하군." 헤일이 그녀의 귀에 대고 중얼거렸다.

수전의 무릎이 꺾였다. 돔 위로 보이는 별들이 빙글빙글 돌기 시작했다.

## 80

헤일은 팔뚝으로 수전의 목을 감은 채 어둠을 향해 소리쳤다. "부국장, 내가 당신의 귀염둥이를 데리고 있다. 어서 나와!"

아무 반응이 없었다.

헤일의 팔뚝에 더욱 힘이 들어갔다. "그녀의 목이 부러질 텐데!"

바로 그들 뒤에서 권총의 안전장치 풀리는 소리가 들렸다. 스트래드모어의 목소리는 지극히 차분하고 무덤덤했다. "그녀를 놓아줘."

수전은 고통을 참지 못해 비명을 질렀다. "부국장님!"

헤일은 소리가 난 쪽으로 수전의 몸을 돌려 세웠다. "함부로 방아쇠를 당겼다가는 당신이 그토록 아끼는 수전이 무사하지 못할 거야. 설마 그런 위험을 감수하지는 않겠지?"

스트래드모어의 목소리가 조금 더 가까워졌다. "그녀를 놓아줘."

"천만에. 당신 손에 죽고 싶지는 않아."

"나는 아무도 죽이지 않아."

"아, 그래? 차트루키언에게도 그렇게 말해 보시지!"

스트래드모어의 목소리가 또 한 발 다가왔다. "차트루키언은 이미 죽었어."

"물론이지. 당신이 죽였으니까. 내 눈으로 똑똑히 봤어!"

"그만 단념해라, 그렉." 스트래드모어가 차분하게 말했다.

헤일은 수전을 꽉 붙든 채 그녀의 귀에 대고 속삭였다. "스트래드모어가 차트루키언을 밀었어. 내 눈으로 똑똑히 봤다고!"

"그녀에게는 분할 점령 따위의 수법이 통하지 않을 거다." 스트래드모어는 점점 더 거리를 좁혀 오며 말했다. "그녀를 놓아줘."

헤일은 어둠에 대고 으르렁거렸다. "차트루키언은 아직 어린애에 지나지 않아, 빌어먹을! 왜 그런 짓을 했지? 당신의 그 잘난 비밀을 보호하려고?"

그래도 스트래드모어는 냉정함을 잃지 않았다. "무슨 비밀을 말하는 건가?"

"그야 당신이 누구보다 잘 알 텐데! 디지털 포트리스 말고 뭐가 있겠어?"

"저런, 저런." 스트래드모어는 얼음처럼 차가운 목소리로 중얼거렸다. "그럼 자네도 디지털 포트리스에 대해서 알고 있었군. 자네가 그 사실을 부정할 거라고 생각했는데."

"엿 같은 소리 집어치워."

"훌륭한 대답이로군."

"당신은 바보야. 혹시 참고가 될까 해서 얘기하는데, 트랜슬레이터가 과열되고 있어." 헤일이 쏘아붙였다.

"그래? 그렇다면 문을 열고 시스템 보안 요원들을 불러야겠군?" 스트래드모어는 미소를 지었다.

"물론이지. 당연히 그렇게 할 수밖에 없는 상황이야." 헤일이 소리쳤다.

이번에는 스트래드모어의 입에서 웃음소리가 터져 나왔다. "기껏 생각해 낸 게 그건가? 트랜슬레이터가 과열되고 있으니 출입문이 열린 사이에 밖으로 빠져나가시겠다?"

"거짓말이 아니야, 빌어먹을! 내가 직접 지하실로 내려가 봤어! 보조 동력이 프레온가스를 충분히 순환시키지 못하고 있다고!"

"알려 줘서 고맙네." 스트래드모어가 말했다. "하지만 트랜슬레이터는 내부 온도가 일정 수준 이상으로 올라가면 자동으로 작동을 멈추게 되어 있어. 디지털 포트리스도 마찬가지고."

헤일은 코웃음을 쳤다. "당신은 미쳤어. 트랜슬레이터가 날아가거나 말거나 내가 왜 신경을 써야 하지? 그건 처음부터 불법이었어."

스트래드모어는 한숨을 내쉬었다. "아동 심리학은 아동에게만 적용되는 법이지. 그렉, 이제 그녀를 놓아줘."

"그렇게 나를 쏘고 싶은가?"

"나는 자네를 쏘지 않아. 내가 원하는 것은 패스 키뿐이니까."

"무슨 패스 키?"

스트래드모어는 다시 한 번 한숨을 내쉬었다. "탄카도가 보내준 키 말일세."

"도대체 무슨 소린지 알 수가 없군."

"거짓말!" 수전이 끼어들었다. "당신 계정에서 탄카도가 보낸 전자우편을 봤어!"

헤일의 몸이 뻣뻣해졌다. 그는 수전을 빙글 돌려 세웠다. "내 계정에 들어갔었다고?"

"당신은 내 추적기를 중단시켰잖아." 수전이 쏘아붙였다.

헤일은 온몸의 피가 거꾸로 치솟는 느낌이었다. 자기가 한 행동의 흔적을 완벽하게 지웠기 때문에 수전이 알 리가 없다고 생각했던 것이다. 그녀가 그의 말을 한마디도 믿지 않는 것도 무리가 아니었다. 헤일은 벽이 점점 조여 오는 기분이었다. 문득 그 벽 사이를 뚫고 빠져나가기란 애당초 불가능한 일이라는 생각이 들었다. 그는 절망적인 심정으로 수전에게 속삭였다. "수전, 스트래드모어가 차트루키언을 죽였어!"

"그녀를 놔줘." 스트래드모어가 무덤덤하게 말했다. "그녀는 자네 말을 믿지 않아."

"그 이유가 뭘까? 당신은 거짓말쟁이야! 수전을 세뇌시킨 것도 당신이고! 당신은 꼭 필요한 부분만 그녀에게 얘기했어! 당신이 디지털 포트리스를 가지고 무엇을 할 속셈인지도 그녀에게 얘기했나?" 헤일이 소리쳤다.

"내 속셈이 뭔가?" 스트래드모어가 빈정거렸다.

헤일은 이제부터 자기 입에서 나올 말이 구원의 티켓이 될 수도 있고, 자신의 사형 선고가 될 수도 있다는 사실을 잘 알고 있었다. 그는 큰 숨을 들이쉰 다음 큰 소리로 말했다. "당신은 디지털 포트리스에 백도어를 집어넣을 계획이야."

그 말이 떨어지기 무섭게 어둠 속에 정적이 내려앉았다. 헤일은 자신이 정확하게 정곡을 찔렀다고 생각했다.

한 치의 흔들림도 없던 스트래드모어의 이성이 시험대에 오른 모양이었다. "누가 그런 소리를 하던가?" 그의 목소리가 아주 과격해졌다.

"내 눈으로 직접 봤어." 헤일은 이것을 계기로 주도권을 되찾을 수 있을지도 모른다는 희망을 느꼈다. "당신의 브레인스톰에서."

"말도 안 되는 소리. 나는 한번도 내 브레인스톰을 인쇄한 적이 없어."

"그건 나도 알아. 하지만 나는 당신 계정에서 직접 읽었거든."

스트래드모어는 믿기지 않는 눈치였다. "자네가 내 집무실에 숨어들었다고?"

"아니, 노드 3에서 당신을 지켜보았지." 헤일은 애써 자신만만한 웃음을 지었다. 살아서 크립토를 빠져나가려면 해병대에서 배운 모든 협상 기술을 동원해야 했다.

스트래드모어는 점점 더 흥분해서 권총으로 어둠을 겨누었다. "백도어를 집어넣는 계획을 어떻게 알았지?"

"말했잖아, 당신 계정을 훔쳐봤다고."

"그건 불가능해."

헤일은 또다시 건방진 코웃음을 흘렸다. "최고의 인재들을 채용하는 당신의 전략에는 한 가지 문제점이 있어, 스트래드모어. 때로는 당신보다 더 똑똑한 사람이 나타날 수도 있거든."

"그렉." 스트래드모어가 씩씩거리며 말했다. "어디서 그런 정보를 얻었는지는 모르겠지만, 자네는 지금 스스로 무덤을 파고 있어. 지금 당장 수전을 놓아주지 않으면 나는 보안실에 연락을 할 거야. 그렇게 되면 자네는 평생을 감옥에서 썩게 되겠지."

"감히 그런 짓은 하지 못할 텐데." 헤일이 당연하다는 듯이 중얼거렸다. "지금 보안 요원들을 불렀다가는 당신 계획이 엉망이 되어 버릴 테니까. 나는 그들에게 모든 걸 털어놓을 거야." 헤일은 잠시 후 한마디를 덧붙였다. "하지만 나를 내보내 주기만 하면 디지털 포트리스에 대해서는 한마디도 하지 않겠다고 약속하지."

"그건 좀 곤란한데." 스트래드모어가 반박했다. "나는 패스 키가 필요하거든."

"나는 빌어먹을 패스 키 같은 건 가지고 있지 않아!"

"거짓말 집어치워!" 스트래드모어가 소리쳤다. "어디 있지?"

헤일은 수전의 목에 감긴 팔뚝에 힘을 주었다. "나를 내보내 줘. 아니면 수전은 죽어."

평생을 살아오면서 상당히 위험한 협상을 여러 차례 경험해 본 트레버 스트래드모어는 헤일이 지금 아주 위험한 심리 상태에 빠져 있음을 알고 있었다. 이 젊은 암호 요원은 지금 스스로가 커다란 궁지에 몰려 있다고 믿었고, 궁지에 몰린 사람은 언제 어떤 필사적인 몸부림을 시도할지 모르기 때문에 가장 위험한 상대로 간주해야 했다. 스트래드모어는 자신의 다음 행동에 수전의 목숨이 달려 있다고 생각했다. 디지털 포트리스의 미래 역시 마찬가지였다.

스트래드모어는 이런 상황에서는 긴장을 완화하는 것이 급선무라는 사실을 잘 알고 있었다. 한참 동안 침묵을 지키던 그가 긴 한숨을 내쉬며 말했다. "좋아, 그렉. 자네가 이겼어. 원하는 게 뭔가?"

침묵이 이어졌다. 헤일은 순간적으로 스트래드모어의 협조적인 목소리에 어떻게 대처해야 할지 확신이 서지 않는 모양이었다. 수전의 목을 휘감은 그의 팔뚝이 약간 느슨해졌다.

"음……." 갑자기 그의 목소리가 흔들리기 시작했고, 말도 더듬었다. "우선 당신 총을 나에게 넘겨. 당신과 수전 둘 다 나와 함께 가야 하니까."

"인질극을 시도하겠다?" 스트래드모어가 차가운 웃음소리를 흘렸다. "그렉, 그 정도 아이디어 가지고는 안 될 텐데. 여기와 주차장 사이에는 무장한 경비원이 열 명도 넘게 배치되어 있어."

"난 바보가 아니야." 헤일이 소리쳤다. "난 당신의 엘리베이터를 이용할 생각이니까. 수전은 나와 함께 가고, 당신은 여기 남는 거지!"

"이런 이야기까지 하고 싶지는 않지만 말이야." 스트래드모어가 말했다. "지금 엘리베이터에도 전력이 공급되지 않고 있어."

"집어치워!" 헤일이 말했다. "그 엘리베이터는 본관의 전력 시스템과 연결되어 있어. 설계도에서 봤다고!"

"우리가 이미 시도해 봤어." 수전이 어떻게든 도움을 주려고 힘겹게 입을 열었다. "꼼짝도 안 해."

"아주 둘이서 장단이 잘 맞는군. 믿을 수가 없어." 헤일은 팔뚝에 힘을 주었다. "만약 엘리베이터가 작동하지 않으면 트랜슬레이터를 멈춰서 전력을 확보하는 수밖에."

"그 엘리베이터를 작동시키려면 비밀번호가 있어야 돼." 수전이 말했다.

"문제 없어." 헤일이 장담했다. "그 정도는 부국장님께서 알려 주시겠지. 안 그래, 부국장?"

"천만에." 스트래드모어가 차가운 목소리로 대답했다.

헤일이 이를 악물고 소리쳤다. "내 말 잘 들어, 이번이 마지막 기회니까! 나는 수전을 데리고 당신 엘리베이터로 여기를 빠져나가서 몇 시간 동안 차로 이동한 다음에 수전을 보내 줄 거야."

스트래드모어가 승부수를 던져야 할 때가 다가왔다. "디지털 포트리스에 대한 내 계획은?"

헤일은 웃음을 터뜨렸다. "백도어나 잘 준비해 놔. 난 거기에 대해서는 입도 벙긋하지 않을 테니까." 이어서 그는 불길한 목소리로 덧붙였다. "하지만 당신이 내 뒤를 쫓는 기미가 보이면 당장 기자들을 불러서 모든 걸 폭로할 거야. 디지털 포트리스에 백도어를 심어 놓았다는 사실이 드러나면 이 조직은 당장 문을 닫아야 할걸!"

스트래드모어는 헤일의 그 제안을 곰곰이 생각해 보았다. 아주 간단한 이야기였다. 그렇게만 되면 수전의 목숨도 구하고 디지털 포트리스에 백도어도 심을 수 있다. 헤일을 추적하지만 않으면 백도어의 비밀은 누설되지 않을 것이다. 물론 스트래드모어는 헤일이 언제까지나 입을 다물고 있지는 않으리라고 생각했다. 하지만 그렇게 되면 디지털 포트리스가 헤일의 유일한 보험이 되는 셈이었다. 그것을 무기로 무슨 일을 벌일지 모른다. 만에 하나 상황이 발생하면, 필요한 경우 나중에라도 헤일을 제거하는 것은 그리 어려운 일이 아니었다.

"어서 결정을 내려! 어떻게 할 거야?" 헤일이 소리치며 팔로 다시 수전의 목을 조여 왔다.

스트래드모어는 당장 전화기를 꺼내 보안 요원들을 부르면 수전의 목숨을 구할 수 있다는 사실을 알고 있었다. 거기에 대해서는 한 치의 의심도 없었다. 결말이 훤히 눈에 보이는 듯했다. 그가 전화를 걸면 헤일은 완전히 허를 찔릴 것이다. 걷잡을 수 없는 공황 상태에 빠져들 것이고, 결국 보안 요원들이 출동하면 그가 할 수 있는 일은 아무것도 없다. 잠깐 대치 상태가 이어질 수는 있지만 오래 버티지는 못할 것이다. '하지만 내가 보안실에 연락하면……' 스트래드모어는 생각에 잠겼다. '내 계획은 수포로 돌아간다.'

헤일이 더욱 팔에 힘을 주자, 수전의 고통스러운 비명이 터져 나왔다.

"어떻게 할 건가? 내 손으로 꼭 수전을 죽여야 하나?" 헤일이 소리쳤다.

스트래드모어는 다시 한 번 상황을 고민해 보았다. 만약 헤일이 수전을 데리고 크립토를 빠져나가면 그다음부터 무슨 일이 벌어질지 알 수 없다. 한참 동안 차를 몰고 가서 어디 숲 속 같은 데다 세우고, 게다가 총까지 넘겨주면……. 스트래드모어는 그런 생각을 하니 속이 울렁거렸다. 설령 헤일이 수전을 놓아준다 하더라도 그 전에 무슨 짓을 할지 누가 알겠는가. '보안실에 연락을 해야 한다.' 스트래드모어는 마음을 정했다. '달리 방법이 없지 않은가.' 헤일이 법정에 서서 디지털 포트리스의 비밀을 털어놓는 장면이 어른거렸다. '그렇게 되면 내 계획은 수포로 돌아간다. 틀림없이 다른 방법이 있을 거야.'

"어서 결정해!" 헤일이 수전을 계단 쪽으로 끌고 가며 소리쳤다.

스트래드모어의 귀에는 그의 돈소리가 들리지 않았다. 수전을 구하기 위해 그의 계획을 포기해야 한다면, 어쩔 수 없는 노릇이었다. 그 무엇도 수전의 목숨과 바꿀 수는 없지 않은가. 트레버 스트래드모어는 무슨 일이 있어도 수전 플래처를 팔아넘길 수가 없었다.

헤일은 수전의 팔을 등 뒤로 꺾은 채 그녀의 목을 한쪽 옆으로 찍어 눌렀다. "진짜 마지막 기회다! 어서 총을 이리 넘겨!"

스트래드모어의 마음은 여전히 다른 대안을 찾아 방황을 계속하고 있었다. '틀림없이 대안이 있을 거야!' 그는 차분하게 입을 열었다. "안 돼, 그렉. 미안하네. 난 자네를 이대로 보낼 수가 없어."

헤일은 큰 충격을 받았다. "뭐라고!"

"보안실에 연락할 거야."

수전의 입에서 신음이 터져 나왔다. "부국장님! 안 돼요!"

헤일이 또다시 팔에 힘을 주었다. "연락하는 즉시 수전은 죽는다!"

수전은 허리띠에 차고 있던 휴대전화를 꺼내 폴더를 열었다. "그렉, 자넨 허풍이 심하군."

"설마 진심은 아니겠지?" 헤일이 소리쳤다. "내가 가만히 있을 것 같아? 당신의 계획을 모조리 까발릴 거야! 이제 몇 시간만 지나면 당신의 꿈이 이뤄지잖아! 이 세상의 모든 데이터를 마음대로 주무르는 꿈 말이야. 더 이상 트랜슬레이터도 필요없어. 아무런 한계도 없이 원하는 모든 정보를 손에 넣게 된다고! 이건 평생에 한 번 있을까 말까 한 기회야! 설마 그 기회를 놓치고 싶지는 않겠지?"

스트래드모어의 목소리는 쇳덩이처럼 단단했다. "두고 봐."

"하지만 수전은 어떻게 할 거지? 그 전화를 걸면 수전은 죽어!" 헤일이 말을 더듬었다.

스트래드모어는 꿈쩍도 하지 않았다. "이미 각오하고 있어."

"빌어먹을! 당신은 디지털 포트리스보다도 이 여자가 훨씬 더 중요한 사람이야! 나는 당신을 알아! 그렇게 쉽게 포기하지는 못할 텐데?"

수전은 뭐라고 반박을 하려 했지만 스트래드모어가 그럴 기회를 주지 않았다. "그렉, 자네는 나를 몰라. 나도 때로는 살기 위해 위험을 감수할 때가 있거든. 자네가 그렇게 제대로 한판 붙어 보자고 나오니, 나로서도 어쩔 수가 없어." 스트래드모어는 전화기의 숫자판을 누르기 시작했다. "자네는 나를 잘못 봤어, 그렉. 내 직원의 목숨을 위협하면서 여기를 빠져나갈 수 있는 사람은 아무도 없으니까." 스트래드모어는 전화기를 귀에 대고 소리쳤다. "교환! 보안실 연결해!"

헤일은 수전의 목을 더욱 힘껏 짓눌렀다. "난 수, 수전을 죽일 거야. 정말이라고!"

"차마 그런 짓은 하지 못할 텐데!" 스트래드모어가 말했다. "수전을 죽이면 일이 더욱 복잡해질 뿐······." 스트래드모어는 말을 멈추고 전화기를 입에 갖다 댔다. "보안실인가? 트레버 스트래드모어 부국장이다. 크립토에서 인질극이 발생했어. 당장 요원들을 보내도록! 그래, 지금 당장, 이 멍청아! 발전기에도 문제가 생겼으니, 가능한 모든 동력을 동원해서 당장 전력을 공급해. 5분 내로 모든 시스템을 정상 복구시키도록! 그렉 헤일이 시스템 보안 요원을 살해했다. 지금 우리 암호팀장을 인질로 붙잡고 있어. 필요하다면 최루 가스를 사용해도 좋다! 만약 그렉 헤일이 협조하지 않으면 저격수를 배치해서 사살해도 좋아. 모든 책임은 내가 진다. 당장 실행에 옮기도록!"

헤일은 눈앞에서 벌어지는 일이 도저히 않는다는 듯 꼼짝도 하지 않았다. 수전의 목을 휘감은 그의 팔뚝에서 기운이 빠지는 게 느껴졌다.

스트래드모어는 전화기를 닫아서 도로 허리띠에 꽂았다. "자, 이제 자네 차례야, 그렉."

# 81

 베커는 침침한 눈을 껌뻑거리며 공항 로비의 공중전화 부스 옆에 서 있었다. 얼굴이 화끈거리고 속은 울렁거렸지만, 그래도 마음은 하늘을 날 것 같았다. 드디어 끝난 것이다. 이번에는 정말 끝이다. 이제 집으로 돌아가기만 하면 되었다. 그가 지금 손가락에 끼고 있는 반지가 바로 그토록 찾아 헤매던 성배였다. 그는 손을 들어 금반지를 불빛에 비춰 보았다. 아직 눈동자에 초점이 잘 맞춰지지는 않았지만, 반지에 새겨진 글자가 영어처럼 보이지는 않았다. 첫 번째 기호는 Q(큐)인지 O(오)인지, 그도 아니면 0(영)인지 잘 분간이 가지 않았다. 베커는 처음 몇 글자를 꼼꼼히 살펴보았다. 도무지 의미를 짐작할 길이 없었다. '여기에 국가 안보가 달렸단 말이지?'
 베커는 전화 부스 안으로 들어가 스트래드모어의 전화번호를 눌렀다. 국제 전화 앞머리에 붙는 번호들을 다 누르기도 전에 녹음된 안내 메시지가 나왔다. "Todos los circuitos están ocupados," '끊고 나중에 다시 걸라고?' 베커는 얼굴을 찌푸리며 수화기를 내려놓았다. 스페인에서 국제 전화를 거는 것은 룰렛 게임과도 같아서, 엄청난 요행이 필요하다는 사실을 깜빡 잊고 있었다. 몇 분 있다가 다시 시도해 봐야 할 듯했다.

베커는 따끔거리는 통증이 조금씩 가라앉는 눈 주위를 건드리지 않으려고 무진 애를 썼다. 메건 말로는 괜히 눈을 비볐다가 더 악화되는 경우가 많다고 했다. 정말 어이가 없는 일이었다. 마음이 조급해진 베커는 또 한 번 전화를 걸어 보았다. 이번에도 전화는 연결되지 않았다. 베커는 더 이상 기다릴 수가 없었다. 눈알이 불에 덴 듯이 화끈거려서 찬물로 좀 씻어 내기라도 해야 될 것 같았다. 스트래드모어를 1~2분 더 기다리게 한다고 큰일이야 나겠나 싶었다. 베커는 반쯤 눈을 감은 채 화장실로 향했다.

남자 화장실 앞에는 아직도 청소용 손수레가 놓여 있어서 이번에도 베커는 '숙녀용' 표시판이 붙은 문을 기웃거렸다. 안에서 무슨 소리가 나는 것 같기도 했다. 베커는 노크를 했다. 'Hola(누구 있어요)?'

아무 반응이 없었다.

'메건일지도 몰라.' 베커는 생각했다. 메건이 비행기를 타려면 아직 다섯 시간을 기다려야 했기 때문에 그사이에 팔뚝의 잉크 자국이나 마저 지워야겠다고 했던 것이 떠올랐다.

"메건?" 베커는 그녀의 이름을 부르며 다시 노크를 했다. 여전히 대답이 없었다. 베커는 문을 살며시 밀어 보았다. "계십니까?" 그는 안으로 들어섰다. 화장실 안은 텅 비어 있었다. 베커는 어깨를 한 번 으쓱한 뒤 세면대로 다가갔다.

세면대는 여전히 지저분했지만 물은 시원하게 잘 나왔다. 눈에다 찬물을 끼얹으니 땀구멍이 막혀 버린 느낌이 들었다. 그래도 통증이 조금씩 가시기 시작하고, 눈앞의 안개도 점점 걷혀 갔다. 베커는 거울에 비친 자신의 모습을 바라보았다. 며칠 동안 쉬지 않고 운 사람 같았다.

베커는 소맷자락으로 얼굴을 닦다 말고 문득 그 생각을 떠올렸다. 너무 다급한 순간이 이어진 나머지, 그는 지금 자기가 어디에 와 있는지를 까맣게 잊고 있던 것이다. 여기는 바로 공항이다! 세비야 공항에 위치한 세 개의 개인 격납고 가운데 하나에는 그를 집으로 데려다 줄 리어젯 60이 기다리고 있다. 조종사는 분명히 말했다. '선생님이 돌아오실 때까지 여기서 기다리라는 지시를 받았습니다.'

그 많고 많은 사건을 거친 끝에 결국 출발점으로 되돌아왔다는 사실이 좀처럼 믿기지 않았다. '내가 지금 뭘 기다리고 있는 거지?' 베커는 웃음을 지으며 생각했다. '조종사더러 스트래드모어에게 무전으로 연락하라고 하면 되잖아!'

베커는 혼자 미소를 지으며 거울 속에 비친 자신의 모습을 보며 넥타이를 바로잡았다. 막 돌아서려는 순간, 그의 눈꼬리에 뭔가 이상한 게 보였다. 돌아서서 확인해 보니, 메건의 가방 끄트머리 같은 게 살짝 열린 문 밑으로 삐져나와 있었다.

"메건?" 베커는 그녀의 이름을 불러 보았지만 대답이 없었다. "메건?"

베커는 그쪽으로 다가갔다. 칸막이 옆쪽을 세게 두들겨 보았다. 여전히 반응이 없었다. 베커가 살그머니 문을 밀자 문이 활짝 열렸다.

베커는 터져 나오는 비명을 가까스로 억눌렀다. 변기 위에 눈을 부릅뜬 메건이 쓰러져 있었다. 이마 한복판에 뚫린 총알 구멍에서 아직도 피가 흘러나오고 있었다.

"이런 빌어먹을!" 베커는 충격을 감당하지 못하고 소리쳤다.

"Esta muerta(그녀는 죽었어)." 그의 등 뒤에서 사람의 목소리라고는 도저히 믿기지 않는 흉측한 소리가 들려왔다.

마치 꿈을 꾸는 기분이었다. 베커는 재빨리 뒤를 돌아보았다.

"세뇨르 베커?" 괴상한 목소리가 물었다.

베커는 화장실 안으로 들어서는 남자의 모습을 멍하니 바라보았다. 묘하게 눈에 익은 얼굴이었다.

"Soy Hulohot(나는 울로오트다)." 킬러가 말했다. 마치 목구멍이 아니라 위장 속 깊숙한 곳에서 올라오는 말소리 같았다. 그가 손을 내밀었다. "El anillo(반지)."

베커는 여전히 멍한 눈길로 그를 바라볼 뿐이었다.

킬러가 주머니에 손을 넣더니 권총을 꺼냈다. 그는 총으로 베커의 머리를 겨누었다. "반지."

베커는 갑자기 머리가 유리알처럼 투명하게 맑아지면서 지금껏 한 번도 경험하지 못한 묘한 감각에 사로잡혔다. 마치 무의식적인 생존 본능이 작용한 듯, 온몸의 모든 근육이 팽팽하게 곤두서는 느낌이었다. 총구가 불을 뿜는 순간, 베커는 본능적으로 몸을 솟구쳤다. 그의 몸이 쓰러진 메건 위로 떨어졌고, 총알은 뒤쪽의 벽을 때렸다.

"Mierda(제기랄)!" 울로오트가 분통을 터뜨렸다. 간발의 차이로 총알이 빗나간 것이다. 킬러는 다시 자세를 갖추고 다가섰다.

베커는 재빨리 몸을 일으켰다. 발소리가 다가왔다. 숨소리와 함께 권총에서 딸깍하는 소리가 들렸다.

"Adios(안녕)." 킬러는 표범처럼 몸을 날리며 칸막이 안으로 총을 들이댔다.

다시 한 번 총구가 불을 뿜었다. 뭔가 시뻘건 것이 확 튀어오르는 듯했다. 하지만 그것은 피가 아니었다. 마치 허공에서 떨어진 듯 무언가가 칸막이 안에서 튀어나와 킬러의 가슴팍을 때렸다. 그 충격에 총알이 그의 의도보다 일찍 발사된 모양이었다. 날아간 물체는 메건의 가방이었다.

베커는 용수철이 뛰듯 칸막이를 박차고 나왔다. 그의 어깨가 킬러의 가슴과 충돌하며 그를 세면대 쪽으로 밀어붙였다. 뼈가 부서지는 소리와 함께 거울이 박살났다. 총은 바닥으로 떨어졌고, 두 사람의 몸이 뒤엉킨 채 바닥을 뒹굴었다. 베커는 재빨리 몸을 일으켜 출입문 쪽으로 달려갔다. 울로오트는 권총을 집어 들고 몸을 돌리며 방아쇠를 당겼다. 총알은 막 닫힌 문짝을 관통했다.

텅 빈 공항 로비가 마치 도저히 건너가지 못할 사막처럼 베커 앞에 가로놓여 있었다. 베커는 지금까지 자기가 그렇게 빠른 속도로 달릴 수 있으리라고는 상상도 하지 못했다.

베커가 회전문 안으로 미끄러져 들어갈 즈음, 뒤에서 총성이 터졌다. 베커 앞의 유리가 박살이 나면서 소나기처럼 파편이 쏟아졌다. 베커가 어깨로 문짝을 열자, 회전문이 빙글 돌아갔다. 베커는 가까스로 건물 밖으로 뛰쳐나왔다.

택시가 한 대 기다리고 있었다.

"Déjame entrar(태워 줘요)!" 베커는 비명을 지르며 잠긴 문짝을 두드렸다. "문 좀 열어요!" 기사는 그의 부탁을 외면했다. 그 택시는 은 테 안경을 낀 손님의 요청으로 대기하는 중이었다. 베커가 돌아보니 울로오트가 총을 손에 든 채 로비를 건너오고 있었다. 베커의 시선은 한쪽 구석에 뒹굴고 있던 조그만 오토바이에 날아가 멎었다. '난 이제 죽었다.'

울로오트가 회전문을 밀고 나왔을 무렵, 베커는 오토바이에 시동을 걸려고 안간힘을 다하고 있었다. 울로오트는 미소를 지으며 총구를 들었다.

'초크를 열어야 해!' 베커는 연료 탱크 밑에 달린 손잡이를 더듬었다. 그런 다음 다시 한 번 시동 페달을 밟았다. 엔진은 쿨럭쿨럭 기침만 하다가 꺼져 버렸다.

"반지." 그사이 울로오트가 바짝 다가와 있었다.

베커는 고개를 들었다. 총구가 선명하게 보였다. 약실이 돌아가기 시작했다. 베커는 필사적으로 다시 한 번 있는 힘을 다해 가속 레버를 당겼다.

결정적인 순간에 생명을 되찾은 조그만 오토바이가 앞으로 튀어나가면서 울로오트의 총알은 아슬아슬하게 베커의 머리를 비껴 갔다. 베커는 결사적으로 오토바이를 몰아 풀이 자라는 분리대를 뛰어넘은 다음, 건물 모퉁이를 돌아 활주로로 접어들었다.

머리끝까지 화가 치민 울로오트는 기다리고 있던 택시를 향해 달려갔다. 잠시 후, 기사는 인도에 쓰러진 채 자신의 택시가 자욱한 먼지를 일으키며 급발진하는 모습을 지켜보아야 했다.

# 82

 스트래드모어가 보안실에 전화를 걸었다는 사실이 그렉 헤일의 이성에 심각한 문제를 야기한 모양이었다. 걷잡을 수 없는 공포심이 밀려왔다. '이제 곧 보안 요원들이 들이닥칠 것이다!' 수전이 안간힘을 다해 그의 팔에서 빠져나가려 했다. 헤일은 정신을 가다듬으려고 애쓰며 그녀의 배를 붙잡고 자기 쪽으로 끌어당겼다.
 "이거 놔!" 수전의 고함 소리가 텅 빈 돔에 메아리쳤다.
 헤일은 좀처럼 감정을 다스릴 수가 없었다. 스트래드모어가 정말로 보안실에 연락을 할 거라고는 미처 상상하지 못했다. '정말로 그가 디지털 포트리스를 이용할 계획을 포기한 것일까?'
 헤일은 스트래드모어가 이번 기회를 제 발로 걷어찰 거라고는 꿈에도 상상하지 못했다. 간단한 백도어 하나로 세상을 바꿀 수 있는 절호의 기회였다.
 공포에 사로잡힌 헤일의 마음이 그를 가지고 장난을 치기 시작했다. 그의 눈길이 닿는 모든 곳에서 스트래드모어의 베레타가 입을 벌리고 있는 것 같았다. 그는 수전을 방패 삼아 끌어안은 채 스트래드모어의 총알을 막기 위해 제자리에서 빙글빙글 맴돌기 시작했다. 그러더니 두려움에 눈이 멀어 수전을 계단 쪽으로 끌고 가는 것이었다. 이제 5분이면 불이 들어올 것이고, 문이 열리면서 특수 기동대가 들이닥칠 것이다.

"아파 죽겠어!" 수전이 소리쳤다. 헤일의 필사적인 몸부림을 뿌리치지 못하는 그녀의 입에서 가쁜 신음 소리가 터져 나왔다.

헤일은 수전을 놔주고 스트래드모어의 엘리베이터를 향해 죽어라고 뛰어 볼까도 생각했지만, 그것은 자살 행위나 다름없었다. 그는 비밀번호도 모르는 상태였다. 게다가 인질도 없이 혼자라면 설령 NSA 구내를 빠져나가는 데 성공한다 하더라도 이미 죽은 목숨이나 진배없었다. 그의 자동차로 어떻게 NSA의 헬기를 따돌린단 말인가. '여기서 빠져나가려면 반드시 수전이 있어야 해!'

"수전." 헤일은 그녀를 계단 쪽으로 끌고가며 속삭였다. "나랑 같이 가요! 절대로 해치지 않겠다고 약속할 테니!"

그러나 수전은 계속 발버둥쳤다. 헤일은 자신의 앞길에 또 다른 문제가 도사리고 있음을 알아차렸다. 어떻게든 수전을 데리고 스트래드모어의 엘리베이터를 타는 데 성공한다 해도 그녀는 건물을 빠져나가는 내내 반항을 멈추지 않을 것이다. 헤일은 스트래드모어의 엘리베이터가 딱 한 번밖에 멈추지 않는다는 사실을 알고 있었다. 이 '지하 고속도로'는 비밀리에 NSA를 드나드는 권력의 핵심층이 미로처럼 얽힌 지하 터널을 오가는 유일한 이동 통로였다. 헤일은 쉴새없이 발버둥치는 인질을 끌고 NSA 지하에서 길을 잃고 헤맬 생각은 전혀 없었다. 그것은 죽음의 함정이나 다름없었다. 설령 빠져나간다 해도 그에게는 권총 한 자루 없는 상태였다. 그런 처지에 어떻게 수전을 끌고 주차장을 가로지를 것이며, 운전은 또 어떻게 한단 말인가?

문득 해병대에서 군사 전략을 가르치던 교관의 목소리가 그에게 답을 제시해 주었다.

'무력을 사용하면 상대는 저항할 것이다. 그러나 상대방의 생각을 네가 원하는 쪽으로 돌려놓는다면 너에게는 아군이 생길 것이다.'

"수전." 헤일은 자신도 모르는 사이에 입을 열었다. "스트래드모어는 살인자예요! 당신까지 위험한 상황이란 말입니다!"

수전은 그의 말에 귀를 기울이지 않았다. 헤일은 그런 접근 방법이 통하지 않을 것임을 직감했다. 수전은 스트래드모어가 절대 자신을 해치지 않을 거라는 확신을 가지고 있을 테니까.

헤일은 스트래드모어가 숨어 있는 곳을 알아내려고 잔뜩 긴장한 채 어둠 속을 둘러보았다. 갑자기 스트래드모어가 조용해진 것이 헤일을 더욱 불안하게 했다. 머뭇거릴 시간이 없었다. 언제 보안 요원들이 들이닥칠지 몰랐다.

헤일은 젖 먹던 힘을 다해 수전의 허리를 두 팔로 끌어안고 계단 위로 그녀를 끌어올렸다. 수전도 뒤꿈치를 바닥에 붙인 채 사력을 다해 버텼다. 하지만 힘으로는 결코 헤일의 상대가 되지 못했다.

헤일은 수전을 질질 끌다시피 한 채 조심스럽게 뒷걸음질로 계단을 올라갔다. 이왕이면 돌아서서 그녀의 등을 미는 게 더 쉬웠겠지만, 계단을 다 올라가면 스트래드모어의 컴퓨터 모니터에서 나오는 불빛으로 제법 훤했다. 그런 자세로 수전이 먼저 계단 위에 도착하면 헤일의 등은 고스란히 스트래드모어의 과녁이 되는 셈이었다. 그런 사태를 막기 위해서는 어떻게든 수전을 방패 삼아 뒷걸음질을 치는 수밖에 없었다.

계단을 3분의 1쯤 올라갔을 때, 헤일은 아래쪽에서 뭔가가 움직이는 것을 포착했다. '스트래드모어가 움직이기 시작했다!' "서툰 수작 하지 마, 부국장! 자칫하면 수전이 죽어." 헤일이 소리쳤다.

헤일은 반응을 기다렸다. 하지만 돌아온 것은 침묵밖에 없었다. 아무리 귀를 곤두세워도 아무것도 들리지 않았다. 계단 아래쪽의 움직임도 흔적없이 사라졌다. '내가 잘못 판단했나?' 어차피 상관없다. 스트래드모어가 감히 수전을 앞에 놓고 총을 쏘지는 못할 테니까.

그러나 헤일이 다시 수전을 계단 위쪽으로 끌어당기기 시작했을 때, 뭔가 예기치 못한 사태가 발생했다. 그의 등 뒤, 계단 꼭대기에서 희미하게 쿵 하는 소리가 들린 것이다. 헤일은 가쁜 숨을 몰아쉬며 동작을 멈추었다. 스트래드모어가 벌써 계단 위에까지 올라가 있는 것일까? 헤일은 본능적으로 스트래드모어가 계단 밑에 있는 게 정상이라고 판단했다. 하지만 그때 또 한 번 쿵 하는 소리가 들렸다. 이번에는 조금 전보다 더 또렷했다. 계단 꼭대기에서 사람의 발소리가 난 것이다!

겁에 질린 헤일은 자신의 실수를 알아차렸다. '스트래드모어는 이미 내 등 뒤에 올라가 있다! 그에게 내 등이 훤하게 노출되어 있어!' 헤일은 수전과 위치를 바꾸어 필사적인 뒷걸음질로 계단을 도로 내려가기 시작했다.

간신히 계단을 다 내려온 헤일은 계단 꼭대기를 바라보며 소리쳤다. "물러서라, 부국장! 그렇지 않으면 수전의 목이……."

그의 말이 끝나기도 전에 베레타 손잡이가 허공을 가르며 헤일의 뒤통수에 날아와 박혔다.

축 늘어져서 쓰러지는 헤일의 손아귀를 뿌리친 수전은 영문을 모른 채 주위를 둘러보았다. 스트래드모어가 그녀의 떨리는 몸을 붙잡고 꼭 끌어안았다. "쉿. 나야. 이제 괜찮아." 그가 속삭였다.

수전은 온몸이 벌벌 떨렸다. "부, 부국장님." 아직도 제정신이 돌아오지 않은 목소리였다. "난 부국장님이 계단 위에 있는 줄 알았어요. 소리가……."

"진정해. 그건 내 신발이 떨어지는 소리였어." 스트래드모어가 소곤거렸다.

　수전은 울어야 할지 웃어야 할지 감이 잡히지 않았다. 스트래드모어가 그녀의 목숨을 구해 주었다. 수전은 캄캄한 어둠 속에서도 마음이 놓였다. 그렇다고 해서 죄의식마저 깨끗이 사라진 것은 아니었다. 이제 곧 보안 요원들이 몰려들 터였다. 수전은 자기가 멍청해서 헤일에게 잡히는 바람에 스트래드모어가 커다란 희생을 감내할 수밖에 없는 상황을 만들었다고 생각했다. 그가 그녀를 구하기 위해 치른 대가가 너무 컸다. "미안해요." 수전이 말했다.

　"뭐가?"

　"디지털 포트리스를 이용하려던 계획이 물거품이 되어 버렸잖아요."

　스트래드모어는 고개를 가로저었다. "천만의 말씀."

　"하지만, 하지만 보안실에 연락을 하셨잖아요? 이제 곧 그들이 도착할 거예요. 시간상으로 도저히……."

　"보안 요원들은 오지 않아, 수전. 시간은 얼마든지 있어."

　수전은 또 한 번 뒤통수를 얻어맞은 기분이었다. '보안 요원들이 오지 않는다고?' "하지만 부국장님이 전화를……."

　스트래드모어는 웃음을 터뜨렸다. "아주 오래된 속임수지. 그냥 전화를 거는 척한 것뿐이야."

## 83

　세비야 공항이 생긴 이래 아마도 베커의 베스파가 그 활주로를 달린 가장 조그만 탈것이었을 것이다. 오토바이보다는 전기 톱이 돌아가는 소리에 가까운 굉음을 토해 냈지만 최고 속도는 시속 80킬로미터가 고작이었고, 안타깝게도 그 정도 속드로는 활주로를 박차고 날아오를 만한 추진력을 충분히 얻을 수 없었다.

　베커는 백미러를 통해 약 400미터 후방에서 활주로로 접어드는 택시를 확인했다. 택시는 베커의 오토바이와 비교하면 엄청난 가속력을 발휘하고 있었다. 베커는 앞쪽을 타라보았다. 약 800미터 전방에 세 개의 격납고가 밤하늘 아래 희미한 윤곽을 드러내고 있었다. 베커는 과연 택시에게 따라잡히지 않고 거기까지 다다를 수 있을지 확신이 서지 않았다. 수전이라면 딱 2초 만에 확률을 계산해 냈을 것이다. 베커에게 문득 일찍이 경험해 보지 못한 공포가 밀려들었다.

　베커는 머리를 숙인 채 최대한 가속 레버를 당겼지만, 이미 오토바이는 한계 속도에 다다른 지 오래였다. 베커는 뒤쫓아오는 택시의 속도가 어림잡아 자신의 두 배는 될 거라고 생각했다. 베커는 다시 한 번 저만치 보이는 세 개의 격납고를 바라보았다. '가운데 격납고다. 리어젯이 그 안에 있어.' 한 발의 총성이 터졌다.

총알은 베커 몇 미터 뒤쪽의 활주로를 때렸다. 베커는 뒤를 돌아보았다. 킬러는 창밖으로 몸을 내민 채 권총으로 조준하고 있었다. 베커가 얼른 각도를 바꾸는 순간, 백미러가 박살이 났다. 핸들을 쥔 그의 손에까지 충격이 느껴졌다. 베커는 오토바이 위에 엎드리다시피 자세를 낮추었다. '아, 하느님, 도저히 안 될 것 같아!'

서서히 전방의 아스팔트가 환하게 밝아졌다. 택시가 거리를 좁혀 오면서 전조등 불빛이 활주로에 희미한 그림자를 드리웠다. 또 한 번 총성이 터졌다. 이번에는 총알이 오토바이의 차체를 때리고 튕겨 나갔다.

베커는 금방이라도 쓰러질 것만 같은 오토바이의 균형을 되찾기 위해 사력을 다했다. '어떻게든 격납고까지 가야 한다!' 어쩌면 리어젯의 조종사가 이 장면을 지켜보고 있을지도 모른다는 생각이 들었다. '그는 무기를 가지고 있을까? 그가 시간 맞춰 비행기 문을 열어 주면 얼마나 좋을까.' 하지만 문이 열린 격납고 앞으로 돌진하던 베커는 자신이 부질없는 의문과 씨름했다는 사실을 깨달았다. 리어젯의 모습은 어디서도 보이지 않았다. 베커는 눈을 껌뻑이며 자신이 헛것을 보고 있다고 생각했다. 하지만 다시 봐도 격납고는 텅 비어 있었다. '맙소사! 비행기가 어디로 간 거야!'

베커는 텅 빈 격납고 안으로 돌진하며 빠져나갈 구멍을 찾아보았다. 아무것도 없었다. 주름진 철판으로 된 격납고의 뒤쪽 벽에는 문은커녕 창문 하나 없었다. 택시가 그의 옆으로 바짝 따라붙었다. 왼쪽으로 고개를 돌리니 총을 치켜든 울로오트의 모습이 보였다.

베커는 반사적으로 브레이크를 힘껏 잡았다. 그러나 속도는 줄어들지 않았다. 격납고 바닥이 온통 기름투성이라, 오토바이가 속도를 그대로 유지한 채 쭉 미끄러졌다.

바로 옆에서 택시가 급브레이크를 밟자 귀청이 찢어질 듯한 굉음이 터져 나왔다. 타이어가 미끄러지며 하얀 연기와 함께 고무 타는 냄새가 격납고 안을 가득 채웠다.

택시와 베커의 오토바이는 제동력을 상실한 채 격납고 뒤쪽 벽 쪽으로 사정없이 미끄러졌다. 베커는 필사적으로 브레이크를 잡았지만 바퀴가 전혀 마찰력을 얻지 못했다. 마치 빙판 위를 달리는 느낌이었다. 눈앞에 철판으로 된 벽이 나타나 빠른 속도로 가까워졌다. 옆에서는 택시가 빙글빙글 돌아가며 베커와 같은 방향으로 돌진했다. 베커는 눈을 질끈 감고 충격을 받아들일 마음의 준비를 했다.

쇠와 쇠가 맞부딪치는 엄청난 굉음이 터져 나왔다. 하지만 베커는 아무런 통증도 없었다. 문득 정신을 차리고 보니 그는 여전히 오토바이를 탄 채 격납고 바깥의 울퉁불퉁한 풀밭을 달리고 있었다. 마치 눈앞에서 격납고 벽이 사라져 버린 느낌이었다. 옆에서는 아직도 택시가 따라오고 있었다. 격납고 벽에서 찢어진 커다란 골함석 조각 하나가 택시의 후드 위에서 떨어져 나와 베커의 머리 위로 휙 날아갔다.

베커는 미친 듯이 두근거리는 심장을 억누르며 어둠 속으로 오토바이를 몰았다.

## 84

 마지막 납땜을 마친 자바는 만족스러운 한숨을 내쉬었다. 인두의 전원을 끄고 손전등을 내려놓은 다음, 캄캄한 대형 컴퓨터 밑에 잠시 그대로 드러누워 있었다. 피로가 몰려왔다. 목도 쑤셨다. 그처럼 덩치가 큰 사람에게 컴퓨터 내부 작업은 정말 무리였다.
 '그런데도 컴퓨터를 더 작게 만들지 못해 안달이니······.' 자바는 속으로 투덜거렸다.
 눈을 감고 느긋하게 작업을 끝낸 포만감을 즐기고 있는데 누가 바깥에서 그의 발을 잡아당겼다.
 "자바! 어서 나와요!" 여자의 목소리였다.
 '미지가 여기까지 찾아온 거야?' 자바는 신음을 내뱉었다.
 "자바! 어서 나오라니까요!"
 자바는 마지못해 몸을 꿈틀거려 컴퓨터 밑에서 빠져나왔다. "미지, 도대체 무엇 때문에······." 하지만 그를 내려다보는 사람은 미지가 아니었다. 자바는 놀란 눈으로 상대방을 쳐다보았다. "소시?"

소시 쿠타는 몸무게가 40킬로그램밖에 나가지 않는 인간 철사였다. 자바의 직속 부하이자 면도날처럼 예리한 MIT 출신의 시스템 보안 기술자이기도 했다. 그녀는 늦게까지 자바와 함께 일하는 경우가 많았는데, 그를 두려워하지 않는 몇 안 되는 직원들 가운데 하나였다. 그런 그녀가 자바를 빤히 쳐다보며 물었다. "왜 휴대전화를 안 받는 거죠? 호출까지 했는데 대답도 없고?"

"자네가 호출한 거야? 나는 다른 사람이······." 자바는 멍한 표정으로 되물었다.

"상관없어요. 메인 데이터뱅크에 뭔가 이상한 일이 벌어지고 있어요."

자바는 자신의 손목시계를 확인했다. "이상하다니?" 갑자기 불길한 예감이 엄습했다. "좀 더 자세히 설명해 봐."

2분 뒤, 자바는 육중한 몸을 이끌고 데이터뱅크를 향해 달리고 있었다.

# 85

 그렉 헤일은 노드 3 바닥에 쓰러져 있었다. 스트래드모어와 수전이 그를 여기까지 끌고와 레이저 프린터에서 떼어 낸 프린터 케이블로 손과 발을 묶어 놓은 참이었다.
 수전은 아직도 방금 스트래드모어가 해 낸 교묘한 연기가 믿기지 않았다. '전화를 거는 흉내만 냈다고?' 아무튼 스트래드모어는 헤일을 때려눕히고 수전을 구했으며, 본인은 디지털 포트리스에 백도어를 심을 시간을 벌었다.
 수전은 불안한 눈으로 손발이 묶인 헤일을 바라보았다. 헤일은 의식을 잃은 와중에도 거친 숨을 몰아쉬었고, 스트래드모어는 소파에 앉아 무릎 위에 베레타를 올려놓은 자세였다. 수전은 다시 헤일의 단말기에 정신을 집중하며 무작위 문자열 탐색을 계속했다.
 네 번째 문자열 탐색마저 한 바퀴를 다 돌고 빈손으로 돌아왔다. "쉽지 않겠어요." 수전이 한숨을 내쉬며 말했다. "데이비드가 탄카도의 패스 키를 찾을 때까지 기다려야 할까 봐요."

스트래드모어는 그럴 수는 없다는 눈빛으로 그녀를 바라보았다. "만약 데이비드가 실패해서 탄카도의 키가 엉뚱한 자들의 손에 들어가면……."

스트래드모어는 굳이 말을 끝맺을 필요가 없었다. 수전도 이미 충분히 이해하고 있기 때문이었다. 인터넷에 올라 있는 디지털 포트리스 파일을 스트래드모어의 수정본과 바꿔 놓기 전까지는 탄카도의 패스 키가 엄청난 파괴력을 발휘할 수도 있었다.

"일단 바꿔치기에 성공하고 나면……." 스트래드모어가 덧붙였다. "패스 키가 사방에 돌아다닌다 해도 신경쓸 것 없어. 오히려 많이 돌아다닐수록 우리한테는 유리하니까." 스트래드모어는 수전에게 탐색을 계속하라는 손짓을 하며 말을 이었다. "하지만 그 전까지는 어차피 시간 싸움이야."

수전은 대답을 하려고 입을 열었지만, 갑자기 어디선가 귀청을 찢는 듯한 굉음이 터져 나와 그녀의 목소리를 덮어 버렸다. 크립토에 감돌던 정적은 지하에서 울려 퍼진 경고 사이렌의 상대가 되지 못했다. 수전과 스트래드모어는 깜짝 놀라 서로를 마주보았다.

"저건 또 뭐죠?" 수전이 간헐적인 사이렌 소리의 빈 틈을 이용해 소리쳤다.

"트랜슬레이터!" 스트래드모어는 곤혹스러운 표정으로 외쳤다. "과열된 모양이야. 보조 동력으로는 충분한 프레온가스가 공급되지 않는다던 헤일이 말이 옳았어."

"자동으로 작동이 중단된다면서요?"

스트래드모어는 잠시 생각한 다음, 다시 소리쳤다. "어딘가 쇼트가 난 모양인데……." 크립토에서 경고등이 돌아가기 시작하면서 스트래드모어의 얼굴에 일정한 간격으로 노란 빛을 드리웠다.

"얼른 중단시켜요!" 수전이 소리쳤다.

스트래드모어도 고개를 끄덕였다. 300만 개의 실리콘 프로세서가 과열되어 화재라도 발생하면 어떤 일이 벌어질지 상상조차 되지 않았다. 스트래드모어는 위층의 자기 단말기를 통해 디지털 포트리스의 작동을 중단시켜야 했다. 크립토 바깥의 누군가가 문제를 알아차리고 정말로 요원들을 보내기 전에 저 사이렌 소리를 멈춰야 했다.

스트래드모어는 아직 의식을 되찾지 못한 헤일을 슬쩍 쳐다보았다. 그러고는 수전 옆에다 권총을 내려놓으며 소리쳤다. "곧 돌아올게!" 스트래드모어는 노드 3의 유리 벽에 뚫린 구멍을 통해 밖으로 빠져나가며 다시 한 번 수전을 돌아보았다. "패스 키를 빨리 찾아야 돼!"

수전은 아직도 아무런 성과를 거두지 못한 탐색 결과를 바라보며 스트래드모어가 어서 트랜슬레이터의 작동을 중단시키기를 기도했다. 사이렌 소리와 경고등 불빛으로 가득한 크립토는 마치 미사일 발사장을 방불케 했다.

바닥에 쓰러져 있던 헤일이 몸을 꿈틀거리기 시작했다. 사이렌이 한 번씩 울릴 때마다 몸이 움찔움찔하는 것 같았다. 수전은 자신도 모르는 사이에 스트래드모어의 권총을 집어 들었다. 이윽고 헤일이 눈을 떴을 때, 수전은 그 앞에 버티고 서서 권총으로 그의 사타구니를 겨누고 있었다.

"패스 키가 어디 있지?" 수전이 물었다.

헤일은 아직 정신이 돌아오지 않은 모양이었다. "무, 무슨 일이에요?"

"다 너 때문에 생긴 일이야. 자, 패스 키가 어디 있는지나 어서 말해."

헤일은 팔을 움직이려 했지만 그제야 자신이 묶여 있다는 것을 알아차렸다. 그의 얼굴이 두려움으로 더욱 일그러졌다. "이거 좀 풀어 줘요!"

"나는 패스 키가 필요해." 수전이 되풀이했다.

"그런 거 없어요! 이거나 좀 풀어 달라니까요!" 헤일은 몸을 일으키려 했지만, 몸을 뒤집을 수조차 없었다.

수전은 사이렌 소리를 뚫고 고함을 질렀다. "네가 바로 노스 다코타야. 엔세이 탄카도가 너에게 키를 복사해 주었잖아. 나는 지금 당장 그게 필요하단 말이야!"

"미쳤어요? 난 노스 다코타가 아니예요!" 헤일이 소리쳤다. 그는 미친 듯이 몸부림쳤지만 단단히 묶인 케이블을 풀지는 못했다.

수전이 화난 목소리로 밀어붙였다. "거짓말하지 마. 네가 노스 다코타가 아니라면 왜 네 계정에 그런 전자우편이 들어 있지?"

"조금 전에 얘기했잖아요!" 헤일이 애원하듯 대답했다. "스트랜드모어의 계정을 해킹했다고 말이에요. 내 계정에 보관된 전자우편은 스트랜드모어의 계정에서 복사한 것들이에요. 코민트가 탄카도에게서 가로챈 편지들이라고요!"

"말도 안 되는 소리! 네가 어떻게 부국장님의 계정을 해킹했다는 거야?"

"당신은 몰라요." 헤일이 소리쳤다. "이미 스트랜드모어의 계정은 해킹되고 있었어요. 아마 폰테인 국장의 짓이겠죠! 나는 그냥 그걸 훔쳐 본 것뿐이에요! 제발 내 말을 믿어 줘요! 스트랜드모어가 디지털 포트리스에 백도어를 심으려 한다는 것도 그래서 알게 된 거예요! 스트랜드모어의 브레인스톰을 들여다보았으니까요!"

'브레인스톰?' 수전은 잠시 생각을 해 보았다. 스트랜드모어가 자신의 브레인스톰 소프트웨어를 통해 디지털 포트리스와 관련된 계획의 윤곽을 잡았으리라는 점에는 의심의 여지가 없었다. 만약 누군가가 스트랜드모어의 계정을 해킹했다면 그와 관련된 모든 정보를 확보할 수 있었을 것이다.

"디지털 포트리스에 백도어를 심는 건 정말 나쁜 짓입니다!" 헤일이 소리쳤다. "당신도 그게 무엇을 의미하는지 잘 알잖아요. NSA가 모든 것을 감시하겠다는 소리예요!" 그의 목소리는 사이렌 소리에 완전히 묻힐 지경이었지만, 그래도 그는 포기하지 않았다. "우리가 그런 책임을 떠맡을 준비가 되어 있다고 생각해요? 감히 누가 그럴 수 있겠어요? 세상에 그렇게 멍청한 생각도 없을 거예요. 당신은 우리 정부가 국민을 진심으로 생각한다고 했지요? 좋아요! 하지만 앞으로도 언제까지나 그렇게 진심으로 국민을 위하는 정부만 이 나라에 들어설 거라는 보장이 어디 있지요? 이 기술은 앞으로 영원히 계속될 텐데 말이에요!"

수전의 귀에는 그의 목소리가 거의 들어오지 않았다. 사이렌 소리가 너무 시끄러웠다.

헤일은 아직도 케이블을 풀려고 버둥거리고 있었다. 그는 수전을 똑바로 쳐다보며 계속 고함을 질렀다. "제일 꼭대기에 앉아 있는 사람이 국민의 모든 교신 내용을 훤히 들여다보고 있는데, 어떻게 국민이 경찰국가에 대항해서 스스로를 보호할 수 있지요? 어떻게 혁명을 꿈꿀 수가 있느냐고요!"

수전은 전에도 이런 주장을 여러 차례 들어 본 적이 있었다. 미래의 정부가 어떻고 하는 얘기는 EFF가 상투적으로 써먹는 주장이었다.

"스트래드모어를 막아야 해요!" 헤일이 사이렌 소리를 뚫고 외쳤다. "무슨 일이 있어도 내 손으로 그를 막을 거예요. 내가 하루 종일 여기서 하는 일이 뭔지 알아요? 그의 계정을 감시하고 그의 움직임을 낱낱이 지켜보는 거예요. 그가 백도어를 준비하고 있다는 증거가 필요하니까요. 그래서 그의 모든 전자우편을 내 계정으로 복사해 놓았던 거예요. 바로 그게 그가 디지털 포트리스를 처음부터 주도면밀하게 관찰해 온 증거예요. 나는 그 정보를 언론에 폭로할 계획이었다고요."

수전은 가슴이 덜컥 내려앉았다. 혹시 잘못 들은 것은 아닐까? 갑자기 그렉 헤일이 옳은 말을 하고 있는 것 같았다. '그게 가능할까?' 만약 헤일이 백도어가 설치된 디지털 포트리스를 유포시킨다는 스트래드모어의 계획을 미리 알고 있었다면, 틀림없이 그는 온 세상이 그 프로그램을 사용하게 될 때까지 기다릴 것이다. 그런 다음에야 완벽한 증거와 함께 폭탄을 쾅 터뜨리는 것이다.

수전은 일간 신문을 장식한 머리기사가 눈에 선했다. '암호학자 그렉 헤일, 전 세계 정보를 장악하려는 미국의 비밀 계획을 폭로하다!'

스킵잭 파동이 그대로 재연될 것이다. 그렉 헤일은 NSA의 백도어를 다시 한 번 찾아냈다는 이유로 상상을 초월할 만큼 유명 인사가 될 것이고, NSA는 또 한 번 최대의 위기를 맞이할 것이다. 수전은 어느새 자신도 모르게 헤일의 주장이 사실이 아닐까 하는 생각을 하고 있었다. '아니야! 절대 그럴 리가 없어!' 결론은 쉽게 내려졌다.

헤일은 애원을 계속했다. "내가 당신의 추적기를 중단시킨 건 당신이 나를 뒤쫓고 있다고 생각했기 때문이에요. 당신이 스트래드모어가 해킹당하고 있다는 사실을 알아차린 줄 알았다고요. 그 해킹에 내가 관련되어 있다는 사실을 당신이 알아낼까 봐 두려웠던 것뿐이에요!"

'그럴듯하기는 하지만 신빙성은 없어.' "그럼 차트루키언은 왜 죽였지?" 수전이 날카로운 목소리로 물었다.

"그건 진짜 내가 아니에요!" 헤일이 다시 소리쳤다. "차트루키언을 밀친 사람은 스트래드모어라고요! 내 눈으로 모든 걸 다 봤어요! 차트루키언이 시스템 보안 요원들을 호출하면 자신의 계획이 수포로 돌아갈 거라고 생각한 스트래드모어가 한 짓이란 말이에요!"

'역시 만만치 않은 녀석이군! 모든 걸 다 꿰뚫어 보고 있었어.' 수전은 생각했다.

"이것 좀 풀어 줘요! 난 아무 짓도 안 했어요!" 헤일이 애원했다.

"아무 짓도 안 했다고?" 수전은 스트래드모어가 왜 이렇게 시간을 끄는지 모르겠다고 생각하며 소리쳤다. "너는 탄카도와 함께 NSA를 볼모로 잡으려 했어. 결국 그는 너에게서 배신을 당하고 말았지만 말이야. 자, 말해 봐." 수전이 밀어붙였다. "탄카도가 정말로 심장마비로 죽었나, 아니면 네가 네 친구를 시켜서 그런 일을 꾸민 거야?"

"당신은 정말 눈 뜬 장님이로군요!" 헤일이 소리쳤다. "내가 그 일과는 아무 상관도 없다는 걸 모르겠어요? 어서 이것 좀 풀어 줘요! 곧 보안 요원들이 들이닥칠 거란 말이에요!"

"보안 요원은 오지 않아." 수전이 태연하게 말했다.

헤일의 얼굴이 하얗게 변했다. "뭐라고요?"

"스트래드모어는 그냥 전화를 거는 척 연기를 한 것뿐이야."

헤일의 눈이 휘둥그레졌다. 순간적으로 온몸이 뻣뻣하게 굳어 버린 사람 같았다. 하지만 이내 그는 다시 격렬하게 몸부림을 치기 시작했다. "스트래드모어가 나를 죽일 거예요! 틀림없어요! 나는 너무 많은 것을 알고 있단 말이에요!"

"진정해, 그렉."

사이렌 소리는 아직도 그치지 않았다. "난 결백해요!"

"거짓말하지 마! 나한테 증거가 있어!" 수전은 둥그렇게 배치된 단말기들을 지나치며 걸음을 옮겼다. "네가 중단시킨 추적기 생각나?" 자기 자리에 도착한 그녀가 말했다. "그걸 다시 보냈거든. 그사이에 돌아왔는지 확인해 볼까?"

수전의 모니터에서 깜빡이는 아이콘은 추적기가 돌아왔다는 사실을 표시하고 있었다. 수전은 마우스를 쥐고 메시지 창을 열었다. '이제 헤일도 더 이상 오리발을 내밀지 못하겠지.' 수전은 생각했다. '노스 다코타는 바로 헤일이야.' 데이터 상자가 열렸다. '헤일은……'

수전은 동작을 멈추었다. 그러고는 어리둥절한 눈으로 추적기를 바라보았다. 뭔가 잘못된 게 틀림없었다. 추적기는 전혀 엉뚱한 사람, 절대로 가능성이 없는 인물을 가리키고 있었다.

수전은 모니터에 시선을 고정시킨 채 다시 한 번 메시지를 읽어 보았다. 스트래드모어가 직접 추적기를 돌렸을 때도 이런 결과가 나왔다고 했다. 수전은 그때 스트래드모어가 뭔가 실수를 했다고 생각했지만, 그녀 자신은 모든 것을 완벽하게 입력한 게 틀림없었다.

그런데도 모니터에는 상상조차 할 수 없는 정보가 떠 있었다.

NDAKOTA = ET@DOSHISHA.EDU

'ET? 엔세이 탄카도가 노스 다코타라고?' 수전은 어지러웠다.

있을 수 없는 일이었다. 만약 이 데이터가 정확하다면, 탄카도와 그의 동업자는 동일인인 셈이다. 수전은 갑자기 머리가 온통 뒤죽박죽되어 버린 느낌이었다. 어서 저 망할 놈의 사이렌 소리라도 좀 그쳤으면 좋겠다 싶었다. '스트래드모어는 도대체 왜 저걸 끄지 않는 거야?'

헤일이 수전 쪽을 바라보기 위해 바닥에서 몸을 꿈틀거렸다. "어떻게 됐어요? 말 좀 해 봐요!"

수전은 헤일의 목소리를 무시했지만 혼란은 가라앉지 않았다. '엔세이 탄카도가 노스 다코타라고?'

수전은 모든 조각들을 헝클었다가 다시 맞춰 보았다. 만약 탄카도가 노스 다코타라면, 그는 자기 자신에게 편지를 보낸 셈이 된다. 노스 다코타는 애초에 존재하지도 않았던 것이다. 탄카도에게 동업자가 있다는 것은 사기에 불과했다.

'노스 다코타는 유령이야. 특수 효과가 만들어 낸 환영일 뿐이야.' 수전은 혼자 속으로 중얼거렸다.

교묘한 전략이었다. 스트래드모어는 테니스 경기의 한쪽 코트만을 지켜보고 있던 셈이었다. 공이 계속해서 되돌아오니까 그는 틀림없이 반대편 코트에도 누가 있을 거라고 생각했다. 하지만 탄카도는 벽에다 대고 혼자 테니스를 치고 있었던 것이다. 그는 자기 자신에게 보낸 전자우편에다 디지털 포트리스의 놀라운 위력을 자랑했다. 편지를 써서 익명 서버로 보내면, 몇 시간 후에 그 편지가 자기 자신에게 돌아오는 것이다.

수전은 이제 모든 것이 이해가 갔다. 탄카도는 스트래드모어가 자신을 엿보기를 원했다. 스트래드모어가 자신의 편지를 훔쳐보기를 원했던 것이다. 결국 엔세이 탄카도는 다른 누군가를 믿고 패스 키를 넘겨주기보다는, 가상의 보험을 꾸며 낸 셈이었다.

물론 탄카도는 이 같은 술책이 좀 더 그럴듯하게 보이도록 비밀 계정을 이용했다. 그러나 그것은 모든 것이 함정일지도 모른다는 의심을 사지 않기 위한 장치일 뿐이었다. 탄카도의 동업자는 자기 자신이었다. 노스 다코타는 실존 인물이 아니었다. 모든 것이 엔세이 탄카도의 자작극이었다.

'자작극……'

문득 그보다 훨씬 더 끔찍한 의혹이 수전의 뇌리를 스쳤다. '탄카도가 스트래드모어를 속이기 위해 가짜 편지를 이용했다면 그의 음모는 거기서 그치지 않을지도 모른다.'

수전은 스트래드모어에게서 깨지지 않는 알고리즘이 나타났다는 이야기를 처음 들었을 때 자신이 무슨 생각을 했는지를 되짚어 보았다. 그건 불가능하다고 단언하지 않았던가. 수전의 의혹은 점점 더 깊어졌다. 탄카도가 정말로 디지털 포트리스를 만들었다는 증거가 어디에 있는가? 그의 편지에 나타난 호들갑밖에 없지 않은가. 트랜슬레이터. 이 초대형 컴퓨터는 거의 스무 시간 동안 헛고생을 했다. 하지만 수전은 트랜슬레이터를 이렇게 오랫동안 붙잡아 둘 수 있는 다른 프로그램들이 존재한다는 사실을 알고 있었다. 깨지지 않는 알고리즘보다 훨씬 더 만들기 쉬운 프로그램들…….

바로, 바이러스였다.

한기가 그녀의 등골을 훑고 내려갔다.

'하지만 어떻게 바이러스를 트랜슬레이터로 침투시키지?'

마치 무덤 속에서 들려오는 듯, 필 차트루키언의 목소리가 이 의문의 답을 내놓았다. '스트래드모어가 건트릿을 우회시켰어요!'

수전은 좀처럼 받아들이기 힘든 진실을 떠올렸다. 탄카도의 디지털 포트리스 파일을 다운로드받은 스트래드모어는 그것을 해독하기 위해 트랜슬레이터에 입력했다. 하지만 건트릿은 데이터를 파괴하는 뮤테이션 스트링이 들어 있다는 이유로 그 파일을 거부했다. 정상적인 경우라면 스트래드모어도 당연히 주의를 기울였겠지만, 그는 뮤테이션 스트링이 속임수에 지나지 않는다는 탄카도의 편지를 이미 읽은 다음이었다. 스트래드모어는 디지털 포트리스가 위험한 상황을 초래하지 않는다는 확신을 가지고 건트릿의 필터를 우회시켜 그 파일을 트랜슬레이터에 집어넣은 것이다.

수전은 말문이 막혔다. "디지털 포트리스는 존재하지 않는다." 그녀는 울부짖는 사이렌 소리 사이로 중얼거렸다. 그녀는 떨리는 몸을 자신의 단말기에 의지했다. 탄카도의 낚시……. NSA가 보기 좋게 그의 미끼를 집어삼킨 것이다.

위층에서 고통스러운 비명 소리가 터져 나왔다. 스트래드모어의 목소리였다.

# 86

 수전이 헐레벌떡 달려갔을 때, 트레버 스트래드모어는 자신의 책상에 엎드려 있었다. 땀에 젖은 그의 머리칼이 모니터의 불빛을 받아 희미하게 반짝거리고 있었다. 지하에서 들려오는 사이렌 소리는 아직도 그칠 줄을 몰랐다.
 수전은 그의 책상으로 달려갔다. "부국장님?"
 스트래드모어는 꿈쩍도 하지 않았다.
 "부국장님! 트랜슬레이터를 중단시켜야 해요! 우리는……."
 "우리가 당했어." 스트래드모어가 고개도 들지 않고 중얼거렸다. "탄카도가 보기 좋게 우리를 속여 넘긴 거야……."
 수전은 그의 말투에서 그도 모든 것을 알아차렸음을 직감했다. 깨지지 않는 알고리즘을 만들었다. 그리고 그 패스 키를 경매에 붙인다. 이같은 탄카도의 주장이 모두 교묘한 사기극에 지나지 않았다. 탄카도는 NSA가 자신의 전자우편 계정을 훔쳐보고 자신에게 동업자가 있다고 믿게 만들었으며, 나아가 지극히 위험한 파일을 다운로드하도록 유도

했던 것이다.

"뮤테이션 스트링은······." 스트래드모어가 중얼거렸다.

"나도 알아요."

부국장은 천천히 고개를 들었다. "내가 인터넷에서 다운로드한 파일, 그것은······."

수전은 이성을 유지하려고 안간힘을 다했다. 게임의 성격은 이제 완전히 변해 버렸다. 깨지지 않는 알고리즘도, 디지털 포트리스도 존재하지 않는 것이다. 탄카도가 인터넷에 올려놓은 파일은 암호화된 바이러스였다. 아마도 시중에서 흔히 구할 수 있는 암호화 알고리즘을 이용했겠지만, 일반인들은 그 암호를 풀기 어려우니 아무런 피해도 입지 않았을 것이다. 그러나 NSA는 트랜슬레이터를 이용해 보호막을 제거함으로써 스스로 바이러스를 침투시킨 형국이 되고 말았다.

"뮤테이션 스트링." 스트래드모어가 갈라진 목소리로 중얼거렸다. "탄카도는 그게 알고리즘의 일부일 뿐이라고 했어." 스트래드모어는 무너지듯 의자에 몸을 기댔다.

수전은 그의 고통을 충분히 이해할 수 있었다. 완전히 속아 넘어간 것이다. 탄카도는 자신의 알고리즘을 컴퓨터 회사에 팔 의도가 처음부터 없었다. 아니, 알고리즘 자체가 존재하지 않았다. 모든 게 치밀한 사기극에 지나지 않았다. 디지털 포트리스는 유령이자 장난이며 NSA를 끌어들이기 위한 미끼였다. 지금까지 스트래드모어는 탄카도가 막 뒤에서 조종하는 끈에 의해 꼭두각시 놀음을 한 셈이다.

"내가 건트릿을 우회시켰어." 스트래드모어가 신음을 토했다.

"이런 결과가 올 줄 모르셨잖아요."

스트래드모어는 주먹으로 책상을 쾅 내려쳤다. "몰랐다는 게 말이 돼? 그가 내세운 가짜 이름을 봐! 빌어먹을, 앤다코타(NDAKOTA)라고? 이걸 좀 보란 말이야!"

"무슨 말씀이세요?"

"그는 처음부터 우리를 비웃고 있었어. 이건 애너그램이라고!"

수전은 잠시 멈칫했다. '앤다코타가 애너그램이라고?' 수전은 마음속으로 철자들을 분해해 다시 조립해 보았다. 'Ndakota…… Kadotan…… Oktadan…… Tandoka…….' 갑자기 다리가 떨려 왔다. 스트래드모어의 말이 옳았다. 알고 보니 그렇게 간단할 수가 없었다. 어떻게 이걸 놓칠 수 있었을까? 노스 다코타는 미국의 한 주를 뜻하는 게 아니었다. 탄카도가 그렇지 않아도 쓰라린 상처에 소금을 뿌려 대는 꼴이었다. 그는 NSA에게 자기 자신이 앤다코타(NDAKOTA)라는 사실을 암시하는 경고장까지 보냈다. 단지 그 순서가 뒤바뀌어 탄카도(TANKADO)가 드러나지 않았을 뿐이었다. 세계 최고의 암호 해독 전문가들조차 감쪽같이 속아 넘어갔다.

"탄카도는 우리를 비웃고 있었을 거야." 스트래드모어가 말했다.

"일단 트랜슬레이터의 작동부터 중단시켜야 해요." 수전이 말했다.

스트래드모어는 멍하니 벽을 바라보았다.

"부국장님, 어서 중단시켜요! 지금 무슨 일이 벌어지고 있는지 모르잖아요!"

"이미 해 봤어." 수전은 지금까지 그가 그렇게 힘없이 중얼거리는 소리를 들어 본 적이 없었다.

"해 봤다니, 그게 무슨 뜻이죠?"

스트래드모어는 자신의 모니터를 그녀 쪽으로 돌려놓았다. 모니터는 이상한 밤색으로 희미하게 빛나고 있었다. 제일 아래의 대화창에 스트래드모어가 트랜슬레이터의 작동을 중단시키기 위해 여러 차례 시도한 흔적이 남아 있었다. 컴퓨터의 응답은 다 똑같았다.

죄송합니다. 중단시킬 수 없습니다.

죄송합니다. 중단시킬 수 없습니다.
죄송합니다. 중단시킬 수 없습니다.

수전은 한기를 느꼈다. '중단시킬 수 없다고? 왜?' 수전은 직감적으로 그 답을 알고 있었다. '이것이 탄카도의 복수인 셈인가? 트랜슬레이터를 파괴하는 것이?' 엔세이 탄카도는 오래전부터 트랜슬레이터의 존재를 세상에 폭로하고 싶어 했지만 아무도 그의 말을 믿어 주지 않았다. 그래서 그는 이 괴물을 자기 손으로 파괴할 결심을 한 것이다. 그는 자신의 신념을 지키고 개인의 프라이버시를 지키기 위해서라면 목숨을 걸고 싸울 각오가 되어 있는 인물이었다.

아래층에서는 여전히 사이렌 소리가 울려 퍼지고 있었다.

"모든 전원을 차단해야 해요. 지금 당장!" 수전이 소리쳤다.

수전은 지금부터라도 서둘러 대처하면 이 거대한 병렬 프로세싱 컴퓨터를 살릴 수 있다고 믿었다. 싸구려 조립품에서부터 인공위성을 제어하는 나사(NASA)의 핵심 시스템에 이르는 세상의 모든 컴퓨터에는 이 같은 상황에 대처하기 위한 100퍼센트 확실한 수단이 내장되어 있다. 썩 대단한 장치는 아니지만, 이 방법이 통하지 않는 경우란 존재하지 않는다. 그냥 플러그를 뽑아 버리면 되는 것이다.

크립토에 남아 있는 모든 전력을 꺼 버리면 자연히 트랜슬레이터의 작동도 종료된다. 바이러스를 치료하는 문제는 그다음인데, 그냥 트랜슬레이터의 하드 드라이브를 포맷해 버리면 간단하게 해결된다. 그렇게 되면 바이러스는 물론 컴퓨터의 메모리에 남아 있던 데이터와 프로그램까지 모조리 삭제된다. 대부분의 경우 하드 드라이브를 포맷하면 수많은 파일들, 심지어는 몇 년 동안 해 온 작업이 모두 날아간다. 하지만 트랜슬레이터는 '기억'을 위한 장치가 아니라 '생각'을 위해 설계된 장치였다. 트랜슬레이터 내부에는 아무것도 저장되지 않는다. 입력된 코드가 해독되면 그 결과물은 NSA의 메인 데이터뱅크로 보내졌다.
 수전의 생각은 거기서 갑자기 멈춰 섰다. 그녀는 손으로 입을 가린 채 터져 나오는 비명을 간신히 억눌렀다. "메인 데이터뱅크!"
 스트래드모어는 여전히 어둠을 응시하며 넋 나간 사람처럼 중얼거렸다. 이미 그도 그 같은 사실을 깨달은 다음이었다. "그래, 수전. 메인 데이터뱅크……."
 수전은 멍하니 고개를 끄덕였다. '탄카도는 우리 메인 데이터뱅크에 바이러스를 침투시키기 위해 트랜슬레이터를 이용한 거야.'
 스트래드모어는 자신의 모니터를 가리켰다. 수전은 그의 손짓을 따라 모니터의 대화창을 바라보았다. 제일 밑부분에 다음과 같은 메시지가 떠 있었다.

　　트랜슬레이터의 존재를 세상에 공개하라.
　　이제부터는 진실만이 당신들을 구원할 것이다…….

 수전은 한기를 느꼈다. NSA에는 미국 최고의 극비 정보들이 저장되어 있다. 군사 통신 프로토콜, 비밀 정보 수집 승인 암호, 외국 첩보원들의 신상 명세, 최첨단 무기의 설계도, 각종 디지털 문서들, 무역 협정……. 그 목록을 나열하자면 끝도 없을 것이다.
 "탄카도가 감히 그런 짓은 할 엄두를 내지 못했을 거예요!" 수전이 말했다. "이 나라의 극비 자료들을 모조리 망가뜨리겠다?" 수전은 제 아무리 엔세이 탄카도라 해도 NSA의 데이터뱅크를 공격할 정도는 아닐 거라고 믿고 싶었다. 수전은 다시 한 번 그의 메시지를 살펴보았다.

　　이제부터는 진실만이 당신들을 구원할 것이다.

"진실? 무슨 진실 말이죠?" 수전이 되물었다.

스트래드모어는 거친 숨을 내쉬었다. "트랜슬레이터." 그가 갈라진 목소리로 말했다. "트랜슬레이터에 대한 진실."

수전은 고개를 끄덕였다. 그건 충분히 납득이 가는 일이었다. 탄카도는 NSA에게 트랜슬레이터의 존재를 세상에 고백하라고 압력을 넣고 있는 것이다. 따지고 보면 결국 협박이었다. 말하자면 트랜슬레이터의 존재를 고백하든지, 아니면 데이터뱅크를 포기하든지, 둘 중 하나를 선택하라는 이야기였다. 수전은 놀란 가슴을 진정시키며 다음 메시지를 읽어 보았다. 모니터 맨 밑에 단 한 줄의 메시지가 깜빡거리고 있었다.

패스 키를 입력하시오.

수전은 점멸하는 글자들을 바라보며 바이러스와 패스 키, 탄카도의 반지, 그 모든 것이 교묘한 협박과 절묘하게 맞아떨어진다는 사실을 알아차렸다. 그 패스 키는 알고리즘을 해독하는 것과는 아무 상관도 없었다. 그것은 일종의 해독제였다. 패스 키를 입력하면 바이러스를 멈출 수 있다. 수전은 이런 유형의 바이러스에 대한 자료를 수없이 봐왔다. 치료법이 내장된 치명적 프로그램……. 그러나 바이러스를 치료하기 위해서는 숨겨진 열쇠를 찾아내야 한다. '탄카도에게는 NSA의 데이터뱅크를 파괴할 의도가 없어. 그는 단지 우리가 트랜슬레이터의 존재를 공개하도록 유도하려는 거야! 그러고 나면 우리에게 패스 키를 넘겨주어 바이러스를 치료하도록 할 생각이었겠지.'

하지만 탄카도의 그 같은 계획에 심각한 문제가 생기고 말았다. 그가 자신의 죽음을 예상하지는 못했을 테니까. 스페인의 어느 술집에 앉아 CNN으로 미국의 극비 암호 해독용 컴퓨터에 대한 기자회견을 구경할 생각이었을 것이다. 그런 다음 스트래드모어에게 연락해 자신의 반지에 새겨진 패스 키를 불러 주면 바이러스를 치료해서 데이터뱅크를 구한다. 그러고 나면 자신은 EFF의 영웅이 되어 망각의 늪 속으로 사라지겠다는 심산이었을 것이다.

수전은 주먹으로 책상을 내려쳤다. "우리에게는 그 반지가 필요해요! 바로 그게 유일한 패스 키니까!" 노스 다코타, 제2의 패스 키도 애초에 존재하지 않았다. 설령 NSA가 트랜슬레이터의 존재를 공개한다 해도 탄카도는 자기 입으로 패스 키를 알려 줄 형편이 못 되는 것이다.

스트래드모어는 침묵을 지켰다.

상황은 수전이 상상한 것보다 훨씬 더 심각했다. 무엇보다 충격적인 것은 탄카도가 사태가 이렇게까지 악화되도록 방치했다는 점이다. NSA가 반지를 손에 넣지 못하면 어떤 일이 벌어질지는 그 자신도 뻔히 알고 있었을 것이다. 그런데도 그는 마지막 순간이 닥쳐오자 그 반지를 엉뚱한 사람에게 주어 버렸다. 반지가 NSA의 손에 들어가는 것을 의도적으로 방해한 것이다. 하지만 이내, 수전은 탄카도의 입장도 이해해야 한다는 생각이 들었다. 자신이 NSA에 의해 살해된다고 믿는 마당에, NSA를 위해 반지를 고이 모셔 둘 리는 없지 않은가.

그럼에도 불구하고 수전은 사태가 이 지경이 되는 것을 탄카도가 정말로 원했으리라고는 좀처럼 믿지 않았다. 그는 평화주의자였다. 그가 원하는 것은 파괴가 아니라 현실을 있는 그대로 밝혀내는 것뿐이었다. 이것은 트랜슬레이터의 문제였다. 모든 사람은 자신만의 비밀을 지킬 권리가 있다. 따라서 NSA는 자신이 원하는 모든 정보를 엿보고 있다는 사실을 온 세상에 알려야 한다. 수전은 엔세이 탄카도가 NSA의 데이터뱅크를 통째로 없애 버리는 공격적인 행동을 계획했으리라고는 상상이 가지 않았다.

사이렌 소리가 그녀를 현실 세계로 되돌려 놓았다. 수전은 실의에 빠진 스트래드모어를 바라보며 그가 무슨 생각을 하는지 충분히 짐작할 수 있었다. 디지털 포트리스에 백도어를 심겠다는 그의 계획이 물거품이 됐음은 물론, 자신의 부주의로 NSA뿐만 아니라 미국 역사상 보안 문제와 관련한 최악의 참사가 벌어질 위기에 직면한 것이다.

"부국장님, 이건 당신 잘못이 아니에요!" 수전은 요란한 사이렌 소리를 뚫고 외쳤다. "탄카도만 죽지 않았더라면 우린 협상을 할 수 있었을 테고, 선택의 여지가 남아 있었을 테니까요!"

하지만 스트래드모어의 귀에는 무슨 소리도 들리지 않는 모양이었다. 이제 그의 인생은 끝이었다. 30년이라는 세월을 조국에 헌신한 그였다. 전 세계의 암호화 표준에 백도어를 심음으로써 자기 경력의 화려한 대미를 장식할 생각이었다. 하지만 정작 그가 한 일은 NSA의 메인 데이터뱅크에 바이러스를 침투시킨 것뿐이었다. 이제 전원을 차단해 수십억 바이트의 소중한 데이터를 모조리 날려 버리지 않고는 그것을 막을 방법이 없었다. 유일한 희망은 탄카도의 반지였다. 만약 데이비드가 아직까지도 그 반지를 찾아내지 못했다면…….

"우선 트랜슬레이터의 작동을 중단시켜야 해요!" 이제 주도권은 자연스레 수전에게로 넘어왔다. "지하로 내려가서 회로 차단기를 내려야겠어요."

스트래드모어는 천천히 그녀를 돌아보았다. 완전히 무너지기 직전의 모습이었다. "그건 내가 하지." 스트래드모어는 힘없이 말하며 자리에서 일어났다.

수전은 그를 도로 앉혔다. "아니에요. 제가 할게요." 그녀가 말했다. 반론의 여지가 없을 만큼 단호한 말투였다.

스트래드모어는 두 손으로 얼굴을 감쌌다. "알았어. 제일 아래층, 프레온 펌프 옆이야."

수전은 재빨리 몸을 돌려 출입문으로 달려갔다. 반쯤 가던 그녀가 뒤를 돌아보았다. "부국장님. 아직 끝난 게 아니에요. 아직 승부는 끝나지 않았다고요. 데이비드가 반지를 찾아내기만 하면 데이터뱅크를 살릴 수 있어요!" 그녀가 소리쳤다.

스트래드모어는 아무 말도 하지 않았다.

"데이터뱅크 관리자에게 연락하세요!" 수전이 지시했다. "바이러스가 침투했다는 사실을 알려야죠! 누가 뭐라 해도 당신은 NSA의 부국장이에요. 부국장님은 생존자라고요!"

스트래드모어는 천천히 고개를 들었다. 마치 자신의 인생이 걸린 마지막 결단을 내리는 사람처럼 그가 씁쓸하게 고개를 끄덕여 보였다.

다음 순간, 수전은 어둠을 향해 달려 나갔다.

## 87

 오토바이는 우엘바 고속도로의 저속 차량 차선으로 접어들었다. 아직 먼동이 채 트기 전이었지만 벌써부터 꽤 많은 차들이 고속도로를 달리고 있었다. 밤새 해변에서 축제를 즐기다 돌아오는 젊은이들이었다. 10대 아이들이 탄 승합차 한 대가 길게 경적을 울리며 지나갔다. 고속도로에 올라선 베커의 오토바이는 꼭 장난감처럼 보였다.
 약 400미터 후방, 폐차장에서 빠져나온 듯한 택시 한 대가 소나기 같은 불똥을 뿜어내며 고속도로로 올라왔다. 택시가 비틀거리며 속도를 높이자, 깜짝 놀란 푸조 504 한 대가 황급히 풀밭으로 이루어진 중앙 분리대로 뛰어들었다.
 베커는 '세비야 도심 - 2킬로미터'라고 쓴 표지판을 통과했다. 시내까지만 무사히 들어가면 상대를 따돌릴 가능성이 전혀 없지 않을 듯했다. 오토바이의 속도계는 시속 60킬로미터를 가리키고 있었다. '2분이면 고속도로를 빠져나갈 수 있다.' 그러나 베커에게는 그 2분도 너무 긴 시간이었다. 뒤에서 택시가 맹렬한 속도로 쫓아오고 있었다. 베커는 세비야 시내의 불빛이 점점 다가오는 것을 바라보며 제발 거기까지만 무사히 도착할 수 있기를 기도했다.

하지만 절반도 못 가 뒤에서 철판 긁는 듯한 소리가 들려오기 시작했다. 베커는 잔뜩 몸을 웅크린 채 최대 속력으로 오토바이를 몰았다. 총성이 터지는가 싶더니, 총알 하나가 그의 머리 위로 날아갔다. 베커는 조금이라도 시간을 벌어 보려고 차선을 이리저리 넘나들어 보았지만 소용없는 짓이었다. 나들목은 아직 300미터나 남았는데 택시가 자동차 몇 대 거리밖에 되지 않을 만큼 바짝 따라붙었다. 베커는 총알받이가 되거나 아니면 택시에 받히거나, 둘 중 하나로 자신의 운명이 마감되기까지 불과 몇 초밖에 남지 않았음을 직감했다. 베커는 혹시라도 빠져나갈 구멍이 있을까 해서 전방을 살펴보았지만, 고속도로는 양쪽 모두 자갈이 깔린 가파른 둑이었다. 또 한 발의 총알이 날아들었다. 베커는 더 이상 머뭇거릴 여유가 없었다.

베커가 과감하게 오른쪽으로 핸들을 꺾어 도로를 벗어나자, 요란한 타이어 소리와 함께 사방으로 불똥이 튀었다. 오토바이는 순식간에 둑 아래로 내려왔다. 베커는 이를 악물고 균형을 유지하며 반대편 언덕 위로 오토바이를 몰았다. 바퀴가 우박처럼 자갈을 튕겨 내더니, 무른 흙 속에서 헛돌기 시작했다. 베커는 이대로 포기할 수는 없다는 생각에 필사적으로 오토바이를 흙더미 속에서 끌어냈다. 당장이라도 택시가 끽 소리와 함께 멈춰 서며 총알이 날아들 것만 같아서 미처 뒤를 돌아볼 엄두조차 나지 않았다.

하지만 총알은 날아오지 않았다.

마침내 오토바이가 언덕 꼭대기에 오르자, 세비야의 도심이 한눈에 들어왔다. 반짝거리는 불빛들이 마치 별빛 가득한 밤하늘을 보는 듯했다. 베커는 덤불을 헤치며 언덕을 내려온 끝에, 다시 도로로 접어들었다. 갑자기 오토바이의 속도가 빨라진 느낌이었다. 루이스 몬토토 대로가 나오는가 싶더니, 왼쪽으로 축구 경기장이 휙 스쳐 지나갔다. 일단 급한 불은 끈 것 같았다.

기쁨도 잠시, 이내 철판이 아스팔트를 긁어 대는 귀에 익은 소리가 들려왔다. 고개를 들어 보니 100미터 전방에서 택시가 나들목을 빠져나오는 중이었다. 택시는 곧장 루이스 몬토토 대로로 접어들어 곧장 베커를 향해 돌진해 왔다.

또 한 번 걷잡을 수 없는 공포가 몰려와야 정상이었지만, 실제로는 그렇지 않았다. 베커는 자기가 어디를 향하고 있는지 정확하게 알았기 때문이다. 베커는 메넨데스 페라요에서 좌회전을 한 다음, 최대한 속도를 높였다. 오토바이는 조그만 언덕을 가로질러 자갈이 깔린 '마테우스 가고(Mateus Gago)'라는 자갈 포장길로 접어들었다. 산타크루스 지구의 관문으로 이어지는 좁다란 일방 통행 도로였다.

'조금만 더!' 베커는 자신을 격려했다.

택시는 무시무시한 굉음을 내며 거리를 좁혀 왔다. 산타크루스의 관문으로 들어선 택시는 베커를 쫓아 들어오다가 좁은 아치 길에 사이드 미러가 걸려 박살이 났다. 베커는 자신의 승리가 다가오고 있음을 직감했다. 산타크루스는 세비야에서도 가장 오래된 지역이었다. 건물들 사이에는 도로 대신 로마 시대에 건설된 좁은 인도가 미로처럼 얽혀 있었다. 사람들이 걸어다니고 이따금 모터 달린 자전거나 지나갈 정도로 폭이 좁은 골목이었다. 베커는 언젠가 이 동굴 같은 미로 속에서 길을 잃고 몇 시간을 헤맨 적이 있었다.

베커가 마테우스 가고의 마지막 구간으로 접어들자, 11세기에 건축된 고딕 양식의 성당이 산처럼 우뚝 솟은 것이 보였다. 바로 그 옆에 125미터 높이의 히랄다 탑이 희뿌옇게 밝아 오는 새벽 하늘을 찌를 듯이 버티고 서 있었다. 바로 여기가 세계에서 두 번째로 큰 성당이 있고 세비야에서 가장 오래되고 독실한 가톨릭 신자들이 모여 있는 산타크루스였다.

　베커는 돌이 깔린 광장을 가로질렀다. 총성이 한 발 터지기는 했지만, 그리 위협적이지는 않았다. 베커와 그의 오토바이는 '카이타 데 라 비르헨(Callita dela Virgen)' 이라는 좁다란 골목으로 사라졌다.

## 88

　베커의 오토바이 전조등이 좁은 골목길의 담벼락에 삭막한 그림자를 드리웠다. 그가 변속 장치와 씨름하며 회반죽을 바른 건물 사이를 부르릉거리고 지나가자, 일요일 아침을 맞은 산타크루스 주민들은 때 이른 자명종 소리를 듣는 기분이었을 것이다.
　베커가 공항을 빠져나온 지 채 30분도 안 될 무렵이었다. 그 이후로 줄곧 그의 머릿속에는 끝없는 의문들이 오가고 있었다. '저 사람은 누군데 나를 죽이려는 거지? 이 반지가 왜 그토록 중요할까? NSA의 제트기는 어디로 사라졌을까?' 화장실 칸막이 안에 쓰러져 죽은 메건을 생각하면 자꾸만 속이 울렁거렸다.
　베커는 주택가를 곧장 가로질러 반대편으로 골목을 빠져나갈 생각이었지만, 산타크루스는 거미줄 같은 골목들이 미로처럼 얽힌 곳이었다. 무심코 발길을 옮겼다가는 막다른 골목으로 접어드는 경우가 태반이었다. 베커 역시 금방 방향 감각을 상실하고 말았다. 히랄다 탑을 기준점으로 삼고 싶었지만, 골목을 에워싼 담벼락이 워낙 높아 아무리 고개를 쳐들어도 막 먼동이 트기 시작하는 새벽 하늘밖에 보이지 않았다.

베커는 은 테 안경을 낀 킬러가 지금 어디에 있을지 궁금했다. 이렇게 쉽게 추격을 포기했을 리는 없었다. 아마도 그는 택시를 버리고 도보로 그를 뒤쫓고 있을 터였다. 베커는 오토바이를 몰고 꼬불꼬불한 모퉁이를 돌아갈 때마다 잔뜩 신경을 곤두세웠다. 오토바이 엔진 소리가 좁은 골목길에 사정없이 퍼져 나갔다. 적막에 싸인 산타크루스에서 그 소리가 상대의 목표물이 될 수 있다는 것을 모르는 바 아니었지만, 지금 당장은 무엇보다 기동력이 중요한 순간이었다. '어서 반대편으로 빠져나가야 할 텐데!'

여러 차례 모퉁이를 돌고 직선 골목을 달린 끝에 베커는 '에스키나 데 로스 레예스(Esquina de los Reyes)'라는 표지판이 붙은 세 갈래 길에서 급브레이크를 잡았다. 사태가 심각했다. 거기는 그가 이미 한 번 지나온 곳이었다. 베커가 부릉거리는 오토바이에 앉은 채 어느 쪽을 선택할 것인지를 고민하고 있는데, 갑자기 시동이 푹 꺼져 버렸다. 연료가 바닥난 것이다. 마치 그 순간을 기다렸다는 듯이 왼쪽 골목에서 그림자 하나가 나타났다.

사람의 두뇌는 지구상에 존재하는 가장 빠른 컴퓨터다. 1초의 수백분의 1도 안 되는 그 짧은 시간 사이에 베커의 두뇌는 그 그림자가 끼고 있는 안경의 형태를 입력시켜 기억 장치에 저장되어 있는 데이터와 비교하기 시작했고, 검색 조건과 일치하자 위험을 인지하고 그의 결단을 요청했다. 결단을 내리기까지도 그리 오랜 시간이 걸리지 않았다. 베커는 즉시 용도 폐기된 오토바이를 버리고 전속력으로 달리기 시작했다.

불행하게도 상대방은 이제 흔들리는 택시 안이 아니라 견고한 대지를 밟고 서 있었다. 그는 침착하게 권총을 들어 올리고 방아쇠를 당겼다. 총알은 막 모퉁이를 돌아서던 베커의 옆구리를 스쳤다. 베커는 대여섯 걸음을 더 내딛고 나서야 뭔가 굉장히 생소한 감각을 알아차렸다. 처음에는 그저 엉덩이 위쪽의 근육이 조금 당기는 느낌이었다. 조금 지나니 묵직한 통증이 느껴졌다. 베커는 눈으로 피를 보고서야 사태를 알아차렸다. 통증은 전혀 없었다. 그저 산타크루스의 꾸불꾸불한 미로를 전속력으로 달려야 한다는 생각뿐이었다.

울로오트는 사냥감을 쫓아 걸음을 재촉했다. 이왕이면 베커의 머리를 겨냥하고 싶은 유혹이 일었지만, 어디까지나 그는 프로였다. 프로는 무엇보다 확률을 염두에 두어야 한다. 움직이는 목표물을 겨냥할 때는 복부를 노리는 것이 상하좌우 모든 면에서 가장 넓은 오차 범위를 보장해 준다. 확률은 그의 기대를 저버리지 않았다. 베커의 동작이 마지막 순간에 예측을 벗어나긴 했지만, 울로오트는 그의 머리를 겨냥하여 총알을 허비하는 대신 그의 옆구리에 충격을 가하는 데 성공했다. 비록 그도 총알이 스치고 지나가는 정도여서 그 충격이 지속되지 않으리라는 점은 알고 있었지만, 적어도 '접촉'이라는 측면에서는 소기의 목적을 달성한 셈이다. 이제 사냥감은 죽음의 손길을 직접 체감했다. 게임의 양상이 완전히 달라졌다.

베커는 맹목적으로 앞만 보고 내달렸다. 모퉁이가 나올 때마다 직선 주로는 피하고 꾸불꾸불 비틀린 골목을 선택했다. 그의 뒤를 쫓는 발소리는 한 치의 흔들림도 없었다. 베커는 머릿속이 텅 빈 느낌이었다. 자신이 어디에 있는지, 누가 자신을 쫓고 있는지, 모든 것을 잊은 채 그저 본능에 따라 움직일 뿐이었다. 통증은 느껴지지 않았지만 그렇다고 두려움까지 무시할 수는 없었다. 그나마 아직은 기운이 남아 있는 게 다행스러울 뿐이었다.

총성이 터지면서 등 뒤에서 아즈레조 타일이 산산조각 났다. 깨진 파편이 그의 목덜미를 스치고 지나갔다. 베커는 왼쪽으로 방향을 틀어 또 다른 골목으로 들어섰다. 자신도 모르는 사이에 도와달라는 고함 소리가 터져 나왔지만, 킬러의 발소리와 침착한 숨소리 말고는 모든 것이 쥐 죽은 듯이 조용한 아침이었다.

이제 옆구리가 불에 덴 듯이 화끈거리기 시작했다. 하얀 인도에 자신의 피가 흔적을 남기는 게 아닐까 하는 걱정이 일었다. 베커는 혹시라도 열린 문이 있기를 기대하며 사방을 둘러보았다. 그의 마지막 기대마저 빗나갔다. 모든 문은 닫혀 있었고, 골목은 점점 좁아졌다.

"Socorro(도와줘요)!" 베커의 목소리는 거의 들리지도 않을 정도였다. 양쪽 벽은 갈수록 더 가까워졌다. 저만치 커브 길이 눈에 들어왔다. 베커는 교차로든 또 다른 골목길이든, 어떻게든 여기를 벗어날 수 있기만을 바랄 뿐이었다. 골목은 점점 좁아졌고, 모든 문은 잠겨 있었다. 좁아지는 골목, 잠긴 문…… 발소리는 점점 다가왔다. 반듯하게 곧장 뻗어 있던 골목이 갑자기 오르막으로 변했다. 경사는 점점 심해졌다. 베커는 다리에 쥐가 날 것 같았다. 자연히 속도로 느려졌다.

다음 순간, 기어이 올 것이 오고 말았다.

마치 예산이 모자라 공사가 중단된 고속도로처럼, 골목이 그냥 끝나버린 것이다. 높다란 담벼락과 나무로 된 벤치 하나, 그게 다였다. 빠져나갈 구멍이 없었다. 베커는 3층 건물의 꼭대기를 올려다보다가 하는 수 없이 몸을 돌려 기다란 골목을 되짚어 나오기 시작했다. 하지만 불과 몇 걸음을 못 가 동작을 멈출 수밖에 없었다.

곧게 뻗은 골목의 경사가 시작되는 지점에 누군가의 모습이 불쑥 나타났다. 그는 단호한 걸음걸이로 베커에게 다가왔다. 그의 손에서 권총 한 자루가 새벽 햇살을 받아 반짝거렸다.

베커는 도로 담벼락을 향해 뒷걸음질 치며 갑자기 머리가 더없이 맑아지는 느낌이 들었다. 문득 옆구리의 통증에 생각이 미쳤다. 상처를 손으로 만져 본 다음, 그 손을 내려다보았다. 손가락 사이에, 엔세이 탄카도의 금반지에 피가 묻어 있었다. 현기증이 일었다. 베커는 어리둥절한 심정으로 글자가 새겨진 반지를 들여다보았다. 자기가 그 반지를 끼고 있다는 사실조차 까마득히 잊고 있었다. 그러고 보니 자신이 왜 세비야에 왔는지 기억나지 않았다. 베커는 다가오는 괴한을 바라보았다. 그러고는 다시 반지를 들여다보았다. 메건이 죽은 이유가 바로 이것 때문일까? 베커 자신도 결국 이 반지 때문에 목숨을 잃어야 하나?

괴한은 경사진 골목을 빠른 걸음으로 올라왔다. 베커는 좌우의 벽과 등 뒤의 담벼락을 돌아보았다. 두 사람 사이에 건물 안으로 이어지는 문짝이 몇 개 보였지만, 이미 도움을 요청하기도 너무 늦었다.

베커는 막다른 골목의 담벼락에 등을 기댔다. 갑자기 발에 밟히는 돌멩이 하나, 등에 와 닿는 회벽의 돌기 하나하나가 생생하게 느껴졌다. 과거를 향해 치닫던 그의 마음이 어린 시절, 부모 그리고 수전에게로 이어졌다.

'아, 하느님…… 수전.'

베커는 아주 어렸을 때 말고는 처음으로 기도를 드렸다. 자신을 죽음에서 구원해 달라는 기도가 아니었다. 그는 기적을 믿지 않았다. 그 대신 그는 자신이 남겨 두고 온 여인이 힘을 얻기를, 자신의 사랑이 얼마나 간절했는지를 한 점의 의혹도 없이 확신할 수 있기를 기도했다. 베커는 눈을 감았다. 과거의 기억이 주마등처럼 밀려왔다. 부서 회의, 대학에서의 업무, 그의 인생의 90퍼센트를 차지하던 것들에 대한 기억이 아니었다. 그것은 순전히 수전에 대한 기억이었다. 그녀에게 젓가락 쓰는 법을 가르치던 기억, 케이프 코드에서 함께 배를 타던 기억들. '사랑해. 그것만 알아줘. 영원히.' 베커는 속으로 중얼거렸다.

자기 인생의 모든 변명, 모든 겉치레, 모든 속 보이는 과장이 한꺼번에 사라진 느낌이었다. 그는 벌거벗은 채 그 무엇도 숨기지 못하고 하느님 앞에 서 있었다. 그 순간, 묘하게도 이런 생각이 불쑥 떠올랐다.
'나는 인간이다. 왁스가 없는 인간.'

은 테 안경의 괴한이 점점 다가오는 가운데, 베커는 눈을 감고 서 있었다. 그리 멀지 않은 어디선가 종이 울리기 시작했다. 베커는 어둠 속에서 자신의 삶을 끝장낼 소리가 들려오기를 기다렸다.

## 89

　세비야의 지붕들 위로 아침 해가 떠올라 아래쪽의 협곡에 환한 햇살을 드리웠다. 히랄다 탑의 꼭대기에서 새벽 미사 시간을 알리는 종소리가 울려 퍼졌다. 주민들이 애타게 기다리던 시간이다. 이 오래된 주택지의 대문들이 열리고, 가족 단위의 사람들이 골목으로 쏟아져 나왔다. 마치 산타크루스의 유서 깊은 혈관에 피가 흐르기 시작하듯, 그들은 동네의 한복판, 역사의 중심을 향해, 그들의 신과 성소와 성당으로 걸음을 옮기기 시작했다.

　베커의 마음속에도 아련한 종소리가 울려 퍼졌다. '내가 죽은 건가?' 그는 마지못해 눈을 떴다가 쏟아지는 환한 햇살에 미간을 찌푸렸다. 그는 거기가 어디인지 정확하게 알고 있었다. 눈을 들어 골목을 살피며 자신을 쫓던 킬러를 찾아보았다. 하지만 은 테 안경을 낀 괴한의 모습은 보이지 않았다. 대신 다른 사람들이 골목을 가득 메우고 있었다. 제일 좋은 옷을 차려입은 스페인 사람들이 웃고 떠들며 대문을 빠져나와 골목으로 쏟아져 나왔다.

베커의 시선이 닿지 않는 골목 어귀, 울로오트는 곤혹스러운 표정으로 욕설을 내뱉었다. 처음에는 그의 사냥감 앞을 가로막은 것이 한 쌍의 부부밖에 없었다. 울로오트는 금방 그들이 자리를 떠날 거라고 생각했다. 하지만 종소리가 계속해서 골목 안에 울려 퍼지자, 다른 사람들이 집을 나서기 시작했다. 두 번째 부부가 아이들을 데리고 나왔다. 그들은 먼저 나온 부부와 인사를 나누었다. 뭐라고 이야기를 나누며 서로의 뺨에 세 번씩 키스를 했다. 또 다른 가족이 나타나자, 이제 사냥감은 울로오트의 시야를 완전히 벗어나고 말았다. 울로오트는 부글부글 끓어오르는 분노를 억누르며 빠른 속도로 불어나는 인파 사이를 헤치고 달렸다. 데이비드 베커를 잡아야 했다.

킬러는 사력을 다해 골목 끝으로 달렸다. 넥타이를 맨 정장 차림의 남자들과 검은 드레스를 입고 머리에 레이스를 두른 여자들 사이에서 울로오트는 순간적으로 방향 감각을 상실했다. 사람들은 울로오트의 존재에 아무런 관심이 없는 듯 태평스럽게 걸음을 옮겼다. 온통 검은 옷을 입은 사람들이 하나의 물결을 이루어 천천히 걸어가며 그의 앞길을 가로막았다. 울로오트는 권총을 치켜든 채 필사적으로 골목을 올라갔다. 그러더니, 그의 입에서 사람의 목소리 같지 않은 나직한 비명이 터져 나왔다. 데이비드 베커가 사라지고 없었다.

베커는 자연스럽게 인파 속으로 섞여들었다. '이 사람들을 따라가. 이들은 나가는 길을 알고 있어.' 그는 생각했다. 교차로에 이르자 골목이 조금 더 넓어졌다. 사방에서 문이 열리고 사람들이 쏟아져 나왔다. 종소리는 점점 더 커졌다.

옆구리가 불에 덴 듯 화끈거렸지만, 피는 멎은 것 같았다. 베커는 서둘러 걸음을 옮겼다. 뒤쪽 어디선가 총을 든 남자가 그를 쫓고 있을 터였다.

베커는 사람들 사이에 몸을 숨긴 채 가능한 한 머리를 낮게 숙였다. 이제 갈 길이 얼마 남지 않았다. 베커는 분명히 느낄 수 있었다. 인파는 더욱 불어났고, 골목도 넓어졌다. 이제 그들은 조그만 시냇물이 아니라 거대한 강줄기였다. 모퉁이를 돌아서자 눈앞에 성당과 히랄다 탑이 불쑥 나타났다.

종소리는 귀가 먹먹할 정도였고, 그 울림이 높은 담장으로 둘러싸인 광장에 울렸다. 하나같이 검은 옷을 입은 군중들이 세비야 성당의 정문을 향해 광장을 가로질렀다. 베커는 마테우스 가고 쪽으로 빠져나오려 했지만 뜻대로 되지 않았다. 양쪽 어깨는 물론, 발가락 끝에서 발꿈치까지 온통 다른 사람들과 맞닿은 느낌이었다. 스페인 사람들은 다른 나라 사람들과 달리 서로 몸이 부대끼는 것을 언짢아하지 않는 모양이었다. 베커는 뚱뚱한 두 여인 사이에 끼어 있었다. 둘 다 눈을 감은 채 인파의 흐름에 몸을 맡기고 나직이 기도를 하며 손가락으로는 묵주를 꼭 움켜쥐고 있었다.

군중이 거대한 석조 건물 쪽으로 다가설 무렵, 베커는 다시 한 번 왼쪽으로 빠져나오려고 시도해 보았지만 인파의 흐름은 조금 전보다 더욱 강력해졌다. 눈을 감은 채 기도문을 읊조리는 사람들이 이제 곧 주님을 만난다는 기대감에 사로잡혀 거대한 물결을 이루었다. 베커는 몸을 돌려 뒤로 빠져나가려고 안간힘을 다해 보았다. 도도한 강물을 거슬러 헤엄치듯 부질없는 시도였다. 결국 베커는 도로 몸을 돌리고 말았다.

눈앞에 성당의 정문이 나타났다. 마치 원하지 않는 놀이기구의 출입구로 떠밀려 가는 느낌이었다. 데이비드 베커는 문득 자신이 성당 안으로 들어가고 있음을 알아차렸다.

## 90

 크립토의 사이렌은 그칠 줄을 몰랐다. 스트래드모어는 수전이 내려간 지 얼마나 되었는지 감이 잡히지 않았다. 어둠 속에 혼자 앉은 그의 귀에 트랜슬레이터의 나직한 소음이 그에게 속삭이는 듯했다. '당신은 생존자야. 당신은 생존자야……'
 '그래.' 스트래드모어는 생각했다. '나는 생존자다. 하지만 명예를 잃은 생존은 아무 의미도 없어. 치욕의 그림자 속에 목숨을 부지하느니 차라리 죽는 게 낫다.'
 그를 기다리는 것이 바로 치욕이었다. 그는 국장에게 모든 정보를 보고하지 않았다. 이 나라에서 가장 철통 같은 보안이 이루어져야 할 컴퓨터에 바이러스를 들여보냈다. 목이 달아나도 할 말이 없는 상황이었다. 물론 모든 것이 그의 애국심에서 비롯된 일이지만, 무엇 하나 그의 계획대로 이루어진 것이 없었다. 살인과 배신이 난무했고, 머지 않아 재판이 벌어지면 온갖 비난과 분노가 들끓을 것이다. 그토록 오랜 세월 동안 명예롭고 성실하게 조국을 위해 봉사해 온 그에게, 이런 식의 결말은 결코 용납할 수 없었다.

'나는 생존자다.' 그는 생각했다.

'너는 거짓말쟁이다.' 그의 마음 한구석에서 그런 반론이 튀어나왔다.

그것은 사실이었다. 그는 거짓말쟁이였다. 그가 솔직하게 대하지 않은 사람들이 여럿 있었다. 수전 플래처도 그중 하나였다. 그녀에게 털어놓지 않은 이야기들이 너무 많았다. 지금 이 순간, 그게 부끄러워 견딜 수가 없었다. 오래전부터 그의 마음을 사로잡은 꿈의 여인, 환상의 여인이 바로 수전이었다. 밤마다 그녀 꿈을 꾸었고, 잠결에 그녀의 이름을 외쳐 불렀다. 도저히 어쩔 수가 없었다. 그녀처럼 총명하고 아름다운 여인이 있다는 게 믿기지 않을 정도였다. 그의 아내는 최대한 인내심을 발휘했지만, 결국 수전을 직접 만나 본 다음부터 희망을 잃었다. 베브 스트래드모어는 남편을 비난하지 않았다. 혼자서 그 고통을 삭히려고 무던히도 애썼지만, 최근 들어 그녀의 인내심도 한계에 다다르고 말았다. 결국 그녀는 남편에게 결별을 선언했다. 그녀도 다른 여자의 그림자 속에서 여생을 보낼 수는 없는 노릇이었다.

사이렌 소리가 잠시 잡념에 빠져 있던 스트래드모어를 현실로 불러왔다. 그는 특유의 예리한 분석력을 가동해 퇴로를 따져 보기 시작했다. 안타까운 일이지만, 아까부터 마음속에 어른거리던 생각을 받아들이는 수밖에 다른 방법이 없었다. 그가 빠져나갈 구멍은 딱 하나였고, 그것만이 유일한 해결책이었다.

스트래드모어는 지그시 자판을 응시하며 글자를 입력하기 시작했다. 굳이 모니터를 자기 쪽으로 돌려놓을 필요도 없었다. 그의 손가락은 천천히, 그러나 단호하게 글자들을 입력했다.

'사랑하는 친구들, 나는 오늘 내 생명을 거두려 합니다……'

이제 누구도 이상하게 생각하지 않을 터였다. 어떤 질문도, 비난도 필요하지 않을 것이다. 그는 그동안 벌어진 일들을 세상 앞에 털어놓을 생각이었다. 이미 많은 사람이 죽었지만, 아직 거두어야 할 목숨이 하나 더 남아 있었다.

# 91

 성당 안은 언제나 밤이다. 오후의 온기조차 성당 안에서는 축축한 한기로 변해 버린다. 거리의 소음은 두꺼운 화강암 벽을 통과하지 못한다. 아무리 많은 촛대에 불을 밝혀도 머리 위의 어둠을 완전히 몰아낼 수는 없다. 사방에 그림자가 드리운다. 높다랗게 설치된 스테인드글라스가 바깥세상의 추악함을 은은한 빨강과 파랑의 빛으로 걸러 낸다.
 세비야 성당 역시 대부분의 유럽 대성당들과 마찬가지로 십자가 모양으로 설계되었다. 성소와 제단은 십자가의 중심점 바로 위쪽에 위치하며, 아래쪽의 본당으로 이어진다. 나무로 된 신도석으로 채워진 세로축은 제단에서 십자가 제일 밑바닥까지 100미터가 훌쩍 넘는 규모를 자랑한다. 제단 왼쪽과 오른쪽의 십자가 가로축에는 고해실과 안치실, 그리고 보조석이 자리 잡고 있다.
 베커는 뒤쪽에서 중간쯤 되는 지점의 기다란 신도석 한복판에 끼어 있었다. 머리 위의 까마득히 높은 허공에 어지간한 냉장고 크기의 은 향로가 닳아 빠진 밧줄에 매달려 천천히 호를 그리며 은은한 유향 냄새를 드리웠다. 아직도 그치지 않은 히랄다의 종소리는 돌로 된 벽과 바닥으로 아릿한 충격파를 전달했다. 베커는 시선을 낮추고 제단 뒤의 금박 입힌 벽을 바라보았다. 감사할 일들이 너무 많았다. 지금 이렇게 살아서 숨 쉬고 있다는 것 자체가 기적이었다.

사제가 미사의 시작을 알리는 기도를 준비하는 동안 베커는 자신의 옆구리를 살펴보았다. 셔츠에 빨간 핏자국이 남아 있기는 했지만 출혈은 멎었다. 상처는 그리 크지 않았고, 총알이 스치면서 찰과상을 입은 정도였다. 베커는 셔츠 자락을 바지 속으로 밀어넣고 목을 길게 뽑았다. 뒤에서 문이 철컥 닫히는 소리가 났다. 만약 킬러가 여기까지 그를 쫓아 들어왔다면, 그는 이제 꼼짝없이 갇힌 신세다. 세비야 성당에는 실질적인 출입구가 하나밖에 없었다. 성당이 무어족의 침략에 대비한 은신처 겸 요새의 기능을 해야 했던 시절에는 그런 설계가 유행이었다. 입구가 하나밖에 없으면 막아야 할 곳도 한 군데밖에 없기 때문이다. 지금은 이렇게 출입구가 하나라는 사실이 또 다른 의미를 갖게 되었다. 성당으로 들어서는 모든 관광객들에게 입장권을 팔 수 있으니 말이다.

6.5미터 높이의 금박 입힌 문짝이 쿵 소리를 내며 닫혔다. 베커는 하느님의 집에 갇힌 것이다. 그는 눈을 감고 최대한 자세를 낮추었다. 이 성당 안에서 검정색 옷을 입지 않은 사람은 그 혼자밖에 없었다. 어디선가 기도 소리가 들리기 시작했다.

성당 뒤쪽에서 한 남자가 그림자 속에 몸을 숨긴 채 천천히 복도 쪽으로 다가왔다. 그는 성당 문이 닫히기 직전에 안으로 들어섰다. 그의 얼굴에 미소가 떠올랐다. 사냥이 점점 더 재미있어지고 있었다. '베커가 여기 있다······. 느낌이 와.' 그는 한 번에 한 줄씩, 차근차근

훑어 올라갔다. 머리 위의 은 향로는 길고도 나른한 왕복 운동을 계속했다.

'죽기에 딱 좋은 곳이군. 나도 이런 곳에서 죽었으면 좋겠어.' 올로오트는 생각했다.

베커는 차가운 바닥에 무릎을 꿇고 머리를 숙였다. 옆에 앉은 노인이 못마땅한 눈으로 그를 내려다보았다. 하느님의 집에서 이런 행동을 하는 사람은 본 적이 없었다.

"Enfermo(몸이 좀 안좋아서요)." 베커가 사과했다.

베커는 최대한 자세를 낮게 유지해야 한다고 생각했다. 복도에서 다가오는 희미한 그림자가 왠지 눈에 익었다. '그놈이다! 여기까지 쫓아왔어!'

베커는 수많은 사람들 사이에 섞여 있었지만 상대방이 자신을 한눈에 알아볼 수 있을 거라고 생각했다. 온통 검은 옷을 입은 사람들 틈에서 유일하게 카키색 블레이저를 입은 그는 도로 표지판처럼 환하게 눈에 뜨일 터였다. 블레이저를 벗어 버릴까 하는 생각도 해 보았지만, 속에 입은 하얀 옥스퍼드 셔츠 역시 나을 게 없었다. 그저 최대한 몸을 웅크리는 수밖에 없었다.

옆에 앉은 노인이 눈살을 찌푸렸다. "Turista(관광객이군)." 그는 툴툴거리더니 비꼬듯이 소곤거렸다. "Llamo un medico(의사라도 불러 줘요)?"

베커는 검버섯이 잔뜩 핀 노인의 얼굴을 올려다보았다.

"No, gracias. Estoy bien(고맙습니다만, 괜찮습니다)."

노인은 성난 표정으로 그를 바라보았다. "Pues sientate(그럼 일어나 앉아요)!" 주위 여기저기서 조용히 하라고 속삭이는 소리가 들리자, 노인도 입을 다물고 앞을 바라보았다.

베커는 눈을 감고 더 깊숙이 몸을 웅크리며 미사가 얼마나 이어질까 하고 생각했다. 개신교 집안에서 자란 베커는 가톨릭 성당의 미사는 길고 지루하게 이어질 거라는 선입견을 가지고 있었다. 그는 정말로 그렇기를 기도했다. 미사가 끝나면 다른 사람들이 나가도록 길을 터 주기 위해서라도 몸을 일으켜야 했다. 카키색 옷은 그에게 곧 죽음을 의미했다.

베커는 지금 당장은 선택의 여지가 없었다. 차가운 바닥에 무릎을 꿇고 최대한 자세를 낮추는 수밖에 없었다. 이제 옆자리의 노인도 그에게 관심을 잃은 모양이었다. 신도들은 이제 일어나서 찬송을 불렀지만 베커는 여전히 납작 엎드려 있었다. 다리에 쥐가 나기 시작했다. 발을 뻗을 공간이 없었다.

'참아야 한다. 참자.' 베커는 생각했다. 그는 눈을 감고 심호흡을 했다.

불과 몇 분밖에 지나지 않은 것 같은데 누가 그를 발로 툭툭 걷어찼다. 베커는 고개를 들었다. 검버섯 가득한 노인이 그의 오른쪽에 버티고 서서 어서 나가라고 눈치를 주는 중이었다.

베커는 당혹스러웠다. '벌써 나가려고? 그럼 나도 일어서야 되잖아!' 베커는 자신을 타넘어 가라는 동작을 해 보였다. 노인은 더 이상 못 참겠다는 표정이었다. 자신의 검은색 블레이저 자락을 붙잡고 와락 끌어당기는 시늉을 하며 그 줄의 다른 사람들도 모두 베커가 비켜 주기를 기다리는 장면을 보여 주었다. 베커가 왼쪽으로 고개를 돌려 보니, 그 자리에 앉아 있던 여자는 이미 보이지도 않았다. 그의 왼쪽에 앉아 있던 사람들이 어느새 모두 가운데 복도로 몰려나가 있었다.

'미사가 벌써 끝난 거야? 설마 그럴 리가! 시작한 지 몇 분이나 되었다고!'

하지만 제단을 바라보며 가운데 복도에 두 줄로 늘어선 사람들 사이로 복사의 모습을 발견한 베커는 사쾌를 알아차렸다.
 '영성체. 스페인 사람들은 영성체를 먼저 하는 모양이야!' 그는 신음을 삼켰다.

## 92

 수전은 사다리를 통해 지하로 내려갔다. 트랜슬레이터의 동체를 감싸고 증기가 자욱하게 피어오르고 있었다. 통로는 증기가 물방울로 변해 축축하게 젖어 있었다. 신발이 너무 미끄러워서 하마터면 넘어질 뻔했다. 수전은 트랜슬레이터가 앞으로 얼마나 더 버텨 줄지 생각해 보았다. 사이렌은 여전히 울려 퍼졌고, 비상등도 2초 간격으로 번쩍거렸다. 세 개층 아래의 보조 발전기가 힘에 겨운 듯 부르르 떨리는 게 느껴졌다. 수전은 수증기 때문에 앞이 보이지 않는 제일 아래층 어딘가에 회로 차단기가 설치되어 있다는 것을 알고 있었다. 그녀는 시간이 얼마 남지 않았음을 직감했다.

 위층에서는 스트래드모어가 베레타를 손에 들고 서 있었다. 그는 유서를 다시 한 번 읽어 본 다음 바닥에 내려놓았다. 지금부터 그가 하려는 짓이 아주 비겁한 행동이라는 점에는 의심의 여지가 없었다. '나는 생존자다.' 그는 생각했다. NSA의 데이터뱅크에 침투한 바이러스가,

스페인 땅을 헤매고 있을 데이비드 베커가, 백도어를 심으려던 자신의 계획이 주마등처럼 스쳐 지나갔다. 그는 너무 많은 거짓말을 했다. 너무 많은 죄를 지었다. 이것만이 책임을, 수치를 면할 유일한 방법이었다. 그는 조심스럽게 총을 겨누었다. 그러고는 눈을 질끈 감고 방아쇠를 당겼다.

수전이 겨우 계단 여섯 개를 내려갔을 무렵, 희미한 총소리가 들렸다. 꽤 먼 거리에서 난 소리였고, 발전기 소리 때문에 그렇게까지 생생하게 들리지는 않았다. 그녀는 텔레비전에서 말고는 총소리를 직접 들어 본 적이 없었지만, 방금 자신이 들은 소리의 정체를 본능적으로 알아챘다.

수전은 동작을 멈추었지만, 총소리는 그녀의 귓속에 깊은 울림을 만들어 냈다. 겁에 질린 그녀의 뇌리에 최악의 사태가 떠올랐다. 그녀는 디지털 포트리스에 백도어를 설치해 천하무적의 정보력을 확보하려던 스트래드모어의 꿈을 상기했다. 데이터뱅크에 침투한 바이러스, 파국을 맞이한 스트래드모어의 결혼 생활, 그리고 자신을 향해 묘한 표정으로 고개를 끄덕여 보이던 그의 얼굴도 떠올랐다. 다리가 후들거리기 시작했다. 수전은 몸을 돌려 난간을 움켜쥐었다. '부국장님! 안 돼요!'

순간적으로 수전은 머릿속이 하얗게 변하며 그 자리에 얼어붙었다. 아수라장 같은 주위의 풍경에도 불구하고 총소리의 여운은 쉽게 가시지 않았다. 그녀의 뇌는 계속 아래로 내려가라고 명령했지만, 다리가 명령을 거부했다. '부국장님!' 잠시 후 수전은 자신도 모르는 사이에 주위의 온갖 위험을 까맣게 잊은 채 계단을 달려 올라가고 있었다.

수전은 미끄러운 철제 발판 위를 정신없이 내달렸다. 머리 위에서는 물기가 빗물처럼 쏟아졌다. 이윽고 사다리를 오르자, 마치 엄청난 수증기가 밑에서 그녀의 몸을 밀어 올리는 듯했다. 순식간에 뚜껑 문을 빠져나와 크립토로 올라온 그녀는 몸에 와 닿는 공기가 너무 차갑게 느껴졌다. 하얀 블라우스가 완전히 젖어 몸에 착 달라붙어 있었다.

수전은 어둠 속에서 잠시 동작을 멈추고 호흡을 가다듬었다. 총소리가 아직도 그녀의 귓전을 맴돌았다. 뚜껑 문은 폭발 직전의 화산처럼 뭉게뭉게 수증기를 뿜어 냈다.

수전은 권총을 스트래드모어 옆에 놔두고 온 자신에게 분통을 터뜨렸다. 그러고 보니 총을 스트래드모어 옆에 놔뒀는지 노드 3에 놓고 나왔는지 아리송했다. 눈이 어느 정도 어둠에 익숙해지자 노드 3의 유리벽에 뚫린 구멍을 바라보았다. 모니터에서 나오는 불빛이 그리 환하지는 않았지만, 꽤 거리가 먼데도 꿈쩍도 하지 않고 바닥에 쓰러져 있는 헤일의 모습이 보였다. 스트래드모어의 흔적은 어디서도 보이지 않았다. 수전은 자신의 눈앞에 펼쳐질 광경에 벌써부터 몸서리를 치며 스트래드모어의 집무실로 방향을 틀었다.

하지만 막 걸음을 옮기려는 순간, 뭔가 이상한 장면이 그녀의 뇌리에 입력되었다. 그녀는 몇 걸음 뒤로 물러나 다시 한 번 노드 3 쪽을 바라보았다. 희미한 불빛 아래 헤일의 팔이 보였다. 이상한 것은 그의 팔이 옆구리에 붙어 있지 않다는 점이었다. 조금 전까지만 해도 미라처럼 팔과 몸통이 함께 묶여 있던 그였다. 그런데 지금은 그의 팔이 머리 위로 올라가 있었고, 바닥에 뒤로 벌렁 누운 자세였다. 케이블을 풀었나? 움직임은 전혀 감지되지 않았다. 헤일은 죽은 듯이 가만히 누워 있었다.

수전은 벽 위쪽 높은 곳에 자리한 스트래드모어의 집무실을 올려다보았다. "부국장님?"

정적이 대답을 대신했다.

수전은 조심스럽게 노드 3으로 다가섰다. 헤일이 손에 들고 있는 무언가가 모니터의 불빛을 받아 희미하게 반짝였다. 수전은 좀 더 가까이 다가갔다. 어느 순간, 헤일이 손에 든 물건을 알아볼 수 있었다. 베레타였다.

수전은 신음을 삼켰다. 헤일의 팔을 좇아 올라가던 그녀의 시선이 그의 얼굴에 멎었다. 처참한 광경이 아닐 수 없었다. 그렉 헤일의 머리 절반이 피로 범벅되어 있었다. 카펫 위에도 검은 얼룩이 번져 가고 있었다.

'하느님 맙소사!' 수전은 비틀거리며 뒷걸음질을 쳤다. 그녀가 들은 총성은 스트래드모어가 쏜 것이 아니라 헤일이 쏜 총소리였던 것이다.

수전은 꿈을 꾸는 기분으로 시신 쪽으로 다가갔다. 헤일이 결박을 풀려고 몸부림을 친 게 분명했다. 프린터 케이블은 그의 몸통 옆에 떨어져 있었다. '내가 총을 소파 위에 놔두었던 모양이야.' 수전은 생각했다. 그의 머리에 뚫린 구멍에서 흘러 나온 피는 푸르스름한 불빛 때문에 시커멓게 보였다.

헤일 옆에 종이가 한 장 떨어져 있었다. 수전은 흔들리는 걸음으로 다가가 그 종이를 집어 들었다. 편지였다.

'사랑하는 친구들, 나는 오늘 내 생명을 거두려 합니다. 나는 죄를 저질렀습니다……'

유서를 들여다보는 수전은 자신의 눈을 믿을 수 없었다. 아주 천천히 읽어 내려갔지만, 자신의 범죄 목록을 나열한 그 유서에는 전혀 헤일다운 구석이 없었다. 앤다코타가 허위 정보였음을 알아낸 사실, 킬러를 고용해 엔세이 탄카도를 살해하고 반지를 훔친 사실, 필 차트루키언을 죽음으로 내몬 사실, 디지털 포트리스를 팔아넘기려 했던 사실 등을 모두 자백하는 내용이었다.

유서의 마지막 줄을 읽자 수전은 또 한 번 뒤로 자빠질 정도의 충격을 받았다. 최후의 결정타를 얻어맞은 기분이었다.

'무엇보다도 데이비드 베커와 관련해 깊은 사죄를 드립니다. 나를

용서하세요. 나는 야망에 눈이 멀어 있었습니다.'

　수전은 헤일의 시체 옆에 서서 온몸을 벌벌 떨며 뒤에서 달려오는 발소리를 들었다. 텔레비전의 느린 화면처럼 그녀가 천천히 몸을 돌렸다.

　깨진 유리 벽 앞에 숨이 턱까지 닿은 듯한 스트래드모어의 창백한 얼굴이 나타났다. 이내 그도 헤일의 시신을 발견하고 충격을 감추지 못했다.

　"맙소사! 어떻게 된 거야?" 그가 소리쳤다.

## 93

'영성체.'

울로오트는 베커를 금방 찾아냈다. 카키색 블레이저, 특히 한쪽 옆구리에 조그만 핏자국이 묻은 그 옷은 눈에 안 뜨일 수가 없었다. 그 재킷은 검정 일색의 다른 사람들 틈에 섞여 중앙 복도를 천천히 올라가고 있었다. '내가 여기까지 쫓아온 걸 모르는 모양이군. 이제 너도 끝장이야.' 울로오트는 미소를 지었다.

그는 손가락 끝에 붙은 조그만 금속 콘택트를 만지작거렸다. 어서 미국의 접선자에게 좋은 소식을 알리고 싶어 안달이 났다. '조금만. 조금만 기다려라.' 그는 생각했다.

울로오트는 바람이 부는 방향으로 움직이는 맹수처럼 일단 성당의 뒤쪽으로 접근한 다음, 곧장 가운데 복도를 올라가기 시작했다. 울로오트는 미사가 끝나고 성당을 빠져나가는 베커를 뒤쫓는 방안은 염두에조차 두지 않았다. 그의 목표물은 운 좋게도 제 발로 함정을 찾아들었다. 울로오트는 조용히 그를 제거할 방법만 찾아내면 되었다. 최고의 성능을 자랑하는 그의 소음기는 조그만 기침 소리 정도로 총소리를 가려 줄 터였다. 그 정도면 충분했다.

울로오트는 카키색 블레이저를 바짝 따라붙었다. 그가 사람들 사이를 헤집고 나가자 여기저기서 나직하게 웅성거렸다. 신도들은 어서 하느님의 축복을 받고 싶은 이 남자의 열정은 이해하지만 그래도 지켜야 할 규칙이 있다는 표정으로 그를 힐끔거렸다. 이 성당에서는 두 줄로 늘어서서 차례를 지키는 것이 규칙이었다.

울로오트는 계속 앞으로 나아갔다. 거리는 점점 좁혀졌다. 재킷 주머니 속에 든 권총의 안전장치를 풀었다. 때가 다가오고 있었다. 데이비드 베커는 지금까지 억세게도 운이 좋았지만, 이제 더 이상 행운을 바랄 수조차 없는 처지가 되고 말았다.

카키색 블레이저는 이제 열 사람 앞에서 전방을 향한 채 고개를 숙이고 있었다. 울로오트는 마음속으로 자신의 동작을 예행연습했다. 생생하게 그림이 그려졌다. 베커의 등 뒤로 끼어들어 다른 사람들의 눈에 총이 보이지 않도록 조심하며 그의 등에 대고 두 발을 쏜다. 베커가 쓰러지면 얼른 그를 부축해 의자에 눕힌 다음, 도움을 청하러 가는 척하며 재빨리 성당 뒤쪽으로 빠져나간다. 사람들이 무슨 일이 벌어졌는지 알아차리기도 전에 그는 유유히 자취를 감출 것이다.

이제 다섯 사람이 남았다. 네 사람…… 세 사람…….

울로오트는 주머니 속의 권총을 만지작거렸다. 베커의 엉덩이에서 척추 쪽으로 비스듬히 총을 발사할 생각이었다. 그렇게 하면 척추나 폐를 관통한 총알이 심장으로 파고들 것이다. 설령 총알이 심장까지 도달하지 못한다 해도 상관없었다. 의료 선진국이라면 폐에 구멍이 뚫린 환자도 살려 낼 수 있을지 모르지만, 이곳 스페인에서 그 정도면 치명적인 부상이었다.

'두 사람…… 한 사람.' 울로오트는 목적지에 도착했다. 오랫동안 연습한 동작을 펼쳐 보이는 댄서처럼, 그는 유유히 상대방의 오른쪽으로 방향을 틀었다. 그러고는 왼손을 상대방의 어깨에 올려놓으며 정확한 각도로 총알을 발사했다. 두 차례의 기침 소리는 주변 사람들의 시선을 끌지 못했다.

이내 상대방의 몸이 뻣뻣해지더니, 옆으로 기울었다. 울로오트는 재빨리 그의 겨드랑이 밑에 손을 넣고 가볍게 들어서 의자에다 눕혔다. 미처 그의 등에 핏자국이 번지기도 전이었다. 주위 사람들이 그들을 돌아보았다. 울로오트는 신경쓰지 않았다. 어차피 그는 이제 곧 사라질 것이다.

울로오트는 반지를 찾기 위해 상대방의 손가락을 더듬었다. 아무것도 만져지지 않았다. 다시 한 번 찾아봤지만 손가락에는 아무것도 없었다. 울로오트는 황급히 상대방의 몸을 뒤집어 보았다. 이내 그의 얼굴에 전율이 흘렀다. 그는 데이비드 베커가 아니었다.

세비야 외곽에 거주하는 은행원 라파엘 데 라 마자는 현장에서 숨을 거두었다. 그의 손에는 낯선 미국인이 그의 싸구려 검정색 블레이저를 빌리는 대가로 건넨 5만 페세타의 지폐가 쥐어져 있었다.

## 94

 미지 밀켄은 회의실 입구에 놓인 정수기 앞에서 분통을 터뜨렸다. '도대체 폰테인은 뭘 하고 있는 거야?' 미지는 종이컵을 구겨서는 쓰레기통에다 힘껏 집어던졌다. '크립토에 무슨 일이 생긴 게 틀림없어! 느낌이 오잖아!' 미지가 자신의 느낌이 옳다는 사실을 입증할 방법은 하나밖에 없었다. 자기가 직접 크립토로 가서 확인을 해 볼 생각이었다. 필요하다면 자바를 데려갈 수도 있었다. 미지는 빙글 돌아서서 출입문을 향했다.
 어디선가 브린커호프가 불쑥 나타나 그녀 앞을 가로막았다. "어디 가시게요?"
 "집에!" 미지가 쏘아붙였다.
 브린커호프는 호락호락 물러서지 않았다.
 미지가 그를 노려보며 말했다. "폰테인이 나를 내보내지 말라고 했지, 그런 거야?"
 브린커호프는 짐짓 딴청을 부렸다.

"채드, 분명히 말해 두는데, 크립토에 무슨 일이 생긴 게 틀림없어. 아주 대형 사고가 터졌다고. 폰테인이 왜 벙어리 놀음을 하는지는 모르겠지만, 트랜슬레이터에 문제가 생긴 게 확실해. 오늘 밤은 저 동네가 정상이 아니야!"

"미지." 브린커호프가 커튼이 드리운 회의실 창문 쪽으로 다가가며 달래듯이 말했다. "국장님이 알아서 처리할 텐데 뭐가 걱정이에요?"

미지의 눈매가 가늘어졌다. "냉각 시스템이 망가지면 트랜슬레이터가 어떻게 되는지 알고서 하는 소리야?"

브린커호프는 어깨를 으쓱거리며 창가로 다가갔다. "지금쯤 전력이 복구되었을 거예요." 그는 커튼을 열고 내다보았다.

"아직 캄캄하지?" 미지가 물었다.

브린커호프는 대답을 하지 않았다. 무슨 마법에 걸린 사람 같았다. 크립토 돔에 상상도 하지 못한 광경이 펼쳐지고 있었다. 유리로 된 둥근 지붕 전체가 번쩍거리는 불빛과 소용돌이 치는 연기로 가득 차 있었다. 꼼짝도 하지 못하고 서 있던 브린커호프가 현기증을 느끼고 유리에 머리를 기댔다. 잠시 후, 번쩍 정신이 든 그는 미친 듯이 회의실을 달려나갔다. "국장님! 국장님!"

## 95

'그리스도의 피, 구원의 잔······.'
의자 위에 축 늘어진 시신 주위로 사람들이 모여들었다. 천장에 매달린 유향 은 향로는 내 알 바 아니라는 듯 평화로운 왕복 운동을 계속했다. 울로오트는 미친 듯이 가운데 복도로 뛰쳐나와 사방을 둘러보았다. '아직 이 안에 있다!' 그는 빙글 몸을 돌려 제단 쪽을 향했다.
서른 줄가량의 신도석 너머 제단 위에서는 영성체 의식이 계속 거행되고 있었다. 성배를 주관하는 구스타페스 헤르레라 신부는 신도석에서 가벼운 소동이 벌어지는 것을 알고 있었지만 크게 개의치 않았다. 이따금 노인 가운데 성령의 은혜에 압도되어 잠깐 정신을 잃는 이들이 나오곤 했지만, 시원한 바람을 쏘이면 금방 괜찮아질 터였다.
울로오트는 베커를 찾기 위해 필사적으로 주위를 두리번거렸다. 어디서도 그의 모습이 보이지 않았다. 100명 남짓한 신도들이 기다란 제단 위에서 무릎을 꿇고 영성체를 받고 있었다. 울로오트는 베커가 그 사람들 틈에 끼어 있지 않을까 싶었다. 그는 사람들의 등을 훑어보

앉다. 50미터가량 떨어진 곳에서도 총을 쏘며 돌진할 준비가 되어 있었다.

'그리스도의 살…… 하늘의 양식…….'
베커에게 영성체를 주던 젊은 사제는 못마땅한 눈으로 그를 바라보았다. 영성체를 받으려는 그의 열정은 충분히 이해할 수 있지만, 새치기는 곤란하다.

베커는 머리를 숙인 채 최대한 경건하게 얇은 과자를 씹었다. 뒤에서 약간의 소란이 벌어지는 기색이었다. 베커는 자신에게 재킷을 빌려준 사람이 자신의 경고를 충실히 따라 자기 대신 목숨을 잃는 일이 없기를 바랐다. 베커는 뒤를 돌아보고 싶었지만 은 테 안경과 눈이 마주칠 것 같아서 엄두가 나지 않았다. 그는 검은 재킷이 카키색 바지를 가려 주기를 기도하며 깊숙이 몸을 응크렸다. 그의 이번 기도는 응답을 받지 못했다.

그의 오른쪽에서 포도주 잔이 빠른 속도로 다가왔다. 이미 포도주를 마신 사람들은 성호를 그은 뒤 제단을 내려갈 준비를 하며 자리에서 일어섰다. '천천히 좀 하라고!' 베커는 서둘러 이 제단에서 내려갈 마음이 전혀 없었다. 하지만 2천 명의 신도들에게 영성체를 주는 사제는 고작 여덟 명밖에 되지 않았다. 포도주 한 모금을 마시고 지나치게 시간을 끄는 것이 누구의 눈에도 곱게 보일 리 없었다.

베커의 옆사람에게 잔이 넘어왔을 무렵, 울로오트는 상의와 어울리지 않는 카키색 바지를 발견했다. "Estas ya muerto(넌 이제 죽은 목숨이야)." 그는 나직이 속삭였다. 울로오트는 중앙 복도로 다가갔다. 이제는 굳이 은밀하게 숨어서 행동할 필요도 없었다. 베커의 등에 총알 두 방을 쏴서 넣고 반지를 낚아채서 달아나면 그만이었다. 세비야에서 제일 큰 택시 승차장이 반 블록밖에 떨어지지 않은 마테우스 가고에 있었다. 울로오트는 권총을 향해 손을 뻗었다.
　아디오스, 세뇨르 베커······.


　그리스도의 피, 구원의 잔······.
　헤르레라 신부가 반짝거리는 은 포도주 잔을 건네기 위해 허리를 숙이자, 베커의 코끝에 진한 적포도주 냄새가 감돌았다. '술 마시기에는 너무 이른 시간이로군.' 베커는 생각하며 몸을 앞으로 숙였다. 하지만 은 술잔이 그의 눈높이까지 내려왔을 때, 예기치 못한 움직임이 잔에 비쳤다. 잔의 곡면에 비추는 약간 일그러진 형태의 누군가의 윤곽이 빠르게 달려들고 있었다.
　베커는 금속성 물체가 번쩍거리는 것을 보았다. 괴한이 총을 뽑은 모양이었다. 다음 순간, 베커는 총성을 기다리던 출발선상의 달리기 선수처럼 무의식중에 앞으로 튀어나갔다. 깜짝 놀란 사제가 겁에 질려 뒤로 쓰러졌고, 술잔이 공중을 날며 붉은 포도주가 하얀 대리석 위에 쏟아졌다. 베커가 영성체 난간 위로 몸을 날리자 사제와 복사들이 혼비백산하며 흩어졌다. 소음기가 가벼운 기침 소리를 토해 냈다. 베커의 몸이 바닥에 떨어지는 순간, 총알은 바로 옆의 대리석 바닥을 튕겼다. 번개처럼 몸을 일으킨 베커는 세 칸의 화강암 계단을 구르다시피 뛰어내려 제단 밑으로 뛰어들었다. 사제들이 신의 은총에 힘입어 제단으로 올라오는 듯한 느낌을 주기 위해 이용하는 좁은 통로가 이어져 있었다.
　계단을 다 내려온 베커는 비틀거리며 또 한 번 몸을 날렸다. 바닥이 미끄러워서 균형을 유지하기가 힘들었다. 옆구리부터 바닥에 떨어지며 복부에 찌르는 듯한 통증이 느껴졌다. 다시 몸을 일으킨 그는 커튼이 드리운 통로를 거쳐 몇 개의 나무 계단을 뛰어내렸다.

베커가 고통을 억누르고 달려 들어간 곳은 캄캄한 탈의실이었다. 제단 쪽에서 비명 소리가 터져 나오더니, 둔탁한 발소리가 다가왔다. 베커는 한 쌍의 미닫이문을 발견하고 안으로 뛰어들었다. 안쪽은 서재처럼 생긴 방이었다. 어두컴컴한 방에 동양식 마호가니 가구들이 놓여 있었다. 반대편 벽에 실물 크기의 십자가상도 보였다. 베커는 급제동을 걸었다. 막다른 방이었다. 이제 그는 십자가의 끄트머리까지 도달한 것이다. 울로오트가 빠른 속도로 다가오는 소리가 들렸다. 베커는 십자가를 멍하니 바라보며 자신의 불운에 저주를 퍼부었다.

"이런 염병할!"

갑자기 베커의 왼쪽에서 유리 깨지는 소리가 들렸다. 베커는 재빨리 그쪽을 돌아보았다. 붉은 가운을 걸친 한 남자가 겁에 질린 표정으로 베커를 바라보고 있었다. 새장 속의 카나리아를 잡아먹은 고양이처럼, 그는 서둘러 입가를 훔치며 자기 발밑에 깨진 영성체 포도주 병을 가리려고 허둥거렸다.

"Salida! Salida(나가는 길이 어딥니까)!" 베커가 소리쳤다.

게르라 추기경의 반응은 거의 본능적이었다. 그의 성스러운 침소에 악마가 뛰어들어 하느님의 집에서 나가는 길을 외쳐 물었다. 게르라는 주저 없이 그가 원하는 답을 주었다. 하필이면 이런 순간에 악마가 뛰어들다니…….

추기경은 창백한 얼굴로 자기 왼쪽의 벽에 드리워진 커튼을 가리켰다. 그 커튼 뒤에 문이 숨겨져 있었다. 그는 3년 전에 이 문을 만들었다. 곧장 바깥의 뒷마당으로 이어지는 문이었다. 추기경은 평범한 죄인처럼 성당의 정문으로 드나드는 지 못내 못마땅했다.

## 96

 

수전은 흠뻑 젖은 몸을 오들오들 떨며 노드 3의 소파에 웅크리고 앉아 있었다. 스트래드모어가 자기 웃옷을 벗어 그녀의 어깨에 둘러 주었다. 헤일의 시신이 불과 몇 미터 떨어진 곳에 누워 있었다. 사이렌 소리는 아직도 그대로였다. 마치 얼어붙은 연못의 얼음이 갈라지듯, 트랜슬레이터의 동체에서 날카로운 파열음이 터져 나왔다.
"내가 내려가서 전원을 차단해야겠어." 스트래드모어가 말하며 수전의 어깨를 다독였다. "금방 돌아올게."
수전은 크립토를 가로질러 달려가는 부국장의 뒷모습을 멍하니 바라보았다. 10분 전에 수전이 보았던 넋 나간 모습은 흔적도 보이지 않았다. 침착하고 논리적이며 자신의 임무에 필요한 일이라면 무엇이든 마다하지 않는 트레버 스트래드모어 부국장의 모습으로 돌아온 것이다.
헤일이 유서에 쓴 마지막 한 줄이 제동장치 풀린 기관차처럼 그녀의 마음을 짓밟았다. '무엇보다도 데이비드 베커와 관련해 깊은 사죄를

드립니다. 나를 용서하세요. 나는 야망에 눈이 멀어 있었습니다.'

수전 플래처의 악몽이 현실로 다가온 것이다. 데이비드가 위험에 처했다. 아니, 그보다 더 좋지 않은 상황인지도 몰랐다. 혹시 이미 돌이킬 수 없는 지경에 이른 것은 아닐까. '무엇보다도 데이비드 베커와 관련해 깊은 사죄를 드립니다……'

수전은 다시 한 번 유서를 들여다보았다. 헤일은 맨 밑에 '그렉 헤일'이라고 자기 이름을 타이핑했을 뿐, 서명조차 하지 않았다. 속마음을 다 꺼내 놓고 '인쇄' 단추를 누른 다음, 자신의 머리에 대고 방아쇠를 당겼다. 그것으로 끝이었다. 헤일은 절대로 감옥으로 돌아가지는 않겠다고 맹세했다. 그 맹세를 지킨 셈이다. 그의 선택은 죽음이었다.

"데이비드……." 수전은 흐느껴 울기 시작했다. '데이비드!'

같은 시각, 크립토 지하 3미터에서는 스트래드모어 부국장이 사다리에서 첫 번째 계단참으로 막 발을 내려놓은 참이었다. 실로 최악의 하루가 아닐 수 없었다. 타오르는 애국심으로 시작한 일이 걷잡을 수 없이 궤도를 벗어났다. 스트래드모어는 이러지도 저러지도 못하는 상황에서 결국 더없이 끔찍한 행동을 선택하고 말았다. 스스로도 자신이 그런 행동을 할 수 있으리라고는 상상도 하지 못했다.

'해결책은 그것밖에 없었다! 그것만이 유일한 해결책이었어!'

그에게는 조국과 자신의 명예를 그려해야 할 의무가 있었다. 스트래드모어는 아직 완전히 포기할 단계는 아님을 알고 있었다. 아직은 트랜슬레이터의 작동을 중단시킬 여유가 있었고, 탄카도의 반지를 이용해 이 나라에서 가장 중요한 데이터뱅크를 구해 낼 가능성이 있었다. '그래. 아직 시간은 있어.' 그는 생각했다.

스트래드모어는 난장판이 되어 버린 주위를 둘러보았다. 천장의 스프링클러가 가동되었고, 트랜슬레이터는 연방 숨 가쁜 비명을 토해 냈다. 사이렌이 울어 댔고, 번쩍거리는 비상등은 헬리콥터가 자욱한 안개를 뚫고 다가오는 느낌이었다. 걸음을 옮길 때마다 그렉 헤일이 눈앞에 어른거렸다. 젊은 암호학자는 간절한 눈빛으로 그를 올려다보았지만, 그는 결국 방아쇠를 당기고 말았다. 헤일의 죽음은 조국을 위한, 명예를 지키기 위한 희생이었다. NSA는 또 한 번의 스캔들을 감당할 기력이 없었다. 스트래드모어에게는 희생양이 필요했다. 게다가 그렉 헤일은 언제 터질지 모르는 시한폭탄과도 같은 존재가 아니던가.

휴대전화 벨소리가 울리는 바람에 스트래드모어는 생각에서 깨어났다. 사이렌 소리를 비롯한 주위의 소음 때문에 간신히 벨소리를 알아차렸다. 스트래드모어는 걸음을 멈추지 않은 채 허리띠에 차고 있던 휴대전화를 낚아챘다.

"말해요."

"내 패스 키는 어디에 있소?" 귀에 익은 목소리였다.

"누구요?" 스트래드모어는 소음을 뚫고 소리쳤다.

"나 누마타카요!" 성난 목소리가 되돌아왔다. "패스 키를 넘기겠다고 약속했잖소!"

스트래드모어는 계속 움직였다.

"나는 디지털 포트리스가 필요하단 말이오!" 누마타카가 험악하게 소리쳤다.

"디지털 포트리스는 없소!" 스트래드모어가 대답했다.

"뭐라고?"

"깨지지 않는 알고리즘은 존재하지 않아!"

"무슨 말도 안 되는 소리! 내 눈으로 인터넷에서 봤어! 우리 직원들이 며칠째 그걸 열려고 낑낑거리고 있단 말이오!"

"그건 암호화된 바이러스일 뿐이야, 이 멍청아. 그걸 열지 못한 게 다행인 줄 알라고!"

"하지만……"

"거래는 끝났어!" 스트래드모어가 소리쳤다. "나는 노스 다코타가 아니다. 노스 다코타라는 인간은 존재하지 않아! 내가 말한 모든 걸 잊어버려!" 말을 마친 스트래드모어는 전화를 끊고 벨소리를 꺼 버린 다음 도로 허리띠에 집어넣었다. 이제 더 이상 훼방꾼은 없을 것이다.

약 1만 9천 킬로미터가 떨어진 일본 열도의 도쿠겐 누마타카는 어리둥절한 심정으로 집무실 통유리 앞에 서 있었다. 우마미 시가가 그의 입술 끝에 아슬아슬하게 물려 있었다. 일생일대의 거래가 눈앞에서 깨져 버린 것이다.

스트래드모어는 계속 밑으로 내려갔다. '거래는 끝났어.' 누마테크 주식회사는 깨지지 않는 알고리즘을 손에 넣지 못할 것이고 NSA는 백도어를 심지 못할 것이다.

스트래드모어는 그 꿈을 이루기 위해 계획 단계에서부터 오랜 시간을 투자했다. 그가 누마테크를 선택한 것도 치밀한 계산에 따른 결정이었다. 막강한 자금력을 갖춘 누마테크는 패스 키 경매에서 낙찰자가 될 가능성이 아주 높았다. 패스 키가 그들의 손에 들어간다 해도 크게 놀랄 사람은 아무도 없었다. 더욱 편리한 것은 미국 정부와 손을 잡았다는 의혹을 살 우려가 가장 작은 업체가 누마테크라는 점이었다. 도쿠겐 누마타카는 명예를 잃느니 차라리 죽음을 선택하는 전형적인 구세대 일본인이었다. 그는 미국인을 증오했다. 미국의 음식, 그들의 풍습을 싫어했고, 무엇보다도 전 세계 소프트웨어 시장을 미국이 장악하고 있다는 사실이 못마땅했다.

스트래드모어는 지극히 대담한 구상을 실행에 옮기려 했다. 전 세계의 암호화 표준에다 NSA의 백도어를 심는다는 계획이었다. 그는 이 꿈을 수전에게 털어놓고 그녀와 함께 작업을 진행하고 싶은 마음이 굴뚝같았지만, 차마 그럴 수는 없었다. 엔세이 탄카도의 죽음이 앞으로 수많은 사람들의 목숨을 구할 수 있다 해도 수전은 결코 그의 계획에 동의하지 않았을 것이다. 그녀는 평화주의자였다. '나 역시 평화주의자다. 단지 그런 믿음을 행동으로 옮길 호사를 누리지 못할 뿐.' 스트래드모어는 생각했다.

스트래드모어는 탄카도를 제거하기 위해 누구를 보낼 것인지 고민할 필요가 없었다. 마침 탄카도는 스페인으로 들어갔고, 스페인은 곧 울로오트를 의미했다. 마흔두 살의 포르투갈 출신인 이 킬러는 스트래드모어가 가장 마음에 들어 하는 전문가였다. NSA의 임무를 수행한 지도 이미 오래되었다. 리스본에서 태어나 자란 울로오트는 유럽 전역을 무대로 NSA의 임무를 수행했다. 그는 자신의 작품에 포트 미드와의 연관을 암시하는 실마리를 남긴 적이 한번도 없었다. 유일한 단점이 있다면 심각한 청각 장애가 있다는 점이다. 따라서 전화상으로는 의사 소통이 불가능했다. 최근 들어 스트래드모어는 NSA가 새로 개발한 장난감, 모노클 컴퓨터를 울로오트에게 보냈다. 스트래드모어 자신은 '스카이페이저'라는 무선 호출기를 마련해 모노클과 주파수를 맞췄다. 그 이후로 그 두 사람은 누구에게도 추적되지 않는 실시간 대화를 나눌 수 있게 되었다.

스트래드모어가 울로오트에게 처음 보낸 메시지는 오해의 여지가 없을 만큼 간단명료했다. 이미 거기에 대해서 논의한 적도 있었다. 엔세이 탄카도를 제거하고 패스 키를 확보하라.

스트래드모어는 한번도 울로오트에게 어떤 마법을 부렸는지 물어보지 않았지만, 이번에도 그의 작품은 스트래드모어를 실망시키지 않았다. 엔세이 탄카도가 숨을 거둔 것은 물론이고, 당국에서는 사인을 심장마비로 결론지었다. 지극히 교고-서적인 기술이 아닐 수 없었다. 단 한 가지만 제외하면. 울로오트는 장소 선정에 약간의 판단 착오를 일으켰다. 탄카도가 공공장소에서 죽는 것까지는 작전에 꼭 필요한 부분이었다. 하지만 뜻밖에도 사람들이 너무 일찍 모습을 드러냈다. 그 바람에 울로오트는 얼른 은신처를 벗어나 시신에서 패스 키를 찾아낼 시간을 확보하지 못했다. 사태가 진정되었을 때는 이미 탄카도의 시신이 세비야의 검시관 손으로 넘어간 다음이었다.

스트래드모어는 격노했다. 울로오트가 처음으로 임무에 실패한 것이다. 그것도 하필이면 이런 절체절명의 순간에……. 무엇보다도 탄카도의 패스 키를 찾는 것이 급선무였지만, 그렇다고 귀머거리 킬러를 세비야의 시체 안치소로 보내는 것은 자살 행위나 다름없었다. 스트래드모어는 대안을 궁리했다. 두 번째 계획이 윤곽을 드러내는 순간이었다. 스트래드모어의 눈앞에 두 마리 토끼를 한 번에 잡아들이는 기회가 어른거렸다. 한 번에 두 가지 꿈을 이룬다면 그야말로 금상첨화가 아니겠는가. 그날 아침 6시 30분, 그는 데이비드 베커에게 전화를 걸었다.

## 97

 폰테인이 전속력으로 회의실 문을 박차고 뛰어들었다. 브린커호프와 미지가 바짝 그의 뒤를 따랐다.
 "저것 봐요!" 미지가 잔뜩 호들갑을 떨며 창문을 가리켰다.
 크립토의 돔 안에서 심상찮은 불빛이 번쩍거리고 있었다. 폰테인의 눈이 휘둥그레졌다. 이것은 전혀 계획에 없던 사태였다.
 브린커호프가 중얼거렸다. "안에서 디스코 파티라도 벌어졌나 보지?"
 폰테인은 잔뜩 눈에 힘을 준 채 그 광경의 의미를 추측하려고 노력했다. 몇 년 전 트랜슬레이터가 가동되기 시작한 이후로 이 같은 일은 처음이었다.
 '원인은 과열이야.' 폰테인은 생각했다.
 스트래드모어가 왜 트랜슬레이터의 가동을 중단시키지 않는지 이해가 가지 않았다. 폰테인이 결단을 내리는 데는 그리 오랜 시간이 걸리지 않았다.

그는 회의실 탁자에 놓인 내부 전화기를 집어 들고 크립토의 교환 번호를 눌렀다. 전화선이 망가진 듯 신호 자체가 떨어지지 않았다.

폰테인은 거칠게 수화기를 내려놓았다. "빌어먹을!" 그는 즉시 수화기를 다시 집어 들고 스트래드모어의 개인 휴대전화 번호를 눌렀다. 이번에는 신호가 가기 시작했다.

여섯 번 신호가 갔다.

브린커호프와 미지는 사슬에 묶인 호랑이처럼 전화선을 끌며 방 안을 이리저리 서성거리는 폰테인의 모습을 지켜보았다. 1분이 지나자 폰테인의 얼굴은 분노로 벌겋게 달아올랐다.

그는 다시 한 번 수화기를 내동댕이쳤다. "믿을 수가 없군!" 그가 소리쳤다. "크립토가 폭발 직전인데 스트래드모어는 망할 놈의 전화조차 받지 않아!"

# 98

울로오트는 게르라 추기경의 침소를 박차고 눈부신 아침 햇살 속으로 뛰쳐나왔다. 손으로 눈을 가린 그는 욕설을 내뱉었다. 지금 그가 서 있는 곳은 성당 바깥의 조그만 파티오였는데, 한쪽에는 히랄다 탑의 서쪽면이기도 한 높다란 담벼락으로 가로막혔고 나머지 두 면은 주철 울타리로 둘러싸여 있었다. 열린 문 바깥은 바로 광장과 이어져 있었다. 광장은 텅 빈 상태였다. 저 멀리 산타크루스의 담장들이 보였다. 베커가 그렇게 빨리 광장을 가로질러 사라졌을 가능성은 없었다. 울로오트는 몸을 돌려 파티오 안을 살펴보았다. '이 안에 있다. 달리 갈 데가 없어!'

'하르딘 데 로스 나란호스'라는 이름의 이 파티오는 세비야에서는 스무 그루의 오렌지 나무로 꽤 유명한 곳이었다. 이 나무들은 영국식 마멀레이드를 탄생시킨 배경으로 널리 알려져 있다. 18세기 영국의 한 상인이 세비야 성당에서 1천 킬로그램의 오렌지를 사들여 런던으로 가져갔는데, 쓴 맛이 너무 강해 도저히 먹을 수가 없었다. 그래서 이 오렌지의 껍질로 잼을 만들다가 좀 더 맛을 내기 위해 설탕을 왕창 쏟아부었다. 오렌지 마멀레이드가 탄생하는 순간이었다.

울로오트는 총을 치켜든 채 이 오렌지 나무들 사이로 다가섰다. 아주 오래된 나무들이라 높은 가지에 이파리가 달려 있었다. 제일 낮은 가지조차 손이 닿지 않을 정도로 높아서, 그 밑에는 몸을 숨길 만한 곳이 없었다. 울로오트는 이내 파티오에도 사람이 없다는 결론을 내렸다. 자연히 그의 눈길이 위쪽으로 옮겨 갔다. 히랄다 탑이 한눈에 들어왔다.

히랄다 탑의 나선형 계단 입구에는 밧줄을 둘러 사람들의 출입을 막았고, 나무로 된 조그만 표지판이 하나 걸려 있었다. 밧줄은 살짝 늘어진 채 미동도 하지 않았다. 125미터 높이의 탑을 잠시 올려다보던 울로오트는 이내 자기가 터무니없는 생각을 하고 있음을 깨달았다. 베커가 그렇게 멍청한 짓을 했을 리가 없었다. 하나뿐인 계단을 올라가면 돌로 된 정사각형 방이 나온다. 벽에는 바깥을 내다볼 수 있도록 좁은 틈들이 나 있지만, 빠져나갈 구멍은 어디에도 없다.

데이비드 베커는 비틀거리는 걸음으로 가쁜 숨을 몰아쉬며 마지막 계단을 올라 조그만 방으로 들어섰다. 사방이 높은 벽으로 막혀 있고 여기저기 좁은 틈이 뚫려 있을 뿐이었다. 퇴로가 막힌 것이다.

오늘 아침, 운명은 베커에게 별로 호의를 베풀지 않았다. 성당에서 파티오로 뛰어나오다가 옷자락이 문에 걸리는 바람에 그의 몸이 크게 휘청거렸다. 결국 천이 북 찢어지고 나서야 그는 균형을 잃은 채 비틀거리며 눈부신 햇살 아래로 나올 수 있었다. 고개를 든 그는 생각할 겨를도 없이 곧장 계단으로 향했다. 밧줄을 뛰어넘어 정신없이 계단을 올라가기 시작했는데, 이 계단이 어디로 이어지는지를 깨달았을 때는 이미 늦었다.

그는 밀폐된 방에 서서 숨을 골랐다. 옆구리가 무척 쓰라렸다. 벽에 뚫린 조그만 구멍으로 아침 햇살이 스며 들어왔다. 베커는 아래쪽을 살펴보았다. 까마득한 지상에 은 테 안경의 킬러가 반대쪽으로 등을 돌리고 서서 광장을 바라보고 있었다. 베커는 좀 더 자세히 보려고 벽에 뚫린 구멍 앞으로 자리를 옮겼다.

'제발 광장을 건너가라.' 베커는 속으로 부르짖었다.

거대한 삼나무가 쓰러진 듯한 히랄다의 그림자가 광장에 가로놓여 있었다. 울로오트는 그림자를 밑에서부터 훑어 올라갔다. 반대편 끝부분의 그림자에 세 개의 직사각형 구멍이 선명하게 뚫려 있었다. 조망용으로 뚫어 놓은 구멍으로 빛이 통과한 흔적이었다. 그때 세 개의 직사각형 가운데 하나가 사람의 그림자로 가로막혔다. 울로오트는 탑 꼭대기를 올려다볼 필요도 없이 곧장 계단으로 돌진했다.

## 99

폰테인은 한쪽 주먹으로 반대편 손바닥을 탁탁 후려치며 회의실 안을 서성이다가 아직도 불빛이 번쩍거리는 크립토를 내다보았다. "중단시켜! 빌어먹을, 당장 중단시키라고!"

미지가 갓 뽑은 출력물을 흔들며 회의실 안으로 뛰어들었다. "국장님, 스트래드모어는 트랜슬레이터의 작동을 중단시키지 못해요!"

"뭐라고?" 브린커호프와 폰테인이 동시에 소리쳤다.

"벌써 네 번이나 시도를 했어요!" 미지가 출력물을 내밀며 말했다. "트랜슬레이터가 무한히 반복되는 루프에 갇혀 버렸어요."

폰테인은 몸을 빙글 돌리며 다시 창밖을 응시했다. "하느님 맙소사!"

회의실의 전화기가 날카로운 벨소리를 토해 냈다. 폰테인은 두 팔을 치켜들며 소리쳤다. "스트래드모어야! 전화 한번 제때 걸어 주는군!"

브린커호프가 재빨리 수화기를 낚아챘다. "국장실입니다."

폰테인은 전화를 받으려고 손을 내밀었다.

브린커호프는 불안한 표정으로 미지를 돌아보았다. "자바예요. 당신을 찾는데요?"

 국장의 시선이 이미 회의실을 가로지르기 시작한 미지에게 날아가 꽂혔다. 미지는 전화기의 스피커를 작동시켰다. "말해요, 자바."

 철판을 긁는 듯한 자바의 목소리가 방 안에 울려 퍼졌다. "미지, 지금 메인 데이터뱅크에 와 있어요. 좀 이상한 일이 벌어지고 있는데, 내가 궁금한 건……."

 "빌어먹을!" 미지는 거의 이성을 잃은 목소리였다. "내가 당신에게 말하려던 게 바로 그거라고요!"

 "아무 일 아닐 수도 있어요." 자바는 애매한 목소리로 연막을 쳤다. "하지만……."

 "그딴 소리 집어치워요! 아무 일 아닌 게 아니라니까! 거기서 무슨 일이 벌어지고 있건 간에, 최대한 심각하게 받아들여야 해요. 내 데이터가 맛이 간 게 아니야, 지금까지 한번도 그런 적이 없고 앞으로도 없을 테니까." 미지는 전화를 끊으려다 말고 한마디 덧붙였다. "참, 자바? 놀라지 말라고 미리 말해 두는데 스트래드모어가 건트릿을 우회시켰어요."

## 100

울로오트는 한 번에 세 칸씩 히랄다의 계단을 뛰어올랐다. 이 나선형 계단을 비추는 유일한 빛은 180도 각도마다 하나씩, 유리도 없이 구멍만 뚫린 조그만 창문으로 들어오는 햇빛밖에 없었다. '너는 꼼짝없이 갇혔어, 데이비드 베커! 죽을 준비나 하시지!' 울로오트는 총을 뽑아 든 채 빙글빙글 원을 그리며 위로 올라갔다. 혹시 베커가 위쪽에서 공격을 시도할 경우를 대비하기 위해 최대한 벽 쪽으로 바짝 붙은 상태였다. 계단참마다 하나씩 놓인 기다란 철제 촛대는 베커가 마음만 먹으면 훌륭한 무기가 될 듯했다. 하지만 최대한 각도를 넓게 유지하면 상대방의 모습을 먼저 포착할 수 있었다. 울로오트의 권총은 1.5미터짜리 촛대보다는 훨씬 사정거리가 길었다.

울로오트의 움직임은 신속하면서도 신중했다. 계단이 워낙 가팔라서 관광객들이 목숨을 잃는 사고도 이따금 발생하는 곳이다. 하지만 여기는 미국이 아니라 스페인이었고, 안전 표지판이나 난간, 상해 보험 따위는 기대하지 않는 게 나았다. 자기가 멍청해서 굴러떨어지면 계단을 누가 설계했건 간에 본인 과실일 뿐이었다.

모퉁이를 돌아서자 관람대가 눈에 들어왔다. 거기서부터 꼭대기로 이어지는 계단은 텅 비어 있었다. 데이비드 베커는 결국 도전장을 내밀지 않았다. 울로오트는 자기가 탑으로 들어오는 것을 베커가 보지 못한 것 아닌가 하는 생각이 들었다. 그것은 다시 말해서 상대방의 허를 찌르는 기습 작전도 가능하다는 의미였다. 뭐 굳이 그럴 필요까지도 없겠지만 말이다. 울로오트는 모든 패를 쥐고 있었다. 탑의 구조 역시 그의 편이었다. 계단이 전망대와 맞닿는 쪽은 남서쪽 모서리 부근이었다. 그것은 곧 베커가 자신의 등 뒤로 다가올 가능성을 완전히 배제한 채 방 안 구석구석으로 총알을 날려 보낼 수 있다는 의미였다. 무엇보다 마음에 드는 것은 자신이 어두운 곳에서 밝은 곳으로 움직일 수 있다는 점이었다. '죽이는 곳이군.' 그는 속으로 중얼거렸다.

울로오트는 출입구까지의 거리를 가늠해 보았다. 일곱 걸음 정도였다. 그는 마음속으로 예행연습을 했다. 만약 그가 출입구로 접근하면서 오른쪽을 고수하면 직접 거기까지 도착하기 전에 왼쪽 모서리가 시야에 확보된다. 베커가 거기 있으면 그저 방아쇠를 당기면 된다. 그렇지 않을 경우 안쪽으로 접어들며 동쪽으로 방향을 잡고 오른쪽 모서리를 겨냥한다. 베커가 숨을 곳은 거기밖에 없었다. 울로오트의 얼굴에 미소가 떠올랐다.

대상 : 데이비드 베커—제거

때가 되었다. 울로오트는 무기를 다시 한 번 점검했다.

울로오트는 한달음에 계단을 뛰어올랐다. 전망대가 시야에 들어왔다. 왼쪽 모서리는 텅 비어 있었다. 울로오트는 미리 그려 본 대로 입구로 뛰어들며 오른쪽 모서리를 겨누고 방아쇠를 당겼다. 총알이 벽을 때리고 튀어나와 아슬아슬하게 그를 비켜 갔다. 신속하게 좌우를 번갈아 조준하던 울로오트의 입에서 나직한 비명이 새어 나왔다. 거기에는 아무도 없었다. 데이비드 베커가 감쪽같이 사라진 것이다.

거기에서 3층 아래, 하르딘 데 로스 나란호스의 98미터 상공에 데이비드 베커가 마치 창틀에서 턱걸이를 하는 사람처럼 탑 바깥쪽에 매달려 있었다. 울로오트가 계단을 올라오는 동안 베커는 세 개 층을 도로 내려와 벽에 뚫린 창밖으로 몸을 날렸다. 그가 창틀에 매달리는 순간 킬러는 그를 스치듯이 지나쳐 위로 올라갔다. 서두른 나머지, 창틀을 붙잡은 하얀 손가락 관절을 미처 알아보지 못한 것이다.

창틀에 매달린 베커는 매일같이 스쿼시 시합에 들어가기 전에 보다 강력한 서브를 구사하기 위해 꼬박꼬박 20분씩 노틸러스 머신으로 이두박근을 단련해 온 자신의 일상이 그렇게 다행스러울 수가 없었다. 덕분에 팔이 남달리 튼튼한 그였지만, 정작 도로 몸을 끌어올리는 것은 생각처럼 쉬운 일이 아니었다. 어깨가 빠지는 것 같았다. 옆구리도 살이 갈라지는 것처럼 쓰라렸다. 대충 잘라 낸 돌로 된 창틀을 붙잡고 힘을 쓰기가 마땅치 않았고, 손가락 끝은 마치 깨진 유리를 붙잡고 있는 것처럼 아팠다.

킬러가 위에서 허탕을 치고 도로 내려오는 것은 시간 문제였다. 밑에서 올라갈 때와는 달리, 위에서 내려올 때는 창틀을 붙잡은 베커의 손가락을 못 보고 지나칠 가능성이 전혀 없다고 봐야 했다. 만약 여기서 손을 놓으면 축구장의 세로 길이에 이르는 높이를 추락해 오렌지 나무 위로 떨어질 터였다. 살아남을 확률은 제로였다. 옆구리의 통증이 점점 더 심해졌다. 이제 위쪽에서 계단을 달려 내려오는 천둥 같은 발소리가 들리기 시작했다. 베커는 눈을 질끈 감았다. 지금 아니면 영원히 기회가 없다. 베커는 이를 악물고 몸을 끌어올렸다.

창틀의 거친 모서리가 사정없이 그의 팔목을 할퀴었다. 발소리는 점점 빨라졌다. 베커는 좀 더 힘을 쓸 수 있도록 창틀 안쪽을 움켜쥐고 두 다리를 버둥거렸다. 몸이 마치 납덩이처럼 느껴졌고, 누군가 그의 다리에 밧줄을 걸고 밑으로 잡아당기는 것 같았다. 베커는 사력을 다해 간신히 팔꿈치를 창틀 위로 걸쳤다. 이제 안쪽에서 보면 그의 머리가 훤히 드러나는 상태가 되었다. 마치 단두대에 누운 사람처럼 그의 머리통 절반쯤이 창틀 위로 올라와 있었다. 베커는 다리를 버둥거리며 힘겹게 몸을 끌어올렸다. 이제 절반 정도는 올라온 셈이다. 몸통이 계단 안쪽으로 올라왔다. 발소리는 점점 가까워졌다. 베커는 창틀 옆 부분을 붙잡고 한 번의 동작으로 몸을 날렸다. 쿵 소리와 함께 그의 몸이 계단참에 떨어졌다.

울로오트는 바로 밑에서 베커가 바닥에 떨어지는 소리를 들었다. 그제야 벽에 뚫린 창이 눈에 들어왔다. '바로 이거였어!' 울로오트는 바깥쪽 벽에 붙어선 채 계단 아래로 총을 겨누었다. 베커의 다리가 막 모퉁이를 돌아 사라지는 참이었다. 울로오트는 이를 악물고 방아쇠를 당겼다. 총알이 계단참을 때리고 튕겨 나갔다.

울로오트는 최대한 시야를 확보하기 위해 바깥쪽 벽에 붙은 채 먹잇감을 쫓아 계단을 달려 내려갔다. 나선형 계단을 한 바퀴씩 돌아 내려갈 때마다 베커가 늘 180도만큼 거리를 유지하고 있어 보일 듯 보일 듯 보이지 않았다. 베커 역시 각도를 줄이기 위해 안쪽 벽에 바짝 붙은 채 한 번에 네다섯 칸씩 계단을 뛰어 내려갔다. 울로오트는 꾸준히 간격을 유지했다. 단 한 발이면 충분했다. 울로오트는 거리가 점점 좁혀진다고 생각했다. 설령 베커가 이 상태로 지상까지 도달한다 해도 빠져나갈 구멍은 없었다. 그가 탁 트인 파티오를 가로지르는 동안 그의 등을 쏠 시간은 충분했다. 원을 그리며 아래로 내려가는 필사적인 경주가 계속되었다.

　울로오트는 조금이라도 시간을 단축하기 위해 안쪽 벽으로 주로를 옮겼다. 점점 거리가 좁혀지는 게 분명했다. 모퉁이를 돌 때마다 베커의 그림자가 보였다. 하지만 매번 딱 그만큼이었다. 울로오트가 한 번 모퉁이를 돌면 베커는 언제나 그 앞 모퉁이를 돌아 나간 다음이었다. 울로오트는 한쪽 눈으로는 그의 그림자를, 나머지 한쪽 눈으로 계단을 주시했다.

　갑자기 베커의 그림자가 균형을 잃고 기우뚱하는 것 같았다. 왼쪽으로 휙 날아가더니 허공에서 빙글 방향을 틀어 다시 계단 복판으로 돌아왔다. 울로오트는 더욱 속도를 냈다. '잡았다!'

　갑자기 울로오트의 눈앞에서 쇠붙이가 번쩍했다. 모퉁이 안쪽에서 느닷없이 튀어나온 듯했다. 펜싱 선수의 찌르기 동작처럼 쇠붙이가 발목 높이로 불쑥 들어온 것이다. 울로오트의 뒷발이 앞으로 튀어나오다가 쇠붙이에 걸리는가 싶더니 정강이를 강타했다. 울로오트는 뭐든 붙잡으려고 손을 뻗었지만 아무것도 잡히는 게 없었다. 그의 몸이 기울어지며 공중으로 붕 날아올랐다. 허공을 가르는 그의 몸이 바닥에 바짝 웅크린 자세로 팔을 쭉 뻗은 데이비드 베커 위를 넘어갔다. 베커가 손에 들고 있던 기다란 촛대는 이제 울로오트의 다리에 걸려 함께 날아가고 있었다.

　울로오트의 몸은 바깥쪽 벽을 때린 뒤 계단 위로 떨어졌다. 이어서 사정없이 계단을 구르기 시작했다. 총이 바닥에 떨어졌다. 그의 몸은 앞구르기를 하는 체조 선수처럼 빙글빙글 돌며 계단을 굴렀다. 360도 각도를 다섯 바퀴 고스란히 채운 뒤에야 멈췄다. 열두 칸만 더 굴렀으면 아예 파티오로 튀어나왔을 것이다.

# 101

데이비드 베커는 한번도 총을 만져 본 적이 없었지만, 지금 그의 손에 권총이 들려 있었다. 울로오트의 몸은 완전히 뒤틀린 채 히랄다의 어두컴컴한 계단참에 쓰러져 있었다. 베커는 총구를 그의 관자놀이에 갖다 대고 조심스럽게 무릎을 꿇었다. 조금이라도 몸이 움직이면 그대로 방아쇠를 당겨 버릴 생각이었다. 하지만 울로오트는 움직이지 않았다. 이미 숨이 끊어진 것이다.

베커는 총을 떨어뜨리고 그 자리에 주저앉았다. 몇 년 만에 처음으로 눈물이 샘솟는 느낌이었다. 베커는 이를 악물고 눈물을 참았다. 감정을 쏟아 낼 시간은 나중에도 얼마든지 있을 터였다. 지금은 집으로 돌아가야 할 때였다. 베커는 몸을 일으키려 했지만 너무 힘들어서 꼼짝도 할 수가 없었다. 그는 돌계단에 주저앉은 채 한참을 쉬었다.

베커는 멍하니 눈앞에 쓰러져 있는 시체를 바라보았다. 허공을 향해 부릅뜬 킬러의 눈동자는 이미 생기를 잃은 후였다. 안경이 아직도 멀쩡한 게 신기했다. 그리고 보니 좀 특이한 안경이라는 생각이 들었다.

안경다리 뒤쪽에서 전선이 한 가닥 삐져나와 그의 허리띠에 달린 상자에 연결되어 있었다. 베커는 너무 지쳐서 호기심을 발동할 여력이 없었다.

계단에 혼자 앉아 상념에 사로잡혀 있던 베커의 시선이 자신의 손가락으로 향했다. 시력이 어느 정도 회복되어 반지에 새겨진 글자들이 똑똑히 보였다. 처음에 생각했던 대로, 그건 영어가 아니었다. 한참 동안이나 그 글자들을 들여다보던 그는 미간을 찌푸렸다.

'이게 그렇게 중요한가, 사람을 죽일 만큼?'

이윽고 히랄다 탑을 빠져나와 파티오로 나서자, 눈부신 아침 햇살 때문에 눈을 뜨기가 힘들었다. 옆구리의 통증은 가라앉았고, 시력도 정상으로 돌아왔다. 그는 잠시 그 자리에 서서 꿈을 꾸는 사람처럼 멍하니 오렌지 꽃향기를 음미했다. 그러고 나서 천천히 파티오를 가로질렀다.

베커가 막 파티오를 빠져나오자마자 승합차 한 대가 요란한 바퀴 소리와 함께 멈춰 서더니 두 명의 남자가 뛰어내렸다. 둘 다 아주 젊어 보였고, 군용 작업복 차림이었다. 그들은 잘 정비된 기계처럼 정확한 동작으로 베커에게 다가섰다.

"데이비드 베커?" 둘 가운데 한 명이 물었다.

베커는 그들이 자기 이름을 알고 있다는 사실에 깜짝 놀라 동작을 멈추었다. "누…… 누구요?"

"같이 좀 가셔야겠습니다. 지금 당장."

뭔가 비현실적인 느낌이 들었다. 베커의 신경 세포가 또다시 긴장감으로 꿈틀거렸다. 그는 자신도 모르는 사이에 슬그머니 뒷걸음질을 치고 있었다.

둘 가운데 키가 작은 남자가 싸늘한 시선으로 베커를 바라보았다.

"이쪽입니다, 베커 씨. 이쪽으로 오세요."

베커는 돌아서서 달리기 시작했다. 하지만 그는 겨우 한 걸음밖에 움직이지 못했다. 한 명이 무기를 꺼내 발사한 것이다.

베커는 기다란 창으로 가슴팍을 찌르는 듯한 통증에 사로잡혔다. 통증은 이내 머리 쪽으로 올라왔다. 손가락이 뻣뻣해지면서 베커는 그대로 쓰러졌다. 잠시 후, 모든 게 새카맣게 변해 버렸다.

## 102

트랜슬레이터가 설치된 층에 도착한 스트래드모어는 발판에서 2~3센티미터가량 물이 고인 바닥으로 내려섰다. 거대한 컴퓨터가 옆에서 부들부들 떨고 있었다. 소용돌이치는 수증기 사이로 굵은 물방울이 소나기처럼 떨어졌다. 사이렌은 천둥소리를 방불케 했다.

스트래드모어는 고장난 주 발전기를 바라보았다. 아예 숯덩이가 되어 버린 필 차트루키언의 시신이 냉각핀 위에 쓰러져 있었다. 엽기적인 할로윈 장식 같았다.

스트래드모어는 안타까운 마음이 전혀 없는 것은 아니었지만 차트루키언의 죽음이 '정당한 사유가 있는 희생'이라는 사실에는 한 점의 의심도 없었다. 필 차트루키언은 스트래드모어에게 선택의 여지를 주지 않았다. 그는 밑에서 뛰어 올라오며 바이러스가 어떻고 하는 소리를 떠들어 댔다. 계단참에서 그와 마주친 스트래드모어는 그가 알아듣게 설명을 하려 했다. 하지만 차트루키언은 이미 제정신이 아니었다. '바이러스가 침투했어요! 자바에게 연락해야 합니다!' 차트루키언이 그를 밀치고 올라가려 하기에 스트래드모어는 그의 앞을 가로막았다. 계단참은 아주 좁았다. 이내 두 사람 사이에 몸싸움이 벌어졌다. 난간이 너무 낮은 게 비극을 더욱 앞당긴 셈이었다. 스트래드모어는 그 당시 바이러스를 염두에 두었던 차트루키언의 의혹이 결과적으로 맞아떨어진 게 참 묘하다는 생각을 했다.

차트루키언이 밑으로 떨어지던 순간은 실로 소름 끼치는 광경이었다. 겁에 질린 단발마의 비명이 터져 나오더니, 이내 조용해졌다. 하지만 그 광경은 그 직후에 스트래드모어가 목격한 광경에 비하면 충격이 절반에도 미치지 못했다. 그렉 헤일이 계단참 아래의 그림자 속에서 잔뜩 겁에 질린 얼굴로 그를 올려다보고 있던 것이다. 스트래드모어가 그렉 헤일의 죽음을 직감한 것은 바로 그때였다.

트랜슬레이터에서 터져 나온 파열음이 스트래드모어를 현실 세계로 되돌려 놓았다. 전력을 차단해야 했다. 회로 차단기는 본체 왼쪽의 프레온 펌프 부근에 설치되어 있었다. 스트래드모어의 눈에 차단기가 선명히 들어왔다. 손잡이를 당기기만 하면 크립토 안에 남아 있는 모든 전력이 차단될 터였다. 그리고 나서 조금 있다가 주 발전기를 다시 가동하면 출입문을 비롯한 크립토의 모든 기능이 되살아날 것이다. 프레온가스가 정상적으로 공급되면 트랜슬레이터는 위기를 넘길 수 있다.

하지만 차단기로 다가가던 스트래드모어는 마지막 한 가지 장애물이 남아 있다는 사실을 알아차렸다. 차트루키언의 시신이 아직 주 발전기의 냉각핀 위에 얹혀 있었다. 지금 상태에서는 주 발전기를 껐다가 다시 켜도 또 금방 전기가 나가 버릴 것이 분명했다. 시체를 치워야 했다.

스트래드모어는 곁눈으로 끔찍한 시체를 흘낏거리며 조심스럽게 다가갔다. 그러고는 손을 뻗어 시체의 팔목을 움켜잡았다. 피부가 마치 스티로폼처럼 느껴졌다. 살이 바삭바삭하게 튀겨진 상태였고, 몸 전체에서 수분이 완전히 빠져나가 버린 듯했다. 스트래드모어는 눈을 질끈 감고 손아귀에 힘을 준 다음, 앞으로 잡아당겼다. 시체가 몇 센티미터가량 딸려 왔다. 스트래드모어는 좀 더 세게 힘을 주었다. 시체가 또 조금 딸려 왔다. 스트래드모어는 다리를 고정시킨 채 있는 힘을 다해 잡아당겼다. 그러자 그는 뒤로 벌렁 쓰러져 발전기 문짝에 엉덩이를 찧고 말았다. 물이 차오른 바닥에 간신히 일어나 앉은 그는 자신의 손에 들린 물건을 바라보며 경악을 금치 못했다. 그것은 차트루키언의 팔꿈치에서 떨어져 나온 팔뚝이었다.

위층에서는 수전이 초조하게 그를 기다리고 있었다. 노드 3의 소파에 앉은 그녀는 몸이 점점 마비되는 느낌이었다. 그녀의 발 앞에는 헤일이 쓰러져 있었다. 스트래드모어가 왜 이렇게 시간을 끄는지 알 수 없었다. 시간이 얼마나 흘렀을까. 수전은 데이비드에 대한 생각을 머릿속에서 지워 버리려고 애썼지만 뜻대로 되지 않았다. 사이렌이 한 번씩 울릴 때마다 헤일이 남긴 한마디가 그녀의 머릿속을 맴돌았다. '무엇보다도 데이비드 베커와 관련해 깊은 사죄를 드립니다.' 수전은 당장이라도 정신을 잃을 것만 같았다.

수전이 벌떡 일어나 크립토로 뛰쳐나가려던 순간, 드디어 변화가 일어났다. 스트래드모어가 스위치를 내려 모든 전력을 차단한 것이다.

순식간에 크립토는 깊은 정적에 사로잡혔다. 요란하게 울어 대던 사이렌 소리가 뚝 멎었고, 노드 3의 모니터들도 새카맣게 변했다. 그렉 헤일의 시신이 어둠 속으로 사라지자, 수전은 본능적으로 두 다리를 소파 위로 끌어올렸다. 그녀는 스트래드모어의 재킷 자락을 꼭 끌어당겼다.

어둠.

정적.

크립토가 이토록 조용했던 적은 한번도 없었다. 발전기가 돌아가는 소리가 잠시도 그치지 않은 탓이었다. 하지만 지금은 그 소리조차 들리지 않았다. 거대한 괴물이 나직이 안도의 한숨을 내쉬는 듯했다. 천천히 열이 식으면서 이따금 무언가가 갈라지는 듯한 쇳소리가 들릴 뿐이었다.

수전은 눈을 감고 데이비드를 위해 기도했다. 그녀의 기도는 아주 간단했다. 사랑하는 남자를 지켜 달라는 것, 그게 전부였다.

그다지 신앙심이 깊지 못한 수전은 자신의 기도가 응답을 받으리라는 기대는 하지도 않았다. 하지만 갑자기 가슴 한복판에 강력한 울림이 느껴지면서 수전은 펄쩍 뛸 듯이 놀랐다. 놀란 가슴을 끌어안는 순간, 그녀는 문득 깨달았다. 그녀가 느낀 진동은 하느님의 손길이 아니라 스트래드모어의 재킷 주머니에서 비롯된 것이었다. 그가 호출기를 진동으로 돌려놓은 모양이었다. 누군가 스트래드모어 부국장에게 메시지를 보낸 것이다.

지하에서는 스트래드모어가 아직 회로 차단기 앞에 서 있었다. 크립토 지하는 이제 그야말로 칠흑처럼 캄캄했다. 스트래드모어는 잠시 그 자리에 서서 어둠을 음미했다. 위에서는 연방 물이 쏟아졌다. 마치 한밤중에 폭우가 쏟아지는 느낌이었다. 스트래드모어는 머리를 뒤로 젖히고 쏟아지는 물방울을 맞으며 따뜻한 물방울이 자신의 모든 죄를 씻기를 바랐다. '나는 생존자다.' 스트래드모어는 무릎을 꿇고 아직도 손에 달라붙어 있는 차트루키언의 살점을 씻어 냈다.

디지털 포트리스를 장악하겠다던 그의 꿈은 실패로 끝났다. 거기까지는 받아들일 수 있었다. 이제 남은 것은 수전밖에 없었다. 스트래드모어는 수십 년 만에 처음으로 인생에는 조국과 명예보다 더 중요한

게 있다는 사실을 깨달았다. '나는 내 생애 최고의 시간을 조국과 명예를 위해 희생했다. 하지만 사랑은 어떠했는가?' 그는 너무나 오랫동안 초인적인 자제력을 발휘해 왔다. '무엇을 위해서?' 젊은 대학 교수가 그의 꿈을 가로채는 것을 구경하려고? 수전을 키운 것은 스트래드모어 자신이었다. 그녀를 보호한 것도 그였다. 그에게는 그녀를 차지할 자격이 있었다. 이제야 그는 꿈을 이루게 된 것이다. 달리 마음을 줄 데가 어디에도 없는 수전은 결국 그의 품에서 안식처를 찾을 터였다. 사랑하는 사람을 잃은 상처와 극심한 무력감에 사로잡힌 수전은 그의 따뜻한 손길을 뿌리치지 못할 것이고, 그러면 그는 사랑이 그 모든 아픔을 치유해 준다는 사실을 입증해 보일 수 있을 것이다.

'명예. 조국. 사랑.' 데이비드 베커는 그 세 가지 모두를 위해 죽어주어야만 했다.

## 103

 스트래드모어는 마치 죽은 자 가운데서 살아난 나사로처럼 뚜껑 문 위로 모습을 드러냈다. 옷은 흠뻑 젖었지만 발걸음은 가벼웠다. 그는 곧장 노드 3에 있는 수전에게로 걸어갔다. 새로운 미래가 시작되는 느낌이었다.
 크립토에는 다시 조명이 들어왔다. 한껏 달아올랐던 트랜슬레이터 주위를 산소가 듬뿍 든 혈액처럼 프레온가스가 흐르기 시작했다. 냉각제가 본체 바닥까지 내려가 제일 낮은 곳의 프로세서들을 식혀 주기까지는 몇 분 정도 시간이 걸리겠지만, 스트래드모어는 아슬아슬하게 위기를 넘겼다고 생각했다. 승리감에 도취되어 미처 진실을 알아차리지 못한 것이다.
 '나는 생존자다.' 그는 생각했다. 노드 3의 유리 벽에 뚫린 구멍을 무시하고 전자식 출입문으로 다가섰다. 문은 슉 하는 소리와 함께 자동으로 열렸다. 그는 안으로 들어섰다.
 수전이 그의 재킷을 걸친 채 잔뜩 헝클어진 모습으로 서 있었다. 마치 소나기를 만나 오도 가도 못하는 1학년짜리 여대생 같았다. 그렇다면 스트래드모어 자신은 그녀에게 스웨터를 빌려 준 졸업반 남학생이었다. 실로 오랜만에 젊은 시절로 되돌아간 기분이었다. 꿈이 현실로 다가오는 게 보이는 듯했다.

하지만 좀 더 가까이 다가선 스트래드모어는 마치 낯선 여자의 눈동자를 바라보는 느낌이었다. 수전의 눈길이 얼음처럼 차가웠다. 부드러운 구석이라고는 어디서도 찾아볼 수 없다. 수전 플래처는 그저 목석처럼 뻣뻣하게 서 있을 뿐이었다. 유일한 움직임이라고는 그녀의 눈동자에 맺힌 눈물방울뿐이었다.

"수전?"

마침내 눈물 한 방울이 떨리는 그녀의 뺨을 타고 흘러내렸다.

"왜 그래?" 스트래드모어가 물었다.

헤일의 시체 옆에 생긴 핏자국은 기름이 엎질러진 것처럼 카펫 위로 번져 있었다. 스트래드모어는 불안한 눈길로 시체를, 이어서 다시 수전을 바라보았다. '혹시 눈치를 챈 것일까?' 그럴 리가 없다. 모든 흔적을 철저하게 지우지 않았던가.

"수전?" 그는 한 발 더 다가서며 물었다. "무슨 일이야?"

수전은 꿈쩍도 하지 않았다.

"데이비드가 걱정되어서 그래?"

그녀의 윗입술이 살짝 떨리는 듯했다.

스트래드모어는 더 가까이 다가섰다. 그녀에게 손을 뻗고 싶었지만 선뜻 엄두가 나지 않았다. 데이비드의 이름을 입 밖에 낸 것이 슬픔의 둑을 무너뜨린 모양이었다. 처음에는 잘 알아보기 힘들 만큼 가볍게 몸이 떨렸다. 그러나 이내 격렬한 슬픔의 파도가 그녀의 혈관 속을 헤집는 듯했다. 수전은 뭔가 말을 하려고 입을 열었지만 도저히 떨리는 입술을 통제할 수가 없었다. 결국 그녀의 입에서는 아무 소리도 나오지 못했다.

　수전은 스트래드모어에게 고정된 얼음 같은 시선을 풀지 않은 채 그의 재킷 주머니에 손을 넣었다. 이내 그녀의 손에 어떤 물건이 들려 나왔다. 그녀는 떨리는 손으로 그 물건을 내밀었다. 스트래드모어는 문득 그녀가 베레타 권총으로 자신의 복부를 겨누고 있는 것 아닐까 하는 생각이 들었다. 하지만 총은 아직 바닥에 쓰러진 헤일의 손에 쥐어져 있었다. 수전이 내민 물건은 조금 더 부피가 작았다. 스트래드모어는 천천히 시선을 옮겨 그녀의 손을 바라보았고, 다음 순간 모든 것을 알아차렸다.

　스트래드모어가 멍하니 그녀의 손을 내려다보는 사이, 공간이 뒤틀리고 시간이 멈춰 버린 듯했다. 자신의 심장이 뛰는 소리가 들렸다. 그토록 오랜 세월 동안 수많은 거인들을 무찔러 온 그가, 단 한 번의 실수로 처참하게 무너져 내리는 순간이었다. 사랑이, 자기 자신의 어리석음이 그의 가슴에 비수를 꽂았다. 스트래드모어는 기사도를 발휘해 별 생각 없이 수전에게 자신의 재킷을 벗어 주었다. 그 재킷과 함께 그의 호출기도 그녀의 손에 넘어간 것이었다.

　이제 온몸이 뻣뻣하게 굳어 오는 쪽은 스트래드모어였다. 수전의 손은 아직도 사시나무처럼 떨리고 있었다. 호출기가 헤일의 발 위에 떨어졌다. 수전 플래처는 스트래드모어의 기억에서 영원히 잊히지 않을 참담한 표정으로 노드 3을 뛰쳐나갔다.

　스트래드모어는 그녀를 붙잡지 않았다. 그 대신 천천히 허리를 굽혀 호출기를 주워 들었다. 새로 온 메시지는 없었다. 수전은 이미 모든 메시지를 읽은 다음이었다. 스트래드모어는 필사적으로 메시지 목록을 훑어 내렸다.

　　　　대상: 엔세이 탄카도―제거

대상 : 피에르 클루차드—제거

대상 : 한스 후버—제거

대상 : 로치오 에바 그라나다—제거……

목록은 계속 이어졌다. 스트래드모어는 끔찍한 두려움에 몸서리를 쳤다. '설명할 수 있어! 그녀도 이해해 줄 거야! 명예! 조국!' 하지만 아직 그가 미처 확인하지 못한 메시지가 하나 더 남아 있었다. 그것만은 무슨 일이 있어도 그가 설명할 수 없는 내용이었다. 그는 떨리는 손으로 마지막 메시지를 확인했다.

대상 : 데이비드 베커—제거

스트래드모어는 머리를 떨구었다. 그의 마지막 꿈이 사라진 것이다.

# 104

수전은 비틀거리는 걸음으로 노드 3을 빠져나왔다.

대상 : 데이비드 베커―제거

 마치 꿈속을 걷듯 수전은 크립토의 출입구를 향해 다가갔다. 그렉 헤일의 목소리가 귓전에 맴돌았다. '수전, 스트래드모어는 나를 죽일 거예요! 수전, 부국장은 당신에게 흠뻑 빠져 있어요!'
 거대한 원형 출입문 앞에 다다른 수전은 키패드에 비밀번호를 입력했다. 문은 꿈쩍도 하지 않았다. 다시 한 번 시도해 보았지만 결과는 마찬가지였다. 수전은 소리 죽여 비명을 내질렀다. 전기가 나가면서 출입문의 비밀번호가 지워진 모양이었다. 수전은 여전히 갇힌 상태였다.
 아무런 경고도 없이 한 쌍의 팔이 뒤에서 반쯤 불쑥 튀어나와 마비된 그녀의 몸을 끌어안았다. 익숙한 손길이었지만 온몸에 소름이 돋는 기분이었다. 그렉 헤일처럼 우악스럽지는 않았지만, 더없이 거칠고 강철처럼 단단한 결심이 느껴지는 손길이었다.

수전은 돌아섰다. 그녀를 끌어당기는 남자가 그렇게 어둡고 무섭게 느껴질 수가 없었다. 한번도 본 적이 없는 남자의 얼굴이었다.

"수전." 스트래드모어는 그녀를 글어안은 채 애원하듯 말했다. "내가 다 설명할게."

수전은 몸을 비틀었다.

스트래드모어는 더욱 팔에 힘을 주었다.

수전은 비명을 지르고 싶었지만 목소리가 나오지 않았다. 달아나고 싶었지만 상대방의 억센 손이 그녀를 도로 끌어당겼다.

"사랑해. 처음부터 너만을 사랑했어." 그의 목소리가 속삭였다.

수전은 속이 뒤집힐 것만 같았다.

"내 곁을 떠나지 마."

수전의 마음속에 섬뜩한 영상이 스쳐 지나갔다. 데이비드의 밝은 초록색 눈동자가 천천히 감기는 모습, 카펫 위에 피를 뿜어 내는 그렉 헤일의 시체, 발전기 위에 떨어져 새카맣게 타 버린 필 차트루키언의 몸뚱이…….

"고통은 지나가게 마련이야. 다시 사랑하게 될 거야." 목소리가 말했다.

수전의 귀에는 아무 소리도 들리지 않았다.

"내 곁에 있어 줘." 목소리가 애원했다. "내가 네 상처를 치료해 줄 테니까."

수전은 무기력한 몸부림만 거듭할 뿐이었다.

"다 우리를 위해서 그랬어. 우리는 처음부터 서로 함께할 운명을 타고났어. 수전, 사랑해." 마치 10년이 넘는 세월 동안 가슴 속에 묻어 두었던 말을 꺼내는 듯했다. "사랑해! 사랑한다고!"

그 무렵 약 30미터가량 떨어진 곳에서 마치 스트래드모어의 헛된 고백을 비웃기라도 하듯 트랜슬레이터가 기분 나쁜 굉음을 토해 냈다. 조금 전과는 전혀 느낌이 다른 소리였다. 깊은 동굴 속에서 거대한 뱀이 기어 다니는 듯, 뭔가 부글부글 끓어오르는 불길한 소리였다. 프레온가스가 충분히 제 기능을 발휘하지 못한 게 틀림없었다.

　스트래드모어는 수전을 놓고 20억 달러짜리 컴퓨터를 향해 돌아섰다. 그의 눈동자에 공포가 가득 번져 갔다. "안 돼!" 그는 자신의 머리를 움켜쥐며 소리쳤다. "안 돼!"

　6층 건물 높이의 로켓이 흔들렸다. 스트래드모어는 천둥소리 같은 굉음을 뿜어 내는 트랜슬레이터를 향해 비틀거리는 걸음을 옮겼다. 이어서 성난 신 앞에 엎드린 죄인처럼, 그는 바닥에 무릎을 꿇었다. 부질없는 짓이었다. 트랜슬레이터의 밑바닥에 장착된 티타늄-스트론튬 프로세스들이 더 이상 열을 견디지 못하고 불길에 휩싸인 것이다.

## 105

300만 개의 실리콘 칩이 녹아내리면서 치솟는 불덩어리는 아주 독특한 소리를 냈다. 울창한 숲에 산불이 난 것 같기도 하고, 거센 회오리바람이 부는 소리 같기도 했으며, 부글거리는 온천수가 터져 나오는 소리 같기도 한……. 이 모든 소리가 강력한 진동을 일으키는 트랜슬레이터의 동체 안에 갇혀 있는 듯했다. 악마의 숨결이 밀폐된 동굴 속을 훑으며 탈출구를 찾는 그림이 그려졌다. 스트래드모어는 이 오싹한 굉음 바로 옆에 못 박힌 사람처럼 무릎을 꿇고 앉아 있었다. 세상에서 가장 비싼 컴퓨터가 8층 건물 높이의 지옥불로 뒤덮이기 직전이었다.

스트래드모어는 느리게 돌리는 화면처럼 천천히 수전을 돌아보았다. 그녀는 크립토 출입문 앞에 꼼짝도 하지 못하고 서 있었다. 스트래드모어는 눈물로 얼룩진 그녀의 얼굴을 바라보았다. 환한 형광등 불빛 아래 그녀의 몸이 희미한 빛을 발하는 듯했다. '저 여자는 천사다.' 스트래드모어는 생각했다. 그는 천국을 찾기 위해 그녀의 눈길을 갈구했지만, 그의 눈에 보이는 것은 죽음뿐이었다. 신뢰의 죽음. 사랑과 명예는 흔적 없이 사라졌다. 그 오랜 세월 동안 그를 이끌어 온 환상 역시 죽어 버렸다. 그는 영원히 수전 플래처를 가질 수 없을 것이다. 영원히. 갑자기 밀려든 공허함이 그를 사로잡아 꼼짝도 할 수가 없었다.

수전은 흐릿한 눈으로 트랜슬레이터를 바라보았다. 세라믹 동체 속에 갇힌 불덩어리가 거칠게 몸부림치는 모습이 눈에 선했다. 불덩어리는 점점 빠른 속도로 치밀어 올라 불타는 칩이 내뿜은 산소를 먹어치웠다. 이제 곧 크립토는 불타는 지옥으로 변할 터였다.

수전의 마음은 그녀에게 어서 이곳을 빠져나가라고 외쳐 댔지만, 죽은 데이비드의 무게가 그녀를 짓눌렀다. 자신을 부르는 그의 목소리, 어서 도망치라고 외치는 그의 목소리가 들리는 듯했지만, 도망칠 데가 없었다. 크립토는 밀폐된 무덤이었다. 어차피 그런 건 상관도 없었다. 코앞에 닥친 죽음이 전혀 두렵지 않았다. 죽음은 이 고통을 멈춰 줄 것이다. 마침내 데이비드와 함께하게 되는 것이다.

마치 성난 괴물이 깊은 바닷속에서 꿈틀거리며 올라오듯 크립토 바닥이 떨리기 시작했다. 데이비드의 목소리는 더욱 다급해졌다. '도망쳐, 수전! 어서!'

스트래드모어는 아련한 추억을 떠올리는 얼굴로 그녀를 향해 다가오고 있었다. 그의 차가운 잿빛 눈동자에서는 이미 생기를 찾아볼 수 없었다. 그녀의 마음속에 영웅으로 각인되어 있던 애국자는 이미 살인자로 변해 생명을 잃은 지 오래였다. 갑자기 그의 팔이 다시 한 번 필사적으로 수전을 끌어안았다. 그리고 그녀의 뺨에 입을 맞추었다. "나를 용서해 줘." 그는 애원하듯 말했다. 수전은 뿌리치려 했지만 그는 팔을 풀지 않았다.

트랜슬레이터는 마치 발사를 앞둔 미사일처럼 진동하기 시작했다. 크립토 바닥의 울림도 더 심해졌고, 수전을 껴안은 스트래드모어의 팔에는 더욱 힘이 들어갔다. "안아 줘, 수전. 나는 당신이 필요해."

수전은 불같은 분노가 치밀어 올랐다. 데이비드의 목소리가 다시 들려왔다. '사랑해! 어서 도망쳐!' 갑자기 힘이 불끈 솟은 수전은 사력을 다해 스트래드모어의 팔을 떨쳐 냈다. 트랜슬레이터의 소음은 이제 귀가 먹먹할 정도였다. 로켓의 꼭대기까지 불덩어리가 올라왔다. 트랜슬레이터 동체의 연결 부위가 팽팽하게 당겨지며 묘한 신음 소리가 터져 나왔다.

수전은 데이비드의 목소리가 자신에게 힘을 불어넣고 길을 인도하는 느낌이었다. 쏜살같이 크립토를 가로지른 그녀는 스트래드모어의 집무실로 통하는 계단으로 올라가기 시작했다. 뒤에서 트랜슬레이터가 또 한 번 귀청을 찢는 굉음을 뿜어 냈다.

마지막 실리콘 칩이 녹아내리면서 엄청난 열이 트랜슬레이터 꼭대기를 뚫고 올라오며 세라믹 파편이 10미터가량 허공으로 치솟았다. 그와 동시에 크립토의 산소가 거대한 진공 속으로 빨려 들어갔다.

어마어마한 강풍이 수전의 몸을 덮쳤을 때, 그녀는 발판을 거의 다 올라가 위쪽 계단참의 난간을 붙잡고 있었다. 무심코 고개를 돌린 그녀의 눈에 NSA의 부국장이 트랜슬레이터 옆에서 그녀를 올려다보는 모습이 들어왔다. 사방에 태풍이 돌아치는 와중에도 그의 눈동자는 평화롭기만 했다. 그의 입술이 벌어지더니 입 모양으로 마지막 한마디를 남겼다. "수전."

트랜슬레이터 안으로 빨려 들어간 공기는 이내 위력을 발휘했다. 눈부신 섬광이 번쩍이는가 싶더니 트레버 스트래드모어 부국장은 인간에서 희미한 그림자로, 이어 하나의 전설로 변해 갔다.

수전을 덮친 폭풍은 그녀를 스트래드모어의 집무실 안으로 5미터가량이나 날려 보냈다. 그녀의 기억 속에는 뜨거운 열기밖에 남아 있지 않았다.

# 106

 크립토 돔이 내려다보이는 회의실 창문에 세 개의 얼굴이 숨을 죽인 채 모여 있었다. 폭발은 NSA 단지 전체를 흔들어 놓을 만큼 강력했다. 르랜드 폰테인 국장과 채드 브린커호프, 미지 밀켄은 모두 겁에 질린 얼굴로 말없이 창밖을 응시했다.
 20미터 밑에서 크립토 돔이 환하게 불타고 있었다. 폴리카보네이트 지붕은 아직 멀쩡했지만 그 투명한 천장 밑에서는 성난 불길이 혀를 날름거리고 있었다. 시커먼 연기가 돔 안에서 안개처럼 소용돌이 치고 있었다.
 세 사람은 입을 꾹 다문 채 말없이 창밖을 내려다보았다. 할 말은 아니지만, 장관인 것만은 틀림없었다.
 한참 동안 꼼짝도 하지 않던 폰테인이 드디어 입을 열었다. 약간 희미하기는 했지만 한 치의 흔들림이 없는 목소리였다. "미지, 요원들을 보내……. 어서."
 회의실 건너편, 폰테인의 집무실에서 전화 벨이 울리기 시작했다.

# 107

얼마나 시간이 흘렀는지 감이 잡히지 않았다. 수전은 목구멍이 타는 듯한 느낌 때문에 간신히 의식을 되찾았다. 아직도 정신이 혼미한 가운데 주위를 둘러보았다. 그녀는 책상 뒤의 카펫 위에 쓰러져 있었다. 불이 모두 꺼진 방 안에는 야릇한 오렌지색 불빛이 깜빡거릴 뿐이었다. 공기에는 플라스틱 타는 냄새가 가득했다. 그녀가 있는 방은 사실상 방이라고 할 수도 없는 형편이었다. 껍데기만 남은 폐허에 지나지 않았다. 커튼에 불이 붙어 있었고, 프렉시글라스 벽도 연기를 뿜어 내고 있었다.

그제야 수전은 모든 기억이 되살아났다.

'데이비드.'

수전은 무섭게 고개를 쳐드는 두려움을 억누르며 몸을 일으켰다. 기도를 통과하는 공기에서 시큼한 맛이 느껴졌다. 수전은 그 방을 빠져 나가기 위해 비틀거리는 걸음으로 출입문 쪽으로 다가갔다. 막 문턱을 넘어선 다리가 허공을 가르는 순간, 그녀는 간신히 문틀을 움켜잡고 균형을 되찾았다. 발판이 사라지고 없었다. 15미터 아래쪽에 쇳덩이가 연기를 뿜어 내며 뒤엉켜 있었다. 수전은 겁에 질려 크립토 바닥을 살펴보았다. 바닥은 완전히 불바다였다. 녹아내린 300만 개의 실리콘 칩이 마치 용암처럼 트랜슬레이터에서 흘러내렸다. 시큼한 냄새를 풍기는 짙은 연기가 계속해서 위로 치솟았다. 수전은 그 냄새를 잘 알고 있었다. 실리콘이 타면서 나오는 그 연기는 치명적인 독가스였다.

하는 수 없이 스트래드모어의 집무실로 다시 들어온 수전은 머리가 어질거리기 시작했다. 목구멍도 여전히 불에 덴 듯이 화끈거렸다. 사방에 불꽃이 너울거렸다. 크립토는 죽어 가고 있었다. '나도 마찬가지 운명이야.' 수전은 생각했다.

수전은 문득 유일한 탈출구를 떠올렸다. 스트래드모어의 엘리베이터. 하지만 그녀는 그것이 부질없는 생각임을 알고 있었다. 이 난리 통에 전자 장치들이 온전히 남아 있을 리 없다.

하지만 수전은 짙은 연기를 헤치고 걸음을 옮기며 헤일이 한 말을 떠올렸다. '엘리베이터는 본관의 전기 시스템과 연결되어 있어. 설계도에서 봤다고!' 수전은 그 말이 사실임을 알고 있었다. 엘리베이터의 통로 전체가 강화 시멘트로 둘러싸인 것 또한 사실이었다.

불꽃이 금방이라도 그녀를 삼킬 듯이 춤을 추었다. 수전은 연기를 뚫고 엘리베이터 문으로 다가갔다. 하지만 수전은 이내 엘리베이터의 호출 단추에 불이 꺼져 있는 것을 알아차렸다. 시커먼 패널을 수없이 눌러 봤지만 아무 일도 일어나지 않자, 수전은 무릎을 꺾으며 주먹으로 문짝을 두들겼다.

그러다, 수전이 동작을 멈췄다. 문 뒤에서 뭔가 윙 하는 소리가 들렸다. 깜짝 놀란 그녀는 고개를 들었다. 엘리베이터가 바로 그 문 뒤에 와 있는 듯했다. 수전은 다시 한 번 단추를 눌러 보았다. 이번에도 문 뒤에서 윙 하는 소리가 들렸다.

문득 그녀는 깨달았다.

호출 단추는 죽은 게 아니라 단지 시커먼 숯검정으로 덮여 있을 뿐이었다. 그녀의 손길이 여러 차례 닿으면서 지금은 희미한 빛이 스며 나오고 있었다.

'전력이 살아 있다!'

희망이 살아난 수전은 다시금 단추를 눌러 댔다. 한 번씩 누를 때마다 문 뒤에서 무언가가 움직이는 느낌이 전해졌다. 이제 엘리베이터의 환풍기가 돌아가는 소리도 들렸다. '엘리베이터가 여기 있다! 그런데 왜 문은 열리지 않는 거지?'

수전은 연기 사이로 또 하나의 조그만 키패드를 살펴보았다. A부터 Z까지, 알파벳이 새겨진 키패드였다. 수전은 이 엘리베이터가 암호를 요구한다는 사실을 떠올리고 절망감에 사로잡혔다.

녹아내린 창틀 사이로 시커먼 연기가 스며들기 시작했다. 수전은 다시 한 번 엘리베이터 문을 두들겼다. 여전히 꿈쩍도 하지 않았다. '암호!' 그녀는 생각했다. '스트래드모어는 한번도 암호를 말해 준 적이 없어!' 실리콘 연기가 방 안에 가득차기 시작했다. 수전은 숨이 막혀 엘리베이터 문에 기댄 채 무너지듯 쓰러졌다. 불과 몇 발 안쪽에서 환풍기가 돌아가고 있었지만 수전은 정신이 가물거리는 가운데 가쁜 숨을 헐떡거렸다.

눈을 감자, 다시 데이비드의 목소리가 그녀를 깨웠다. '빠져나와야 해, 수전! 문을 열어! 어서 나오라고!' 수전은 데이비드의 얼굴이, 그 생동감 넘치는 초록색 눈동자가, 짓궂은 미소가 보이기를 기대하며 눈을 떴다. 하지만 정작 눈에 들어온 것은 A부터 Z까지 알파벳이 새겨진 키패드뿐이었다. '암호……' 수전은 멍하니 알파벳을 바라보았다. 눈동자에 초점이 맞춰지지 않았다. 키패드의 표시창에 다섯 칸의 빈자리가 입력을 기다리고 있었다. '다섯 글자의 암호……' 수전은 금방 확률을 계산했다. 26의 5제곱, 경우의 수는 무려 11,881,376개였다. 1초에 한 글자씩 대입한다고 가정했을 때, 19주가 걸려야 답이 나올 터였다.

키패드 앞에 쓰러진 수전 플래처의 귓전에 애처로운 부국장의 음성이 들려왔다. 그는 또다시 그녀의 이름을 부르고 있었다. '사랑해, 수전! 옛날부터 당신을 사랑했어! 수전! 수전! 수전!'

수전은 그가 이미 죽었다는 사실을 알고 있었지만 그의 목소리는 좀처럼 사라지지 않았다. 자신의 이름을 되풀이해서 불러 대는 그의 목소리가 계속 들려왔다.

'수전…… 수전…….'

오싹한 깨달음이 그녀의 뇌리를 스쳤다.

수전은 키패드를 향해 떨리는 손을 뻗어 암호를 입력했다.

S…… U…… S…… A…… N

거짓말처럼 문이 열렸다.

## 108

스트래드모어의 엘리베이터는 빠른 속도로 내려갔다. 수전은 신선한 공기를 허파 가득 들이마셨다. 엘리베이터가 속도를 늦추며 멈춰 서자 가벼운 현기증을 느낀 수전은 벽에 기대 균형을 유지했다. 잠시 후 톱니바퀴가 맞물리는 소리가 나더니, 이번에는 엘리베이터가 옆으로 움직이기 시작했다. 엘리베이터는 점점 가속을 붙이며 NSA 본관 쪽을 향해 달렸다. 이윽고 윙하는 소리와 함께 엘리베이터가 멈춰 서자 문이 열렸다.

수전 플래처는 기침을 하며 캄캄한 시멘트 복도로 나섰다. 천장이 낮고 폭도 좁은 터널이 나타났다. 발 앞에 그려진 노란 줄 두 개가 어둠 속으로 뻗어 있었다.

'지하 고속도로······.'

수전은 비틀거리는 걸음으로 벽을 붙잡은 채 터널을 따라갔다. 뒤에서 엘리베이터 문 닫히는 소리가 들렸다. 수전 플래처는 또 한 번 어둠 속에 내동댕이쳐진 것이다.

정적이었다.

벽에서 울리는 희미한 소음 말고는 아무것도 들리지 않았다.

소음은 점점 커졌다.

마치 새벽이 밝아 오는 느낌이었다. 어둠이 희미한 잿빛으로 옅어졌다. 터널 벽이 생생한 형체를 드러내기 시작했다. 이내 조그만 차량 한 대가 모퉁이를 돌아 나왔고, 수전은 전조등 불빛 때문에 눈을 뜰 수가 없었다. 수전은 벽을 향해 뒷걸음질 치며 손으로 눈을 가렸다. 한 줄기 바람을 일으키며 차량이 그녀를 스쳐 지나갔다.

다음 순간 급브레이크를 밟는 소리가 그녀의 귀를 먹먹하게 했다. 윙하는 소리가 이번엔 거꾸로 다가왔다. 잠시 후 차량은 수전 옆에 멈춰 섰다.

"플래처 팀장!" 깜짝 놀란 목소리가 외쳤다.

수전은 전동 골프 카트 운전석에 앉은 남자를 멍하니 바라보았다.

"맙소사." 남자가 신음을 토했다. "괜찮아요? 우린 당신이 죽은 줄 알았어요!"

수전은 넋이 나간 사람처럼 그를 바라볼 뿐이었다.

"채드 브린커호프예요." 그는 소리치며 넋 나간 암호학자를 살펴보았다. "국장 보좌관."

수전은 겨우 한마디를 중얼거렸다. "트랜슬레이터가……."

브린커호프는 고개를 끄덕였다. "지금 그게 문제가 아닙니다. 어서 타요!"


골프 카트의 전조등이 시멘트 벽을 훑고 지나갔다.

"메인 데이터뱅크에 바이러스가 침투했어요." 브린커호프가 불쑥 말했다.

"나도 알아요." 수전은 잠꼬대처럼 중얼거렸다.

"당신의 도움이 필요합니다."

수전은 쏟아지는 눈물을 참으려고 안간힘을 다했다. "스트래드모어가…… 그는……."

"알아요. 그가 건트릿을 우회시켰지요." 브린커호프가 말했다.

"네, 그리고……." 말이 목구멍에 걸려 넘어오지 않았다. '그는 데이비드를 죽였어요!'

브린커호프는 그녀의 어깨에 손을 얹었다. "거의 다 왔어요, 플래처 팀장. 조금만 참아요."

고속 골프 카트는 모퉁이를 한 번 더 돌아 끽 하고 멈춰 섰다. 한쪽 옆에 터널에서 갈라진 복도가 뚫려 있었고, 바닥에 희미한 붉은색 조명이 켜져 있었다.

"갑시다." 브린커호프가 수전을 부축해 카트에서 내려서며 말했다.

브린커호프는 그녀를 복도 안쪽으로 인도했다. 수전은 자욱한 안개 속에 그의 뒤를 따랐다. 통로는 급격한 내리막길로 이어졌다. 수전은 난간을 붙잡고 브린커호프를 따라 내려갔다. 공기가 점점 서늘해졌다. 두 사람은 계속 내려갔다.

지하로 내려갈수록 터널은 점점 더 좁아졌다. 뒤에서 발소리가 들리기 시작했다. 아주 강력하고 단호한 걸음걸이를 가진 사람의 발소리였다. 발소리는 더욱 커졌다. 브린커호프와 수전은 멈춰 서서 뒤를 돌아보았다.

거구의 흑인 남자가 그들 쪽으로 다가오고 있었다. 수전은 한번도 그를 본 적이 없었다. 그는 집어삼킬 듯이 그녀를 바라보며 다가왔다.

"누구신가?" 그가 물었다.

"수전 플래처입니다." 브린커호프가 대답했다.

거구의 남자는 눈썹을 치켜떴다. 온통 숯검정이 묻고 물에 흠뻑 젖었지만 그래도 수전 플래처는 그가 상상했던 것보다 훨씬 미인이었다.
"부국장은?" 그가 물었다.

 브린커호프는 고개를 가로저었다.

 남자는 아무 말도 하지 않고 잠시 먼 산을 바라보았다. 그가 다시 수전을 바라보며 손을 내밀었다. "르랜드 폰테인일세. 무사하니 다행이군."

 수전은 멍하니 그를 바라보았다. 언젠가 국장을 만날 날이 있을 거라고 생각하긴 했지만, 이런 식의 첫 대면은 미처 생각하지 못했다.

 "가지, 플래처 팀장." 폰테인이 앞장을 서며 말했다. "지금은 모두 힘을 합쳐야 할 때야."

 터널 바닥에서 올라오는 불그스름한 조명 앞에 강력한 철문이 그들을 가로막았다. 폰테인은 움푹 들어간 키패드로 다가가 암호를 입력한 다음, 조그만 유리판에 오른손을 갖다 댔다. 유리판 안에서 환한 빛이 뿜어져 나오더니 잠시 후 거대한 벽이 천둥소리를 내며 왼쪽으로 갈라졌다.

 NSA에서 크립토보다 더 신성한 방은 딱 한 군데밖에 없었다. 수전 플래처는 자신이 지금 그 방으로 들어서고 있음을 알아차렸다.

# 109

　NSA 메인 데이터뱅크 지휘본부는 NASA 관제실의 축소판 같았다. 열 대도 넘는 컴퓨터 워크스테이션이 맞은편 벽을 뒤덮은 가로 9미터, 세로 12미터의 초대형 스크린을 마주보고 있었다. 스크린에는 마치 누군가가 리모콘을 손에 쥐고 채널을 이리저리 바꾸는 것처럼 각종 숫자와 도형들이 번개처럼 스쳐 지나갔다. 수많은 기술 요원들이 기다란 프린터 용지를 손에 든 채 이리저리 뛰어다니며 뭐라고 소리를 질러대고 있었다. 한마디로 난장판이었다.

　수전은 어지러운 풍경을 멍하니 바라보았다. 이 지휘본부를 만들기 위해 250톤의 흙을 파냈다는 이야기를 들은 적이 있었다. 지하 65미터 지점에 위치한 이 방은 플럭스 폭탄은 물론 핵폭발까지도 견딜 수 있도록 설계되어 있었다.

　한복판의 불룩 솟아오른 워크스테이션에 자바가 서 있었다. 그는 신하들에게 명령을 내리는 국왕처럼 고래고래 고함을 질러 댔다. 그의 등 뒤에 설치된 스크린에 선명한 메시지가 떠 있었다. 수전에게는 무척 낯익은 메시지였다. 어지간한 광고판 크기의 글자들이 자바의 머리 위에 불길하게 떠 있었다.

이제 진실만이 당신들을 구원할 것이다.
패스 키를 입력하시오. _____

수전은 초현실적인 악몽 속에 갇힌 기분으로 폰테인을 따라 관제탑으로 다가갔다. 눈앞이 온통 뿌옇게 빙글빙글 돌아가는 느낌이었다.

그들을 발견한 자바가 성난 황소처럼 돌아섰다. "내가 건트릿을 만든 데는 그럴 만한 이유가 있어요!"

"이제 건트릿은 없어." 폰테인이 침착하게 대답했다.

"새로운 소식도 아니로군요, 국장님." 자바가 쏘아붙였다. "그 소리를 듣고 아주 까무러치는 줄 알았다니까요! 스트래드모어는 어디 있습니까?"

"스트래드모어 부국장은 사망했네."

"빌어먹을, 죗값을 치렀군."

"진정하게, 자바." 국장이 말했다. "지금 이러고 있을 때가 아니야. 바이러스는 얼마나 심각한 상태지?"

자바는 한참 동안 국장을 멍하니 바라보더니, 갑자기 웃음을 터뜨렸다. "바이러스?" 그의 거친 웃음소리가 사방에 울려 퍼졌다. "지금 그것 때문에 이 난리가 벌어졌다고 생각하는 겁니까?"

그래도 폰테인은 차분한 모습을 잃지 않았다. 자바의 무례함은 정도를 벗어났지만 지금은 그런 것을 따질 때가 아니었다. 여기서는 자바가 곧 신이었다. 그에게는 컴퓨터와 관련된 문제가 터지면 정상적인 지휘 계통을 아예 무시해 버리는 습성이 있었다.

"바이러스가 아니라는 말이에요?" 브린커호프가 희망 섞인 목소리로 물었다.

자바는 한심하다는 듯 쏘아붙였다. "바이러스는 복제 문자열을 가지고 있지. 하지만 이건 그렇지 않아."

수전은 집중을 할 수가 없어서 주변을 맴돌았다.

"그럼 도대체 무슨 일이 벌어지고 있는 건가?" 폰테인이 물었다. "난 바이러스가 침투한 거라고 생각했는데."

자바는 큰 숨을 들이쉬며 목소리를 낮추었다. "바이러스라……." 그는 이마의 땀을 훔치며 말을 이었다. "바이러스는 번식을 합니다. 복제를 만들어 내지요. 지극히 쓸모없고 멍청한 놈들이에요. 사람으로 치면 자기밖에 모르는 꼴통이라고 해도 과언이 아닐 만큼. 토끼보다도 빠르게 새끼를 만드는 놈들이지요. 그게 약점이기도 합니다. 자기가 무엇을 하는지만 알면 놈들을 교잡시켜서 깨끗이 없애 버릴 수 있으니까요. 하지만 불행하게도 이 프로그램은 자아가 없어요. 번식할 필요도 없고요. 아주 단순 무식하면서도 고도의 집중력을 가진 놈들이에요. 아마 여기서 목적을 달성하면 디지털 자살을 시도할지도 몰라요." 자바는 거대한 스크린을 향해 경건한 동작으로 팔을 뻗어 보이며 덧붙였다. "신사 숙녀 여러분, 컴퓨터 침입자의 자살 특공대, '웜바이러스'를 소개합니다."

"웜바이러스?" 브린커호프가 신음을 토했다. 아마도 이 교활한 침입자에게 일반인도 알아들을 수 있는 이름을 붙인 모양이었다.

"전문 용어로는 웜(worm)이라고 하지요." 자바가 씩씩거리며 말을 이었다. "복잡한 구조 따위는 필요 없어요. 그냥 먹고 싸고 기어 다니는 본능만으로 충분하니까. 그게 답니다. 단순하지요. 겁날 정도로 단순합니다. 주어진 임무를 완수하면 조용히 사라지지요."

폰테인이 진지한 눈빛으로 자바를 바라보며 물었다. "그래서 이 웜이란 녀석이 어떤 임무를 띠고 있는 건가?"

"그건 나도 모릅니다." 자바가 대답했다. "지금 당장은 스스로 퍼져 나가면서 우리의 보안 데이터에 달라붙고 있는 중이에요. 그게 끝나면 무슨 짓을 할지 아무도 모릅니다. 모든 파일을 삭제할 수도 있고, 백악관에 제출할 보고서에 스마일 표시를 찍을 수도 있어요."

폰테인은 여전히 차분하고 침착한 말투를 잃지 않았다. "막을 수 있나?"

자바는 긴 한숨을 내쉬며 스크린을 바라보았다. "나도 몰라요. 모든 건 이걸 만든 자가 어느 정도나 미쳤느냐에 달려 있으니까요." 그는 등 뒤의 메시지를 가리켰다. "도대체 저게 무슨 뜻인지 얘기 좀 해 줄 사람 없어요?"

이제 진실만이 당신들을 구원할 것이다.
패스 키를 입력하시오. _____

자바는 주위를 둘러보았지만 아무도 대답하는 사람이 없었다. "누군가 우리한테 맺힌 게 많은 모양이에요, 국장님. 이건 협박이에요. 몸값을 내놓으라는 협박과 다를 바 없습니다."

수전이 공허하게 속삭이듯 말했다. "이건 엔세이 탄카도의 짓이에요."

자바가 눈을 휘둥그렇게 뜨고 그녀를 돌아보았다. "탄카도?"

수전은 힘없이 고개를 끄덕였다. "그는 우리가 트랜슬레이터의 진실을 공개하길 원해요. 하지만 결국 그는 그것 때문에……."

"공개?" 브린커호프가 어리둥절한 표정으로 끼어들었다. "우리가 트랜슬레이터를 보유하고 있다는 사실을 자백하라는 겁니까? 그러기에는 너무 늦은 것 아닌가요?"

수전은 다시 입을 열었지만 이번에는 자바가 그녀의 말을 가로막았다. "그럼 탄카도가 킬 코드를 가지고 있겠군." 그는 스크린에 뜬 메시지를 바라보며 중얼거렸다.

모두의 시선이 그쪽으로 옮겨 갔다.

"킬 코드?" 브린커호프가 되물었다.

자바는 고개를 끄덕였다. "그래요. 저 웜의 활동을 중단시킬 수 있는 패스 키지요. 간단히 말해서 우리가 트랜슬레이터의 존재를 인정하면 탄카도가 우리에게 킬 코드를 넘겨주겠다는 거겠지요. 그럼 그 코드를 입력해서 데이터뱅크를 구할 수 있어요. 일종의 디지털 인질극이군."

폰테인은 바위처럼 굳건한 자세를 잃지 않았다. "남은 시간이 얼마나 되나?"

"한 시간 정도입니다. 기자회견을 소집해서 비밀을 털어놓을 시간은 충분하지요." 자바가 말했다.

"제안을 해 봐. 우리가 어떻게 했으면 좋겠나?" 폰테인이 말했다.

"제안이라고요?" 자바가 믿기지 않는다는 듯이 되물었다. "나더러 제안을 하란 말입니까? 차라리 칭찬을 하라고 하세요! 이런 멍청한 짓은 당장 집어치워야 합니다. 국장님이 할 일이 바로 그거예요!"

"진정해." 폰테인이 경고하듯 말했다.

"국장님." 자바는 거침이 없었다. "지금 이 순간, 이 데이터뱅크는 엔세이 탄카도의 손에 넘어간 것과 다름없어요! 그가 원하는 것을 뭐든 다 들어줄 수밖에 없는 상황이라고요. 그가 원하는 게 세상에다 트랜슬레이터의 존재를 알리는 거라면 당장 CNN에 연락해서 팬티까지 홀랑 벗어 버리세요. 어차피 이제 트랜슬레이터는 흔적도 없이 날아가 버렸는데 뭐가 문젭니까?"

잠시 침묵이 흘렀다. 폰테인은 그의 말을 곰곰이 생각해 보는 눈치였다. 수전이 입을 열려 했지만 이번에도 자바가 선수를 쳤다.

"뭘 기다리는 겁니까, 국장님? 탄카도에게 전화를 연결해요! 뭐든 시키는 대로 하겠다고 고개를 조아리란 말입니다! 우리에게는 킬 코드가 필요해요. 그게 없으면 여기는 완전 끝장입니다."

아무도 꼼짝하지 않았다.

"다들 정신이 나갔나?" 자바가 소리쳤다. "탄카도에게 전화해! 항복한다고 말하라고! 어떻게 해서든 당장 그놈의 킬 코드를 가져오란 말이야!" 자바는 자기 휴대전화를 꺼내더니 폴더를 열었다. "아무도 안 할 거면 내가 하지. 번호를 불러 봐! 내가 직접 그놈한테 전화를 하겠어!"

"헛수고 말아요. 탄카도는 죽었어요." 수전이 속삭이듯 말했다.

한참 동안 어리둥절한 표정으로 수전을 바라보던 자바는 뒤늦게 그게 무슨 뜻인지를 알아차리고 마치 총에라도 맞은 듯한 표정으로 변했다. 이 거구의 보안실장이 당장 정신을 잃고 쓰러지지나 않을까 걱정스러울 지경이었다. "죽었다고? 그건 다시 말해서 우리가……."

"그건 다시 말해서 새로운 계획이 필요하다는 뜻이야." 폰테인이 태연하게 말했다.

자바가 아직도 충격에서 헤어나지 못하고 허둥거리는 사이, 누군가가 고래고래 소리를 지르며 그들에게 달려왔다.

"자바! 자바!"

자바가 총애하는 기술 요원 소시 쿠타였다. 그녀는 기다란 출력물을 바닥에 질질 끌다시피 하며 헐레벌떡 달려왔다. 잔뜩 겁에 질린 표정이었다.

"자바!" 그녀가 숨을 헐떡이며 소리쳤다. "이 웜 말이에요. 방금 이 녀석들이 어떻게 프로그래밍되어 있는지 알아냈어요!" 소시는 출력물을 자바에게 건네며 말을 이었다. "시스템 활동 탐색기에서 뽑아낸 자료예요! 웜의 실행 명령을 분리해 냈거든요. 프로그래밍을 좀 보세요. 놈들이 무슨 계획을 가지고 있는지 보시라고요!"

시스템 보안실장은 멍한 표정으로 출력물을 살펴보았다. 잠시 후,

그는 난간을 움켜잡고서야 간신히 몸의 균형을 되찾았다.
"아, 하느님." 자바의 입에서 신음이 터져 나왔다. "탄카도……. 이 개자식!"

## 110

 자바는 소시가 건네준 출력물을 멍하니 들여다보았다. 그는 소맷자락으로 창백한 얼굴에 흘러내리는 땀방울을 훔쳤다. "국장님, 선택의 여지가 없습니다. 데이터뱅크의 전원을 차단하는 수밖에 없어요."
 "그건 안 돼. 감당하기 힘든 결과가 초래될 테니까." 폰테인이 대답했다.
 국장의 말이 옳았다. 전 세계의 3천 개가 넘는 ISDN(정보종합통신망)이 NSA의 데이터뱅크에 물려 있었다. 군 지휘관들은 적의 움직임을 분석하는 최신 위성사진을 확보해야 했고, 록히드의 기술자들은 각자 자신의 분야에 해당하는 신무기 설계도를 다운로드해야 했으며, 현장 요원들도 매일 업데이트되는 임무를 확인하려면 NSA의 데이터뱅크에 접속해야 했다. 한마디로 NSA의 데이터뱅크는 수천에 달하는 미국 정부 기관의 일상적인 활동을 지원하는 중추적인 역할을 감당하고 있었다. 이런 데이터뱅크가 예고도 없이 꺼져 버리면 전 세계에서 생사가 걸린 정보 대란이 벌어질 것은 불 보듯 뻔했다.

"나도 그것이 무엇을 의미하는지는 압니다, 국장님." 자바가 말했다. "하지만 다른 대안이 없어요."

"그렇게 주장하는 근거를 설명해 봐." 폰테인이 말했다. 그는 한쪽 구석에 서 있는 수전을 힐끗 돌아보았다. 마음이 딴 데 가 있는 사람 같았다.

자바는 큰 숨을 들이쉬며 다시 한 번 이마의 땀을 훔쳤다. 표정만 봐도 이제부터 그가 하려는 말이 그다지 반가운 이야기는 아닐 것 같았다.

"이 웜은……." 자바는 어렵게 말문을 열었다. "일반적인 퇴행성 주기가 아니라 선택적 주기를 가지고 있습니다. 다시 말하면 특별한 '취향'을 가진 웜이라는 말이지요."

브린커호프가 입을 열었지만 폰테인은 손짓으로 그를 제지했다.

"대부분의 파괴적 어플리케이션은 데이터뱅크를 깨끗하게 쓸어 버립니다." 자바가 설명을 이어 갔다. "하지만 이놈들은 좀 더 복잡합니다. 특정한 매개변수에 포함되는 파일만 삭제하도록 되어 있어요."

"그럼 데이터뱅크 전체를 공격하지는 않는다는 뜻입니까?" 브린커호프가 그것만 해도 다행이라는 듯이 물었다. "그건 좋은 소식이잖아요, 안 그렇습니까?"

"그게 아닙니다! 나쁜 소식, 그것도 더럽게 나쁜 소식이란 말입니다!" 자바가 소리쳤다.

"진정해! 이 웜이 찾는 매개변수가 뭐지? 군사 기밀? 비밀공작?" 폰테인이 말했다.

자바는 고개를 가로저었다. 그리고는 멍하니 허공만 바라보는 수전을 슬쩍 돌아본 다음, 다시 국장을 바라보았다. "국장님, 아시다시피 외부에서 이 데이터뱅크로 접속하고자 하는 사람은 누구나 일련의 방화벽을 거치도록 되어 있습니다."

폰테인은 고개를 끄덕였다. 데이터뱅크에 접속할 수 있는 권한은 철저하게 계통화되어 있어서, 승인을 받은 사람이 아니면 아무리 강력한 인터넷과 월드 와이드 웹을 가지고 있어도 접속이 불가능했다. 접속 승인을 받는다 해도 해당 분야가 엄밀하게 제한되어 있어 자기가 승인받은 분야가 아니면 절대 들여다볼 수 없었다.

"우리는 전 세계의 인터넷 망과 연결되어 있어요." 자바가 설명을 이어 갔다. "따라서 해커와 외국 정부, EFF의 상어 떼가 하루 24시간 호시탐탐 기회를 엿보며 이 데이터뱅크를 기웃거리고 있습니다."

"그래. 그래서 우리 보안 필터들이 하루 24시간 그들의 접근을 차단하고 있지 않은가. 자네의 요점이 뭐야?" 폰테인이 말했다.

자바는 출력물을 들여다보며 대답했다. "요점은 이겁니다. 탄카도의 웜은 우리의 데이터를 노리는 게 아니에요." 자바는 헛기침을 한 뒤 덧붙였다. "목표물은 바로 우리의 보안 필터예요."

폰테인의 얼굴에서 핏기가 가셨다. 그 말이 무슨 의미인지 잘 알고 있는 모양이었다. 이 웜은 NSA의 데이터뱅크를 지키는 필터를 목표로 하고 있었다. 이 필터가 없으면 외부의 누구든 데이터뱅크의 모든 정보에 접속할 수 있게 된다.

"당장 작동을 중단시켜야 합니다." 자바가 되풀이했다. "앞으로 한 시간 내에 초등학교 3학년짜리도 모뎀만 있으면 미국의 일급비밀을 제멋대로 들여다볼 수 있게 된단 말입니다."

폰테인은 입을 굳게 다문 채 꼼짝도 하지 않고 서 있었다.

초조하게 기다리던 자바는 소시를 돌아보며 지시했다. "소시, VR 준비해! 당장!"

소시가 어디론가 달려갔다.

자바는 VR을 종종 이용하곤 했다. 컴퓨터와 관련해서 VR은 흔히 '가상현실(virtual reality)'을 의미하는 경우가 많지만, NSA에서는 '비주얼 프리젠테이션(vis-rep)'을 의미했다. 기술자나 정치인들의 기술적 이해도가 천차만별이기 때문에 뭔가를 설명하기 위해서는 시각적인 요소를 최대한 활용하는 수밖에 없었다. 단순한 그래프 하나가 수십 장의 문서보다 훨씬 효과적인 경우가 많기 때문이다. 자바는 지금의 위기 상황을 알기 쉽게 설명하는 데도 이 방법이 최선이라는 것을 알고 있었다.

"VR 준비됐습니다!" 소시가 지휘본부 뒤쪽의 단말기에서 소리쳤다.

이내 벽에 붙은 거대한 스크린에 컴퓨터가 만들어 낸 도형이 나타났다. 수전은 주위의 소란에 아랑곳없이 멍하니 화면을 바라보았다. 그자리에 있는 모든 사람들의 시선이 자바를 따라 스크린을 향했다.

화면에 나타난 그림은 꼭 과녁과도 같은 모습이었다. 한복판에 그려진 빨간 동그라미는 데이터를 의미했고, 그 주위에 각기 두께와 색깔이 다른 다섯 개의 동심원이 그려져 있었다. 제일 바깥쪽의 원은 희미하게 색이 바래서 거의 투명하게 보였다.

"우리는 모두 다섯 단계의 방화벽을 가지고 있습니다." 자바가 설명했다. "기본적인 배스천 호스트(Bastion Host), FTP와 X-일레븐을 위한 두 개의 패킷 필터, 터널 블록 하나, 그리고 마지막에 PEM에 근거한 트러플 프로젝트의 인증창이 있지요. 바깥쪽에 거의 사라져 가는 방화벽은 이미 노출된 호스트를 의미합니다. 앞으로 한 시간 이내에 다섯 개의 방화벽이 모두 저렇게 될 거예요. 그다음에는 아무나 다 쏟아져 들어올 수 있어요. NSA의 모든 데이터를 모두 소유할 수 있게 되는 겁니다."

폰테인은 이글거리는 눈빛으로 VR을 주시했다.

브린커호프가 기운 없는 목소리로 중얼거렸다. "이 지렁이가 우리 데이터뱅크의 출입문을 열어 놓을 수 있다는 겁니까?"

"탄카도에게는 어린애 장난이지요." 자바가 잘라 말했다. "그래서 건트릿이 필요했던 겁니다. 스트래드모어가 날려 버리기는 했지만."

"이건 전쟁이야." 그렇게 중얼거리는 폰테인의 목소리에는 초조한 기색이 엿보였다.

자바는 고개를 가로저었다. "나는 탄카도가 정말로 일을 이 지경까지 몰고 갈 생각이었다고는 보지 않아요. 대충 겁만 주고 그만둘 생각이었을 거예요."

폰테인은 첫 번째 방화벽이 완전히 사라져 버린 스크린을 올려다보았다.

"배스천 호스트도 위험합니다!" 뒤쪽에서 어느 기술 요원이 소리쳤다. "두 번째 방화벽이 노출되었어요!"

"당장 작동 중단 작업에 들어가야 합니다." 자바가 재촉했다. "지금 VR의 그림으로 미뤄 볼 때 남은 시간은 45분가량에 지나지 않아요. 전력을 차단하기 위해서도 복잡한 절차가 필요해요."

맞는 말이었다. NSA의 데이터뱅크는 우연한 사고든, 외부의 공격을 당하든 어떤 경우에도 전원이 나가는 일이 없도록 설계되어 있었다. 안전 장치가 겹겹이 둘러싼 전화선과 전력선은 강철 파이프에 의해 땅속 깊숙이 묻혀 있었고, NSA 단지 내부의 자가 발전은 물론 여러 겹의 공용 전력망이 뒤를 받치고 있었다. 따라서 전력을 차단하기 위해서는 복잡한 규약과 승인 과정이 필요했다. 굳이 말하자면 일반적인 핵잠수함의 미사일 발사보다 훨씬 더 복잡한 과정을 거쳐야 했다.

"아직은 시간이 있습니다." 자바가 말했다. "지금부터라도 서두르면 수동으로 전략 차단을 완료하는 데 30분가량 걸릴 테니까요."

신중한 표정으로 VR을 바라보는 폰테인은 자바의 제안을 심사숙고하는 모습이었다.

"국장님!" 자바가 결국 분통을 터뜨렸다. "이 방화벽들이 모두 무너지면 지구상의 모든 인터넷 사용자가 무제한으로 우리의 데이터에 접근하게 됩니다! 그게 무슨 의미인지 잘 아시지 않습니까! 온갖 비밀공작 자료들, 해외 첩보원들의 신상 명세, 연방 중인 보호 프로그램에 포함되어 있는 모든 사람의 이름과 위치, 핵무기 발사 암호까지 다 새 나갈 거란 말입니다! 전력 차단 작업을 시작해야 합니다, 지금 당장!"

국장은 미동도 하지 않았다. "다른 방법이 있을 거야."

"물론 있지요." 자바가 쏘아붙였다. "킬 코드만 있으면 됩니다. 그런데 하필이면 그걸 알고 있는 딱 한 녀석이 죽어 버렸다면서요!"

"무차별 대입은 어때요?" 브린커호프가 불쑥 내뱉었다. "하나하나 끼워 맞추는 방법으로 킬 코드를 알아낼 수 있지 않아요?"

자바는 두 손을 치켜들었다. "환장하겠군! 킬 코드는 암호 키와 마찬가지로 완전히 무작위예요! 어림짐작 따위는 통하지 않는단 말입니다! 앞으로 45분 안에 600조의 키를 입력할 수 있으면 한번 해 봐요. 안 말릴 테니까!"

"킬 코드는 스페인에 있어요." 수전이 힘없는 목소리로 말했다.

모든 사람의 시선이 일제히 수전을 향했다. 수전으로서는 정말 오랜만에 처음으로 입을 연 셈이었다.

수전은 아직도 눈물이 그렁그렁한 눈으로 고개를 들었다. "탄카도가 죽기 직전에 그걸 누군가에게 줘 버렸어요."

모두들 어리둥절한 표정이었다.

"패스 키……." 수전은 그 말을 꺼내자 또 몸이 떨려 왔다. "스트래드모어 부국장님이 그걸 찾기 위해 사람을 보냈어요."

"그래서 그걸 찾았소?" 자바가 물었다.

수전은 안간힘을 다해 참으려 했지만 결국 눈물이 터지고 말았다. "네." 그녀가 침통한 목소리로 말했다. "그런 것 같아요."

## 111

 귀청을 찢는 듯한 고함 소리가 통제실에 울려 퍼졌다. "상어(해커) 다!" 소시의 목소리였다.
 자바가 재빨리 VR을 향해 돌아섰다. 동심원 바깥에 얇은 선 두 개가 나타나 있었다. 마치 별로 내키지 않는 난자를 공략하는 정자처럼 보였다.
 "상어들이 피 맛을 포착하기 시작했습니다!" 자바가 국장을 돌아보며 말했다. "결단을 내려야 해요. 지금 차단 작업을 시작하지 않으면 그 기회마저 사라집니다. 이 두 침입자가 배스천 호스트가 무너졌다는 사실을 알면 대번에 돌격 함성이 울려 퍼질 거예요."
 폰테인은 대답하지 않았다. 깊은 생각에 잠긴 모습이었다. 패스 키가 스페인에 있다는 수전 플래처의 정보는 커다란 희망이 아닐 수 없었다. 그는 뒤쪽에 물러나 있는 수전을 슬쩍 돌아보았다. 자신만의 세계에 갇혀 힘없이 의자에 앉은 그녀는 두 손으로 머리를 감싸고 있었다. 폰테인은 그녀가 무엇 때문에 그렇게 힘들어하는지 알 길이 없었지만, 지금은 그런 걸 따질 상황이 아니었다.

"결단이 필요해요! 지금 당장!" 자바가 다시 한 번 소리쳤다.

폰테인이 고개를 들었다. 이어서 차분한 그의 음성이 흘러나왔다. "좋아, 결단은 내려졌어. 전력 차단은 보류한다. 좀 더 기다려 봐."

자바의 입이 쩍 벌어졌다. "뭐라고? 하지만 그건……."

"도박이지." 폰테인이 그의 말을 가로막았다. "잘하면 우리가 이길 수도 있는 도박이야." 그가 말하며 자바의 휴대전화를 낚아채 숫자판을 눌렀다. "미지, 르랜드 폰테인이다. 지금부터 내 말 잘 들어……." 그가 말했다.

# 112

"지금 국장님이 무슨 짓을 하고 있는지 신중히 생각하셔야 할 겁니다." 자바가 씩씩거렸다. "전력 차단의 기회마저 날리고 있단 말입니다."

폰테인은 대답하지 않았다.

그때 기다렸다는 듯이 통제실의 뒷문이 벌컥 열리더니 미지가 뛰어들었다. 숨이 턱에까지 찬 그녀가 관제탑으로 달려오며 소리쳤다. "국장님! 교환대에서 지금 회선을 연결하고 있어요!"

폰테인은 기대에 찬 눈빛으로 전방의 스크린을 돌아보았다. 15초 후, 스크린이 켜졌다.

스크린에 나타난 영상은 무척 거칠고 지직거렸지만 시간이 갈수록 조금씩 선명해졌다. 디지털 전송 방식이라 초당 다섯 프레임 밖에 되지 않았다. 화면에 두 사람의 남자가 모습을 드러냈다. 한 사람은 군인처럼 짧은 머리였고, 또 한 사람은 금발의 전형적인 미국인이었다. 두 사람은 방송 시작을 기다리는 뉴스 진행자처럼 카메라를 마주보고 앉아 있었다.

"이건 또 뭐야?" 자바가 툴툴거렸다.

"지켜보기나 해." 폰테인이 말했다.

두 남자는 승합차 안에 앉아 있는 듯했다. 온갖 전자 장비와 케이블이 주위에 널려 있었다. 잠시 후 오디오가 연결되자, 갑자기 배경의 소음이 들려왔다.

"오디오 입력 완료." 밑에서 어느 기술 요원의 목소리가 들려왔다. "쌍방 통신까지 5초 남았습니다."

"저 사람들은 누구지요?" 브린커호프가 불안한 듯이 화면을 응시하며 중얼거렸다.

"하늘의 눈이지." 폰테인은 자신이 스페인으로 파견한 두 요원을 바라보며 대답했다. 만일의 경우에 대비한 일종의 안전 장치였다. 폰테인은 스트래드모어의 계획이 비교적 마음에 들었다. 엔세이 탄카도를 제거해야 한다는 것이 조금 아쉽기는 하지만 어쩔 수 없는 선택인 듯했다. 하지만 폰테인은 울로오트를 동원하는 것이 못내 마음에 걸렸다. 울로오트는 뛰어난 킬러임에 분명하지만, 돈을 받고 움직이는 용병에 지나지 않았다. 과연 그를 믿어도 될까? 패스 키를 자기가 삼켜버리려 하지는 않을까? 폰테인은 최악의 경우를 막기 위해 울로오트를 감시하고 싶었고, 그래서 필요한 조치를 취했던 것이다.

# 113

"절대 안 됩니다!" 군인 머리를 한 남자가 카메라에 대고 소리쳤다. "우리는 명령에 따라 움직입니다! 우리는 단 한 사람, 르랜드 폰테인 국장에게만 보고를 하도록 되어 있어요!"

폰테인은 약간 놀란 표정이었다. "자네들, 내가 누구인지 정말로 모르나?"

"그게 무슨 상관입니까?" 금발이 발끈하며 되받았다.

"내가 설명하지. 잠시만 내 말을 잘 들어 보게." 폰테인이 말했다.

잠시 후, 두 요원은 얼굴이 빨개져서 국가안전보장국 국장에게 꼬리를 내렸다. "구, 국장님." 금발이 말을 더듬었다. "저는 콜리언더 요원입니다. 이쪽은 스미스 요원이고요."

"좋아. 보고해 봐." 폰테인이 말했다.

수전 플래처는 여전히 한쪽 구석에서 온몸을 파고드는 외로움과 맞서 싸우고 있었다. 말없이 눈을 감고 눈물을 삼켰다. 몸에 아무런 감각이 느껴지지 않았다. 관제실의 어수선한 고함 소리가 희미한 웅성거림으로 들릴 뿐이었다.

스미스 요원이 보고를 시작하자, 관제탑에 모인 사람들은 초조하게 귀를 기울였다.

"국장님의 지시에 따라 우리는 이틀 전에 이곳 세비야에 들어왔습니다." 스미스가 말했다. "엔세이 탄카도 씨를 추적하기 위해서지요."

"그가 사망하던 당시를 얘기해 봐." 폰테인이 초조하게 말했다.

스미스는 고개를 끄덕였다. "우리는 약 50미터 거리에 세워 둔 이 밴 안에서 탄카도를 관찰했습니다. 살해 과정은 아주 매끄러웠어요. 울로오트는 역시 전문가더군요. 하지만 그 직후에 조금 일이 꼬이기 시작했습니다. 현장에 다른 사람들이 나타나는 바람에 울로오트는 물건을 확보하지 못했습니다."

폰테인은 고개를 끄덕였다. 그는 남미에 출장을 갔다가 그 요원들에게서 일이 잘못되었다는 보고를 받고 서둘러 돌아온 터였다.

콜리언더가 마이크를 이어받았다. "저희는 지시하신 대로 울로오트를 지켜보았습니다. 하지만 그는 시체 안치소로 가는 대신, 다른 사람을 쫓기 시작했습니다. 정장에 넥타이를 맨 민간인처럼 보이더군요."

"민간인?" 폰테인은 흠칫 놀랐다. 역시, NSA가 개입되었다는 사실을 은폐하기 위한 스트래드모어다운 발상인 듯했다.

"FTP 필터가 무너지고 있습니다!" 한 기술 요원이 외쳤다.

"우린 그 물건이 필요해. 지금 울로오트는 어디 있나?" 폰테인이 말했다.

스미스는 어깨 너머를 슬쩍 돌아보았다. "음······. 지금 우리가 데리고 있습니다, 국장님."

폰테인은 깜짝 놀라 소리쳤다. "어디?" 오늘 그가 들은 소식 중에서 제일 반가운 소리가 아닐 수 없었다.

스미스는 카메라 렌즈를 향해 손을 뻗더니, 각도를 조절했다. 카메라가 밴 안쪽을 훑고 지나가더니, 뒤쪽의 벽에 기댄 채 축 늘어진 두 남자를 비추었다. 둘 다 꼼짝도 하지 않고 있었다. 한 사람은 은 테 안경을 낀 거구의 남자였고, 또 한 사람은 검은 머리에 피로 얼룩진 셔츠를 입은 젊은이였다.

"왼쪽이 울로오트입니다." 스미스가 말했다.

"죽었나?" 국장이 물었다.

"그렇습니다, 국장님."

폰테인은 자세한 설명은 나중에 해도 늦지 않다고 생각했다. VR의 방화벽은 지금도 시시각각 얇아지고 있었다. "스미스 요원." 그는 천천히, 하지만 분명한 어조로 말했다. "나는 그 물건이 필요해."

스미스는 조금 당황한 표정이었다. "국장님, 우리는 지금도 그 물건이 무엇인지조차 모르고 있습니다. 그걸 찾기 위해서는 그게 뭔지부터 알아야 하지 않겠습니까."

# 114

"그럼 다시 찾아봐!" 폰테인이 소리쳤다.

국장은 요원들이 무작위의 숫자와 글자로 된 패스 키를 찾기 위해 축 늘어진 두 남자를 뒤지는 동안, 잔뜩 얼굴을 찌푸린 채 지직거리는 영상을 지켜보았다.

자바의 얼굴은 이미 창백하게 굳어 있었다. "맙소사, 이렇게 해서 어느 세월에 찾아? 우린 이제 죽은 목숨이야!"

"FTP 필터가 무너졌습니다!" 누군가가 소리쳤다. "세 번째 방화벽이 노출되었어요!" 긴장감은 더욱 고조되었다.

정면의 스크린에서 군인 머리의 요원이 체념한 듯 두 팔을 들어 보였다. "국장님, 패스 키는 여기 없습니다. 두 사람의 주머니, 지갑, 옷 속까지 다 수색했어요. 전혀 흔적을 찾을 수 없습니다. 울로오트가 가지고 있는 모노클 컴퓨터까지 확인해 봤습니다. 무작위 문자열 같은 것을 전송한 흔적은 전혀 찾아볼 수 없어요. 자신이 살해한 자들의 명단밖에 없습니다."

"빌어먹을!" 침착한 모습을 유지하던 폰테인이 갑자기 거칠게 소리쳤다. "틀림없이 거기 있을 거야! 계속 찾아봐!"

자바는 도저히 더 이상 두고 볼 필요가 없다고 판단한 눈치였다. 폰테인의 도박이 실패로 돌아간 것이다. 자바는 즉각 행동을 시작했다. 이 거구의 보안실장이 관제탑에서 내려서자, 마치 산이 움직이는 듯했다. 그는 자기 휘하의 프로그래머들에게 큰 소리로 명령했다. "보조 동력 차단 시작해! 지금 당장!"

"시간이 부족해요!" 소시가 소리쳤다. "최소한 30분이 필요한데, 지금 시작해도 이미 너무 늦었어요."

자바는 대답을 하려고 입을 열었지만, 뒤쪽에서 고통스러운 비명 소리가 터져 나오는 바람에 그는 도로 입을 다물고 말았다.

모두들 소리가 난 쪽을 돌아보았다. 수전 플래처가 마치 유령처럼 자기 자리에서 일어나 있었다. 얼굴은 하얗게 질렸고, 두 눈은 정지 화면이 뜬 스크린에 붙박여 있었다. 스크린에는 피투성이가 된 채 밴 안에 쓰러져 꼼짝도 하지 않는 데이비드 베커의 모습이 떠 있었다.

"당신들이 그를 죽였어!" 수전의 입에서 또다시 비명이 터져 나왔다. "당신들이 죽였다고!" 그녀는 스크린을 향해 다가서며 손을 뻗었다. "데이비드……."

다들 어리둥절한 표정으로 그녀를 바라보았다. 수전은 잠시도 데이비드에게서 시선을 떼지 않은 채 그의 이름을 부르며 앞으로 다가섰다. "데이비드." 그녀가 처참하게 울부짖었다. "아, 데이비드. 어떻게 이런 짓을……."

폰테인이 혼란스러운 듯이 수전에게 물었다. "아는 사람인가?"

수전은 불안하게 비틀거리며 계속 앞으로 다가섰다. 그러고는 거대한 스크린 바로 앞에 멈춰 서서 그토록 사랑하던 남자의 모습을 올려다보며 끝없이 그의 이름을 불러 댔다.

# 115

데이비드 베커는 자신의 몸과 마음이 완전히 비워졌다고 생각했다. 나는 죽었다. 그런데 이상하게 무슨 소리가 들렸다. 멀리서 들려오는 목소리⋯⋯.

"데이비드."

갑자기 팔 아래쪽에 극심한 통증이 몰려왔다. 혈관 속이 불덩어리로 가득 찬 느낌이었다. '내 몸이 내 것이 아니야.' 그때 또 한 번 그를 부르는 목소리가 들렸다. 아주 멀리서 아련하게 들려오는 소리였다. 하지만 분명 그것은 그의 일부였다. 다른 목소리도 들렸지만 그건 알아들을 수도 없었고 중요하지도 않았다. 베커는 그 소리를 의식적으로 차단하려고 애썼다. 중요한 것은 딱 하나의 목소리밖에 없었다. 그 소리가 희미하게 멀어졌다가 가까워졌다가 했다.

"데이비드, 미안해⋯⋯."

반점이 있는 빛이 보였다. 처음에는 회색 배경막이 살짝 찢어진 것처럼 아주 희미한 빛이었다. 그 빛이 점점 환해졌다. 베커는 몸을 움직이려 했다. 통증이 밀려왔다. 말을 해 보려 했다. 정적은 깨어지지 않았다. 그래도 누군가가 부르는 소리는 계속 들려왔다.

바로 옆에서 누가 그를 일으켰다. 베커는 목소리를 향해 다가갔다. 아니, 누가 그를 그쪽으로 옮겨가고 있나? 아무튼 소리는 이어졌다. 베커는 반짝이는 영상을 멍하니 바라보았다. 조그만 스크린에 여인의 모습이 보였다. 그녀는 또 다른 세계에서 그를 바라보고 있었다. '내가 죽는 모습을 지켜보고 있는 건가?'

"데이비드……."

귀에 익은 목소리였다. 그녀는 천사였다. 천사가 그를 데리러 온 것이다. 천사가 다시 입을 열었다. "데이비드, 사랑해."

그때 그는 모든 것을 알아차렸다.

수전은 격한 감정의 물결에 휩싸여 울고 웃으며 스크린을 향해 손을 뻗었다. 그러고는 쏟아지는 눈물을 힘껏 닦아 냈다. "데이비드, 난 당신이……."

스미스 요원이 데이비드 베커를 모니터와 마주보는 의자에 앉혔다. "지금 좀 정신이 멍할 겁니다. 조금만 시간 여유를 주세요."

"하, 하지만……." 수전은 말이 제대로 나오지 않았다. "킬러가 보낸 메시지를 봤어요. 거기에는 분명……."

스미스는 고개를 끄덕였다. "우리도 봤습니다. 올로오트는 계산을 조금 빨리 하는 습관이 있더군요."

"하지만 저 피는……."

"겉에만 살짝 다쳤어요." 스미스가 대답했다. "우리가 이미 반창고를 붙였습니다."

수전은 말문이 막혔다.

콜리언더 요원이 모습은 보이지 않고 목소리만으로 끼어들었다. "우리는 J23이라는 신형 무기를 사용했습니다. 원거리 전기충격기지요. 아프기는 했겠지만, 일단 신병을 확보해야 했거든요."

"걱정하지 마세요, 팀장님. 금방 괜찮아질 겁니다." 스미스가 자신 있게 말했다.

데이비드 베커는 눈앞의 모니터를 멍하니 들여다보았다. 아직 정신이 하나도 없고 머리도 띵했다. 화면에는 혼란의 도가니와도 같은 커다란 방의 모습이 잡혀 있었다. 수전도 그들 가운데 하나였다. 그녀가 탁 트인 공간에 서서 그를 바라보고 있었다.

수전은 웃음과 눈물을 동시에 터뜨렸다. "데이비드! 아, 감사합니다. 하느님! 당신이 죽은 줄 알았어!"

베커는 관자놀이를 문질렀다. 그러고는 화면 앞으로 몸을 숙이며 목이 마음대로 구부러지는 마이크를 입 쪽으로 잡아당겼다. "수전?"

수전은 아직도 믿기지 않는다는 듯이 그를 바라보았다. 이제 데이비드의 초췌한 모습이 한쪽 벽면을 가득 메웠다. 그의 목소리가 들려왔다.

"수전, 당신한테 물어볼 게 하나 있는데." 베커의 목소리가 울려 퍼지자, 데이터뱅크 안의 모든 사람들이 순간적으로 일손을 멈추었다. 다들 동작을 멈춘 채 화면을 돌아보았다.

"수전 플래처." 베커의 목소리가 다시 울려 퍼졌다. "나랑 결혼할 거지?"

여기저기서 나직한 탄성이 울려 퍼졌다. 크립보드, 이어서 필통이 쨍그랑 소리를 내며 바닥으로 떨어졌다. 아무도 그걸 주울 엄두를 내지 못했다. 컴퓨터 팬 돌아가는 소리, 그리고 마이크를 통해 들려오는 데이비드 베커의 차분한 숨소리가 방 안을 가득 메울 뿐이었다.

"데, 데이비드······." 수전은 모두 서른일곱 명이 자기 뒤에 얼어붙은 듯이 서 있는 것을 의식하지 못한 채 더듬거렸다. "그건 전에 이미 물어봤잖아, 기억 안 나? 다섯 달 전에 하겠다고 했잖아."

"알아." 베커가 미소를 지으며 말했다. "하지만 이번에는……." 그는 그렇게 말하며 카메라를 향해 왼손을 들어 보였다. 네 번째 손가락에 금반지가 하나 끼워져 있었다. "반지를 준비했거든."

# 116

"베커 씨, 그걸 읽어 봐요!" 폰테인이 말했다.

자바는 땀을 뻘뻘 흘리며 이미 자판 위에 손을 얹어놓고 있었다. "그래, 그 망할 놈의 글자들을 어서 좀 읽어 보쇼!"

그들과 함께 서 있는 수전 플래처는 자꾸만 다리가 떨리고 얼굴은 발갛게 상기되었다. 관제실 안의 모든 사람들이 하던 일을 멈추고 대형 스크린을 가득 채운 데이비드 베커의 얼굴을 바라보았다.

"신중하게 읽는 게 좋을 거요! 한 글자라도 삐끗하면 모든 게 끝장이니까!" 자바가 말했다.

폰테인은 못마땅한 눈으로 자바를 돌아보았다. 그렇지 않아도 부담스러운 상황인데 자꾸만 압박을 가하는 것은 현명한 처사가 아니라고 확신했다. "긴장을 풀어요, 베커 씨. 한 번 실수해도 될 때까지 다시 입력하면 되니까."

"그 소리는 못들은 걸로 하쇼, 베커 씨." 자바가 쏘아붙였다. "우린 한 방에 끝내야 해. 킬 코드는 대부분 이리저리 끼워 맞추는 시행착오를 통해 정답을 알아 내는 행위를 방지하기 위해 벌칙 조항이 있거든. 한 번 잘못된 암호를 입력하면 바이러스의 침투 속도가 훨씬 빨라질 것이고, 두 번 실패하면 더 이상 기회가 주어지지 않을 거요. 한마디로 게임 끝이라고."

폰테인 국장은 눈살을 찌푸리며 스크린을 돌아보았다. "베커 씨? 내가 실수했어요. 신중하게 읽어요, 최대한 신중하게."

베커는 고개를 끄덕이고 잠시 반지를 바라보았다. 그러고는 침착하게 글자를 읽기 시작했다. "Q······ U······ I······ S······ 한 칸 띄고······ C······."

자바와 수전이 동시에 끼어들었다. "한 칸 띄고?" 자바는 타이핑을 멈추며 되물었다. "띄어쓰기가 있다고?"

베커는 어깨를 으쓱거리며 다시 한 번 반지를 살펴보았다. "예. 무지 많은데요."

"무슨 일이지? 띄어쓰기가 뭐 어쨌다는 거야?" 폰테인이 물었다.

"국장님. 이건, 이건······." 수전이 어리둥절한 표정으로 말했다.

"전적으로 동감이오." 자바가 말했다. "이건 너무 이상해요. 암호에는 절대 띄어쓰기가 들어가지 않거든요."

브린커호프는 침을 꿀꺽 삼켰다. "그게 무슨 뜻입니까?"

"무슨 뜻이냐 하면, 이게 킬 코드가 아닐지도 모른다는 뜻이에요." 수전이 대답했다.

브린커호프는 펄쩍 뛸 듯이 소리쳤다. "그럴 리가 있나! 그럼 이건 도대체 뭐란 말입니까? 탄카도가 무엇 때문에 이걸 생판 모르는 사람한테 줬느냐는 말입니다. 반지에다 무작위로 말도 안 되는 글자를 새겨 넣는 사람이 누가 있겠어요?"

폰테인이 날카로운 눈빛으로 브린커호프의 입을 막았다.

"저, 여러분?" 베커가 나서고 싶지 않지만 어쩔 수 없다는 듯이 끼어

들었다. "아까부터 자꾸만 '무작위'라는 단어가 들리는데, 분명히 짚고 넘어가는 게 좋겠어요. 이 반지에 새겨진 글자들은 무작위로 쓴 게 아니에요."

스크린으로 그의 모습을 지켜보던 모든 사람들이 이구동성으로 외쳤다. "뭐라고?"

베커는 상당히 불안한 표정이었다. "미안합니다만 여기에는 특정한 단어들이 새겨져 있어요. 아주 촘촘하게 붙어 있어서 얼핏 보면 무작위로 보이지만, 자세히 살펴보면 사실은 라틴어거든요."

자바가 신음을 뱉어 냈다. "누구 엿 먹일 일이 있나!"

베커는 고개를 가로저었다. "그렇지 않습니다. 제대로 읽으면 'Quis custodiet ipsos custodes'가 되지요. 대충 번역하자면……."

"파수꾼은 누가 지킬 것인가!" 수전이 데이비드의 말을 대신해 문장을 마무리했다.

베커는 흠칫 놀란 표정이 되었다. "수전, 당신이 라틴어까지 하는 줄은……."

"유베날리스의 《풍자시집》에 나오는 구절이에요." 수전이 말했다. "파수꾼은 누가 지킬 것인가? 세상을 감시하는 NSA는 누가 감시할 것인가? 탄카도가 제일 좋아하던 말이에요!"

"그래서 이게 패스 키가 맞다는 거예요, 아니라는 거예요?" 미지가 물었다.

"이건 틀림없이 패스 키가 맞아요." 브린커호프가 힘주어 말했다.

폰테인은 묵묵히 수전과 베커가 한 말을 생각하는 눈치였다.

"확신은 서지 않지만……." 자바가 먼저 입을 열었다. "탄카도가 뭔가 의미를 가진 단어로 암호를 만들었을 거라고는 도저히 믿기지 않아."

"띄어쓰기를 없애 봐요." 브린커호프가 소리쳤다. "그런 다음에 그냥 입력하고 결과를 보자고요!"

폰테인은 수전을 돌아보았다. "자네는 어떻게 생각하나, 플래처 팀장?"

수전은 잠시 생각을 해 보았다. 콕 짚어서 말할 수는 없지만 왠지 느낌이 좋지 않았다. 그녀는 탄카도가 단순성에 목숨을 건다는 사실을 잘 알고 있었다. 그가 만든 프로그램, 그가 내세우는 근거들은 언제나 수정처럼 투명하고 절대적이었다. 그런 그가 띄어쓰기를 없애고 입력해야 되는 암호를 사용했다는 게 좀처럼 납득이 가지 않았다. 지극히 사소한 부분일 수도 있지만, 굳이 말하자면 깔끔한 느낌이 아니었다. 엔세이 탄카도가 마지막 순간에 그런 흠집을 남겼으리라고는 도저히 믿기지 않았다.

"뭔가 석연치가 않아요. 내가 보기에는 키가 아닌 것 같아요." 수전이 말했다.

폰테인은 큰 숨을 들이쉬며 검은 눈동자로 수전을 유심히 살펴보았다. "플래처 팀장, 만약 이게 키가 아니라면 엔세이 탄카도가 생판 모르는 사람에게 저 반지를 준 이유가 뭐라고 생각하나? 우리가 자기를 살해한다는 걸 뻔히 아는 마당에, 저 반지를 영원히 없애 버리면 우리에게 원수를 갚는 셈이라고 생각하지 않았을까?"

새로운 목소리가 끼어들었다. "저, 국장님?"

또다시 모두의 시선이 스크린을 향했다. 이번에는 콜리언더 요원이었다. 그는 베커의 어깨 위로 몸을 기대며 마이크에 대고 말을 이었다. "혹시 도움이 될지 모르겠는데, 탄카도 씨는 자신이 살해당한다는 사실을 전혀 모르는 상태였습니다."

"그게 무슨 소린가?" 폰테인이 물었다.

"울로오트는 최고의 전문갑니다, 국장님. 우리가 불과 50미터 거리에서 똑똑히 지켜봤는데, 모든 정황상 탄카도는 자신이 살해당한다는 사실을 몰랐던 게 분명합니다."

"증거는?" 브린커호프가 되물었다. "증거가 있기는 한가? 탄카도는 저 반지를 전혀 모르는 사람한테 그냥 줘 버렸어. 그것만 봐도 충분히 짐작할 수 있잖아!"

"스미스 요원. 자네가 그렇게 판단하는 근거는 뭔가?" 폰테인이 말했다.

스미스는 헛기침을 한 번 한 다음 대답했다. "울로오트는 비침습 충격탄인 NTB로 탄카도를 살해했습니다. 이 고무 탄환이 탄카도의 가슴에 명중하면서 그 충격이 온몸으로 퍼져 나간 것이지요. 소리도 나지 않고 아주 깨끗합니다. 탄카도는 가슴에 날카로운 충격을 느꼈을 것이고, 즉시 그 충격이 심장마비로 이어졌을 겁니다."

"충격탄이라……. 그래서 가슴에 멍이 들었던 거로군." 베커가 혼자 중얼거렸다.

"탄카도가 그 충격을 저격수와 연결시켰을 가능성은 거의 없습니다." 스미스가 덧붙였다.

"하지만 그는 반지를 버리다시피 했어." 폰테인이 말했다.

"그건 사실입니다, 국장님. 하지만 그는 암살자를 찾으려는 시도를 전혀 하지 않았습니다. 피격을 당한 사람은 반드시 총을 쏜 사람을 확인하기 위한 행동을 하게 됩니다. 그게 인간의 본능이지요."

폰테인은 어리둥절한 표정이었다. "그럼 탄카도는 울로오트를 찾으려는 기미가 전혀 없었다는 말인가?"

"그렇습니다, 국장님. 비디오로 촬영해 두었으니 원하시면……."

"X-일레븐 필터가 무너지고 있습니다!" 어느 기술 요원이 소리쳤다. "웜이 반쯤 침투했어요!"

"비디오는 생략해요. 그 망할 놈의 킬 코드를 입력해서 어서 이 난장판을 끝내자고요!" 브린커호프가 말했다.

자바는 갑자기 차분한 표정으로 한숨을 내쉬었다. "국장님, 만약 잘못된 코드를 입력하면……."

"그래요. 만약 탄카도가 자신의 죽음이 우리 때문이라는 의심을 하지 않았다면 아직 풀리지 않은 의혹들이 남아 있는 셈이에요." 수전이 나섰다.

"시간이 얼마나 남았지, 자바?" 폰테인이 물었다.

자바는 VR을 올려다보았다. "20분 정도 남았습니다. 이제부터라도 시간을 현명하게 써야 합니다."

폰테인은 한동안 곰곰이 생각을 하더니, 깊은 한숨을 내쉬었다. "좋아, 비디오 돌려 봐."

## 117

"10초 후 비디오 전송됩니다." 스미스 요원이 말했다. "불필요한 프레임과 오디오는 다 잘라 버리고 최대한 실시간에 가깝게 돌려 보겠습니다."

모든 사람들은 말없이 화면을 지켜보며 동영상이 뜨기를 기다렸다. 자바가 자판을 몇 번 두드려 동영상의 위치를 조절했다. 탄카도의 메시지가 왼쪽 구석에 나타났다.

이제 진실만이 당신들을 구원할 것이다.

스크린 오른쪽에는 카메라 앞에 모여 있는 베커와 두 요원의 모습을 담은 정지 화면이 자리 잡았다. 한복판에 희미한 프레임이 나타났다. 잠시 지직거리더니 공원의 모습을 담은 흑백 영상이 돌아갔다.

"전송 시작합니다." 스미스 요원이 말했다.

마치 오래된 옛날 영화를 보는 느낌이었다. 빠른 전송을 위해 원래

촬영된 동영상의 프레임을 절반 이하로 줄인 탓에 화면이 선명하지 못했고 연결도 부자연스러웠다.

카메라가 널따란 광장을 훑으며 한쪽 끝에 반원 모양의 건물 외관을 비추었다. 세비야 시청이었다. 전면에 나무들이 보였고, 공원 안에는 사람의 모습이 보이지 않았다.

"X-일레븐이 무너지고 있습니다! 놈들이 아주 배가 고픈 모양입니다!" 기술 요원의 고함 소리가 터져 나왔다.

스미스가 해설자처럼 화면을 설명하기 시작했다. 노련한 현장 요원답게 그의 목소리에는 전혀 감정이 실려 있지 않았다. "이것은 사건 현장에서 약 50미터 떨어진 우리 밴 안에서 촬영한 영상입니다. 오른쪽에서 탄카도가 접근하고 있습니다. 울로오트는 왼쪽의 나무 뒤에 숨어 있습니다."

"우리가 지금 시간이 별로 많지 않으니 본론으로 들어가자고." 폰테인이 말했다.

콜리언더 요원이 단추를 몇 개 조작하자 영상의 속도가 빨라졌다.

관제탑의 모든 사람들은 기대에 찬 눈길로 옛 동료 엔세이 탄카도의 모습을 지켜보았다. 속도를 빨리 돌리는 바람에 동작이 다소 희화적으로 보였다. 광장으로 들어선 탄카도는 주위의 경치를 둘러보는 모습이었다. 손으로 햇빛을 가린 채 시청 건물의 첨탑을 올려다보기도 했다.

"바로 이 장면입니다. 울로오트는 역시 전문가답게 처음 찾아온 기회를 놓치지 않습니다." 스미스가 말했다.

스미스의 지적은 정확했다. 화면 왼쪽의 나무 뒤에서 섬광이 번쩍하는가 싶더니, 이내 탄카도가 가슴을 움켜잡았다. 카메라가 비틀거리는 탄카도의 모습을 클로즈업하면서 잠시 초점이 흔들렸다.

영상이 고속으로 돌아가는 가운데 스미스는 침착하게 해설을 계속했다. "보시다시피 탄카도는 순식간에 심장마비를 일으킵니다."

수전은 그 장면을 보고 있으려니 속이 울렁거렸다. 기형적인 손으로 가슴을 움켜쥔 탄카도의 얼굴에는 공포와 혼란이 뒤섞여 있었다.

"그의 시선은 아래쪽, 즉 자기 자신에게 고정되어 있습니다. 한번도 주위를 둘러보지 않고 있어요." 스미스가 말했다.

"그게 그렇게 중요한가?" 자바가 혼잣말인지 질문인지 애매한 말투로 중얼거렸다.

"아주 중요합니다." 스미스가 말했다. "만약 탄카도가 조금이라도 누군가의 공격을 의심했다면 본능적으로 주위를 둘러보았을 겁니다. 하지만 보시다시피 전혀 그런 움직임이 없지 않습니까."

이제 화면 속의 탄카도는 여전히 가슴을 부여안은 채 무릎을 꿇고 쓰러졌다. 역시 한번도 고개를 들지 않는 모습이었다. 엔세이 탄카도는 누가 봐도 혼자서 죽음을 맞이하고 있었고, 사인은 자연사가 분명해 보였다.

"이 대목에서 조금 이상한 점이 있습니다." 스미스가 약간 당혹스러운 목소리로 말했다. "충격탄은 대개의 경우 이렇게까지 신속한 사망으로 이어지지는 않습니다. 때때로 건장한 체구를 가진 사람은 멀쩡하게 살아나는 경우도 많으니까요."

"저 친구 원래 심장이 좋지 않았어." 폰테인이 차분하게 말했다.

스미스는 이제 의혹이 풀렸다는 듯 눈썹을 치켜세웠다. "그렇다면 무기를 정말 잘 선택한 셈이로군요."

수전은 무릎을 꿇었던 탄카도가 옆으로 쓰러지는 장면을 지켜보았다. 가슴을 움켜쥔 채 허공을 응시하며 고통스러워 하는 모습이었다. 갑자기 카메라가 방향을 바꾸어 숲 쪽을 비추었다. 한 남자의 모습이 드러났다. 은 테 안경을 끼고 큼직한 서류 가방을 든 남자였다. 그는 탄카도가 쓰러져 있는 광장으로 접근했는데, 그때 손에 달린 무슨 기계 장치에 대고 그의 손가락이 춤을 추기 시작했다.

"모노클을 조작하는 중입니다." 스미스가 말했다. "탄카도가 제거되었다는 메시지를 보내고 있는 거지요." 스미스는 베커를 슬쩍 돌아보며 미소를 지었다. "울로오트는 희생자가 완전히 숨을 거두기 전에 미리 보고를 하는 나쁜 습관이 있는 것 같습니다."

콜리언더가 또 동영상의 속도를 조절했고, 화면에는 탄카도에게 접근하는 울로오트의 모습이 잡혔다. 그때 갑자기 어디선가 노인 한 사람이 불쑥 뛰어나와 탄카도에게 달려가더니 그 옆에 쪼그리고 앉았다. 울로오트의 걸음이 약간 느려졌다. 잠시 후 또 다른 두 사람이 모습을 드러냈다. 이번에는 아주 몸이 풍풍한 남자와 빨강머리 여자였다. 그들도 조심스럽게 탄카도 옆으로 다가왔다.

"범행 장소 선택에 약간의 불운이 따랐습니다." 스미스가 말했다. "울로오트는 다른 목격자들이 생길 거라고는 전혀 예측하지 못했던 것 같습니다."

화면 속의 울로오트는 잠시 사태를 주시하더니 도로 숲 속으로 모습을 감추었다. 조금 기다려 보기로 결정한 모양이었다.

"이제부터 탄카도의 손을 유심히 봐 주시기 바랍니다." 스미스가 말했다. "우리도 처음에는 전혀 알아차리지 못했습니다."

수전은 더욱 속이 울렁거렸지만 꾹 참고 화면을 지켜보았다. 탄카도는 가쁜 숨을 몰아쉬는 와중에도 옆에서 무릎을 꿇고 자신을 들여다보는 노인에게 뭔가를 얘기하려고 애를 쓰고 있었다. 이어서 그가 필사적으로 왼손을 불쑥 치켜드는 바람에 하마터면 노인의 얼굴을 때릴 뻔했다. 탄카도는 노인의 눈앞에 기형적인 손가락을 내밀었다. 카메라가 그 세 개의 손가락을 클로즈업하자, 스페인의 밝은 햇살 아래 반짝거리는 금반지가 또렷하게 드러났다. 탄카도는 다시 한 번 손을 앞으로 내밀었다. 노인은 오히려 몸을 피하는 눈치였다. 그러자 탄카도는 여자 쪽을 돌아보았다. 제발 자신의 뜻을 알아 달라고 애원하는 듯, 그녀의 얼굴에 대고 손가락을 들이대는 것이었다. 또 한 번 반지가 햇빛을 받아 반짝거렸다. 여자는 고개를 돌려 버렸다. 숨이 막혀 말을 하지 못하는 탄카도는 뚱뚱한 남자에게 마지막 시도를 했다.

갑자기 노인이 벌떡 일어나 어디론가 달려갔다. 도움을 청하려는 게 분명해 보였다. 탄카도는 이제 기력이 다 떨어진 듯했지만, 그래도 포기하지 않고 뚱뚱한 남자의 얼굴에 반지를 들이밀었다. 죽음을 코앞에 둔 엔세이 탄카도는 뚱뚱한 남자를 향해 보일 듯 말 듯 고개를 끄덕여 보이며 마지막 애원의 눈길을 보냈다.

다음 순간 탄카도의 몸이 축 늘어졌다.

"제길." 자바가 신음을 토했다.

카메라가 휙 돌아가며 올로오트가 숨어 있던 곳을 비추었다. 그는 이미 자취를 감춘 다음이었다. 피렐리 가 쪽에서 경찰 오토바이 한 대가 다가왔다. 카메라는 다시 탄카도가 쓰러져 있는 곳으로 돌아갔다. 그 옆에 무릎을 꿇고 있던 여자도 경찰 사이렌 소리를 들은 모양이었다. 그녀는 초조하게 주위를 둘러보며 빨리 가자며 뚱뚱한 남자를 잡아끌기 시작했다. 결국 두 사람은 황급히 현장에서 사라졌다.

카메라는 이미 생명이 빠져나간 가슴을 움켜쥔 탄카도의 손을 비추었다. 반지가 사라지고 없었다.

## 118

"저게 증거로군. 탄카도는 반지를 버린 거야. 우리가 절대로 찾지 못하도록 최대한 멀리 내다 버리고 싶었던 게 틀림없어." 폰테인이 단호하게 말했다.

"하지만 국장님. 그건 앞뒤가 맞지 않아요. 만약 탄카도가 자신의 죽음을 암살로 받아들이지 않았다면 무엇 때문에 킬 코드를 없애려 했을까요?" 수전이 반박했다.

"그건 나도 동감이에요. 저 친구는 반역자일지 모르지만 그렇다고 양심까지 없는 녀석은 아니거든. 우리더러 트랜슬레이터를 공개하라고 압박하는 것과 극비의 데이터뱅크를 박살내는 것은 별개의 문제잖소." 자바가 말했다.

폰테인은 믿기지 않는다는 듯이 그를 바라보았다. "그럼 탄카도가 이 웜의 활동을 중단시키고 싶었을 거라는 말인가? 본인이 죽어 가는 마당에, 불쌍한 NSA를 살려 주려고?"

"터널 블록이 무너지고 있습니다!" 기술 요원이 다급하게 소리쳤다.

"최대 15분 이내에 모든 방화벽이 뚫릴 것 같습니다!"

"내가 한마디 하지." 국장이 주도권을 되찾으려는 듯 힘주어 입을 열었다. "앞으로 15분 후면 지구상의 모든 제3세계 국가들이 대륙간 탄도미사일 만드는 법을 알게 될 거야. 지금 이 반지보다 더 유력한 킬 코드 후보를 알고 있는 사람이 있으면 누구든 얘기해 봐. 진지하게 들어줄 테니." 국장은 잠시 반응을 기다렸지만 아무도 입을 여는 사람이 없었다. 그는 눈싸움이라도 하듯 자바의 눈을 정면으로 바라보며 말을 이었다. "탄카도가 반지를 버린 이유는 딱 하나야, 자바. 그가 영원히 저 반지를 묻어 버리고 싶었는지, 아니면 그 뚱뚱한 남자가 당장 공중전화로 달려가 우리에게 제보하기를 원했는지는 나도 몰라. 하지만 나는 방금 마음을 정했어. 반지에 새겨진 문장을 입력하는 거야, 지금 당장."

자바는 큰 숨을 들이쉬었다. 그도 폰테인의 생각이 옳다고 생각했다. 더 나은 대안이 없었다. 그러는 동안에도 시간은 쉬지 않고 흘러갔다. 자바는 자리에 앉았다. "좋아요. 해 봅시다." 그는 자판 앞에서 자세를 잡았다. "베커 씨? 글자를 읽어 보시오. 또박또박 확실하게."

데이비드 베커는 반지에 새겨진 글자를 읽었고, 자바는 그것을 타이핑했다. 타이핑이 끝나자 한 번 더 철자를 확인하고 띄어쓰기를 지웠다. 벽면의 대형 스크린 위쪽에 그 글자들이 나타났다.

### QUISCUSTODIETIPSOSCUSTODES

"마음에 안 들어. 깔끔하지가 못해." 수전이 혼잣말처럼 중얼거렸다.

자바의 손가락이 엔터 키 위에서 잠시 머뭇거렸다.

"어서 눌러." 폰테인이 명령했다.

자바는 명령을 따랐다. 잠시 후, 그들은 큰 실수를 저질렀음을 알게 되었다.

## 119

"침투 속도가 빨라지고 있어요!" 관제실 뒤쪽에서 소시의 비명 소리가 터져 나왔다. "코드가 틀렸어요!"
공포에 싸인 정적이 내려앉았다.
대형 스크린에 오류 메시지가 떴다.

잘못된 암호. 숫자만 입력하시오.

"빌어먹을!" 자바가 분통을 터뜨렸다. "숫자만 입력하라고? 숫자를 찾았어야 되는 거야? 우린 망했어! 이 반지는 아무 짝에도 쓸모없는 쓰레기라고!"
"웜의 침투 속도가 두 배로 빨라졌어요! 벌칙이 시작된 거예요!" 소시가 외쳤다.
중앙 스크린의 오류 메시지 바로 밑에 떠 있던 VR이 더욱 끔찍한 모습으로 바뀌었다. 세 번째 방화벽이 완전히 무너지면서 해커를 나타내는 대여섯 개나 되는 검은 선이 무차별 돌격을 감행하고 있었다. 시시각각 새로운 선이 등장하고 있었다.

"떼를 지어 몰려와요!" 소시가 외쳤다.

"해외에서도 해커들이 몰려옵니다!" 또 다른 기술 요원이 소리쳤다. "소문이 퍼지고 있어요!"

수전은 무너져 가는 방화벽을 외면한 채 그 옆의 보조 스크린에 시선을 고정했다. 엔세이 탄카도가 숨을 거두는 장면이 계속 반복해서 돌아가고 있었다. 매번 똑같은 동작이었다. 가슴을 움켜쥐고 쓰러진 탄카도가 절망적인 표정으로 겁에 질려 자신의 반지를 아무것도 모르는 관광객들에게 내미는 모습이었다. '이건 말이 안 돼.' 수전은 생각했다. '우리가 자기를 죽였다는 사실을 모르는 상태에서······.' 수전은 도저히 감이 잡히지 않았다. 어차피 이제 시간도 없었다. '우리가 뭔가를 놓치고 있어.'

VR은 지난 몇 분 사이에 미친 듯이 대문을 두드리는 해커의 수가 두 배로 불어 났음을 보여 주었다. 이제부터 그 수는 기하급수적으로 증가할 터였다. 해커는 하이에나와 같아서, 커다란 무리를 지어 움직이며 새로운 목표물이 나타났다는 소문을 퍼뜨린다.

르랜드 폰테인은 도저히 더 이상 두고 볼 수가 없는 모양이었다. "전력을 차단해! 모든 전력을 차단해, 지금 당장!" 그가 소리쳤다.

자바는 침몰하는 배의 선장처럼 똑바로 전방을 주시했다. "너무 늦었어요, 국장님. 이제 끝장입니다."

# 120

 180킬로그램이 넘는 시스템 보안실장이 두 손으로 머리를 감싼 채 미동도 하지 않고 눈만 껌뻑거렸다. 이미 전력을 차단하라는 지시를 내리기는 했지만, 20분 이상 시기를 놓쳤다. 그 시간이면 고속 모뎀으로 무장한 상어들이 어마어마한 양의 극비 정보를 빼내 갈 터였다.
 악몽에 빠져 있던 자바를 깨운 것은 새로 나온 출력물을 들고 관제탑으로 달려온 소시였다. "이상한 걸 발견했어요!" 소시가 외쳤다. "소스에 고아들이 너무 많아요! 그룹으로 묶인 문자들이 사방에 널려 있다고요!"
 자바는 꿈쩍도 하지 않았다. "우리가 찾아야 할 건 숫자야, 빌어먹을! 문자가 아니라고! 킬 코드는 숫자라고 했잖아!"
 "하지만 고아들이 너무 많아요! 탄카도처럼 뛰어난 프로그래머가 이렇게 많은 고아들을 남겨 두었을 리가 없어요!"
 '고아(Orphan)'라는 개념은 프로그램의 목적 달성에 아무런 기여를 하지 못하는 여분의 문자열을 의미한다. 아무런 기능도, 의미도, 역할도 없는 문자열로, 최종 디버깅 및 컴파일링 과정에서 삭제되는 것이 정상이다.

자바는 출력물을 받아들고 살펴보기 시작했다.

폰테인은 말없이 서 있었다.

수전은 자바의 어깨 너머로 출력물을 들여다보며 중얼거렸다. "우리가 지금 수정도 하지 않은 탄카도의 웜 바이러스 초벌 원고 때문에 이 고생을 하고 있는 건가요?"

"수정을 했거나 말거나 이게 우리 엉덩이를 사정없이 걷어차고 있는 건 달라지지 않아." 자바가 쏘아붙였다.

"그건 아니라고 생각해요." 수전이 반박했다. "탄카도는 완벽주의자예요. 실장님도 아시잖아요. 자기가 짠 프로그램에 버그를 남겨 놓는 법이 없단 말이에요."

"그것도 한두 개가 아니에요!" 소시가 소리쳤다. 그러고는 자바에게서 출력물을 빼앗아 수전의 얼굴 앞에 들이밀었다. "이걸 봐요!"

수전은 고개를 끄덕였다. 약 스무 행마다 한 번씩 본문과는 아무런 상관도 없는 네 개의 문자열이 떠돌고 있었다. 수전은 그 문자들을 훑어보았다.

PFEE
SESN
RETM

"4비트 문자 그룹이야." 수전이 중얼거렸다. "프로그래밍하고는 아무 상관도 없는 것만은 분명해."

"잊어버려." 자바가 툴툴거렸다. "지푸라기라도 잡고 싶은 심정은 이해하지만."

"그게 아닐지도 몰라요." 수전이 말했다. "많은 암호화 프로그램이 4비트 그룹을 이용해요. 이것도 하나의 코드일 가능성이 있다고요."

"그래." 자바가 쏘아붙였다. "아마 풀어보면 '하하, 너희들은 망했다' 라는 소리가 나올지도 모르지." 그는 VR을 올려다보며 덧붙였다. "9분 남았어."

수전은 자바를 무시하고 소시를 바라보았다. "고아들이 몇 개나 되지?"

소시는 어깨를 으쓱하며 자바의 터미널에서 모든 문자열을 타이핑했다. 작업을 마친 그녀가 터미널에서 물러서자, 스크린에는 다음과 같은 문자들이 떴다.

```
PFEE  RETM  IRWE  MEEN  ENET  DCNS  IEER  FBLE
SESN  MFHA  OOIG  NRMA  SHAS  IIAA  BRNK  LODI
```

관제실 안에 미소를 짓고 있는 사람은 수전밖에 없었다. "어디서 많이 본 것 같은데." 그녀가 중얼거렸다. "네 글자 단위의 블록이라……에니그마랑 똑같아."

국장이 고개를 끄덕였다. 에니그마는 역사상 가장 유명한 암호 생성기로 12톤에 달하는 나치의 암호 괴물이었는데, 수전의 말처럼 네 글자 단위로 암호화되는 특성을 가지고 있었다.

"좋아." 그가 나직이 중얼거렸다. "설마 자네가 에니그마를 하나쯤 어디다 숨겨 놓은 건 아니겠지?"

"문제는 그게 아니에요!" 수전이 갑자기 생기를 되찾으며 소리쳤다. 이것은 그녀의 전공 분야였다. "문제는 이게 코드라는 사실이에요. 탄카도가 우리에게 단서를 남겨 놓은 거라고요! 우리더러 시간 안에 패스키를 찾아내 보라고 도전장을 내민 셈이죠. 우리의 시선이 닿지 않는 곳에 힌트를 숨겨 둔 것뿐이에요!"

"말도 안 되는 소리." 자바가 잘라 말했다. "탄카도가 우리에게 요구한 것은 트랜슬레이터를 공개하라는 거였어. 그게 유일한 우리의 탈출구였다고. 그런데 그게 날아가 버렸으니."

"나도 그 말에 동의할 수밖에 없어." 폰테인이 말했다. "탄카도가 자신의 킬 코드를 알아낼 단서를 남겨서 우리가 위기를 피해 갈 수 있도록 했다고는 믿기지 않아."

수전은 가볍게 고개를 끄덕였지만 속으로는 탄카도가 엔다코타라는 단서를 흘린 대목을 떠올렸다. 수전은 그가 또 한 번 그와 비슷한 장난을 쳐 놓지 않았을까 하는 희망으로 문자열을 살펴보았다.

"터널 블록이 반쯤 무너졌습니다!" 기술 요원이 소리쳤다.

VR에는 엄청난 숫자의 검은 선들이 두 개밖에 남지 않은 방화벽을 맹렬하게 공격하고 있었다.

그때까지 스크린 반대편에서 말없이 이 드라마를 지켜보고 있던 데이비드가 불쑥 입을 열었다. "수전? 방금 무슨 생각이 떠올랐는데, 지금 그 텍스트가 네 글자씩 모두 열여섯 개의 그룹으로 묶인 거지?"

"맙소사. 개나 소나 다 끼어드는군." 자바가 나직이 중얼거렸다.

수전은 그 말을 무시하고 그룹의 숫자를 세어보았다. "맞아, 열여섯 개."

"띄어쓰기를 없애 봐." 베커가 단호하게 말했다.

"데이비드." 수전은 약간 당혹스러운 기분으로 대답했다. "당신은 잘 모를 거야. 이 그룹들은……."

"띄어쓰기를 없애 봐." 베커가 같은 말을 되풀이했다.

수전은 잠시 머뭇거리다가 소시에게 고갯짓을 했다. 소시가 재빨리 띄어쓰기를 지웠다. 결과는 조금도 나아 보이지 않았다.

PFEESENRETMMFHAIRWEOOIGMEENRMAENETSHASDCSIIAAUEERBRBJFBEKIDU

자바가 참지 못하고 분통을 터뜨렸다. "그만들 해! 노는 시간은 끝났다고! 웜의 침투 속도가 두 배로 빨라진 탓에 이제 남은 시간은 8분밖에 안 돼! 우리가 찾아야 할 것은 숫자지 말도 안 되는 알파벳 나부랭이가 아니라고!"

"4 곱하기 16. 곱하기를 해 봐, 수전." 데이비드가 차분게 말했다.

수전은 스크린에 비친 데이비드의 모습을 슬쩍 훔쳐보았다. '곱하기를 해 보라고? 그래, 자기는 수학과는 담 쌓은 사람이지!' 수전은 데이비드가 동사 활용이나 어휘 등은 복사기처럼 정확하게 암기한다는 사실을 알고 있었지만, 수학이라면······.

"구구단 까먹었어?" 베커가 말했다.

'구구단?' 수전은 영문을 알 수가 없었다. '도대체 무슨 소리를 하는 거야?'

"4 곱하기 16." 베커가 또 한 번 되풀이했다. "이럴 줄 알았으면 나도 4학년 때 구구단이나 열심히 외워 둘걸."

수전은 초등학생용 구구단 표를 떠올렸다. '4 곱하기 16이라고?' "64." 수전이 눈을 껌뻑거리며 대답했다. "그게 왜?"

데이비드는 카메라를 향해 바짝 몸을 숙였다. 그의 얼굴이 화면을 가득 채웠다. "64개의 글자······."

수전은 고개를 끄덕였다. "그래, 하지만 그건······." 다음 순간, 수전의 표정이 얼어붙었다.

"64개의 글자." 데이비드가 되풀이했다.

수전의 입이 쩍 벌어졌다. "아, 하느님 맙소사! 데이비드, 당신은 천재야!"

# 121

"7분 남았습니다!" 기술 요원이 외쳤다.

"여덟 칸에 여덟 줄!" 수전은 잔뜩 흥분했다.

소시가 타이핑을 시작했다. 폰테인은 말없이 지켜보기만 했다. 마지막 방화벽의 절반가량이 희미하게 사라져 가고 있었다.

"64개의 글자!" 수전이 차분하게 말했다. "완전제곱이야!"

"완전제곱? 그래서?" 자바가 되물었다.

10초 후, 소시가 무작위 문자열을 재배열했다. 가로 여덟 칸, 세로 여덟 줄로 정리했다. 자바는 문자열을 살펴보더니, 절망적인 표정으로 두 손을 치켜들었다. 새로 배열된 문자열도 의미가 없기는 마찬가지였다.

```
P  F  E  E  S  E  S  N
R  E  T  M  P  F  H  A
I  R  W  E  O  O  I  G
M  E  E  N  N  R  M  A
```

```
E    N    E    T    S    H    A    S
D    C    N    S    I    I    A    A
I    E    E    R    B    R    N    K
F    B    L    E    L    O    D    I
```

"대단한 발견이군." 자바가 툴툴거렸다.

"플래처 팀장. 설명을 좀 해 봐." 폰테인이 말했다. 모든 사람의 시선이 수전을 향했다.

수전은 문자열을 지그시 바라보았다. 천천히 고개를 끄덕이는 그녀의 얼굴에 환한 미소가 번졌다. "데이비드, 정말 대단해!"

관제탑의 모든 사람들이 어리둥절한 표정으로 서로를 돌아보았다.

데이비드는 화면 속의 수전 플래처를 향해 한쪽 눈을 찡긋해 보였다. "64개의 글자. 율리우스 카이사르가 또 한 번 사람을 놀래는군."

미지는 여전히 당혹스러운 표정이었다. "도대체 무슨 소리예요?"

"카이사르 상자." 수전이 대답했다. "위에서 아래로 읽어 보세요. 탄카도가 우리에게 메시지를 보냈어요."

# 122

"6분 남았습니다!" 기술 요원이 소리쳤다.

수전은 큰 소리로 지시했다. "위에서 아래로 다시 한 번 배열해 봐! 가로가 아니라 세로로 읽어 보라고!"

소시가 재빨리 수전의 지시에 따라 글자들을 다시 입력했다.

"율리우스 카이사르는 늘 이런 식으로 암호를 보냈어요!" 수전이 불쑥 말했다. "그의 암호문은 언제나 완전제곱으로 이루어져 있었죠!"

"됐어요!" 소시가 소리쳤다.

모두들 대형 스크린에 새로 배열된 문자열을 바라보았다.

"걸레는 빨아도 걸레라더니." 자바가 한심하다는 듯이 투덜거렸다. "좀 보라고. 저게 도대체 무슨 메시지······." 갑자기 그의 목소리가 목구멍 안에 딱 걸려 버렸다. 그의 눈은 등잔만큼 커졌다. "아, 이런······."

폰테인도 이제 감이 잡히는 모양이었다. 깜짝 놀라서 그의 눈썹이 활처럼 구부러졌다.

미지와 브린커호프도 한목소리로 감탄사를 내뱉었다. "맙소사."
예순 네 개의 문자열은 다음과 같이 배열되었다.

PRIMEDIFFERENCEBETWEENELEMENTSRESPONSIBLE
FORHIROSHIMAANDNAGASAKI

"띄어쓰기를 해 봐." 수전이 지시했다. "이제 수수께끼를 풀 시간이야."

# 123

 사색이 된 기술 요원 하나가 관제탑으로 뛰어올라왔다. "터널 블록이 무너지고 있습니다!"
 자바는 화면의 VR을 바라보았다. 침입자들의 맹렬한 공격이 이어지면서 다섯 번째, 즉 마지막 방화벽이 금방이라도 뚫릴 듯이 위태로워 보였다. 이제 마지막 순간이 코앞에 닥쳐온 것이다.
 수전은 주위가 아무리 소란스러워도 눈도 깜빡하지 않았다. 탄카도의 메시지를 수없이 되풀이해 읽을 뿐이었다.

**PRIME DIFFERENCE BETWEEN ELEMENTS
RESPONSIBLE FORHIROSHIMA AND NAGASAKI**
(히로시마와 나가사키를 그 모양으로 만든 요소들의 중요한 차이)


 "이건 질문이 아니에요! 질문도 아닌데 어떻게 답을 찾아내지요?" 브린커호프가 소리쳤다.

"우린 숫자가 필요해. 킬 코드는 숫자라고!" 자바가 다시 한 번 상기시켰다.

"다들 조용히 해." 폰테인이 무뚝뚝하게 말했다. 그러고는 수전을 돌아보았다. "플래처 팀장, 자네 덕분에 여기까지 왔어. 어서 그럴 듯한 답을 추리해 봐."

수전은 큰 숨을 들이쉬었다. "킬 코드 입력창에는 숫자만 허용되도록 되어 있어요. 내가 보기에 이 문장은 정확한 숫자를 찾아내기 위한 일종의 단서 같아요. 문장 속에 언급된 히로시마와 나가사키는 물론 원자폭탄을 두들겨 맞은 도시들이죠. 어쩌면 킬 코드는 사망자 수나 피해액의 규모 같은……." 수전은 잠시 머뭇거리며 다시 한 번 문장을 읽어 보았다. "'차이'라는 단어가 중요해요. 나가사키와 히로시마의 중요한 차이…… 아마 탄카도는 그 두 개의 사건에 서로 다른 점이 있다고 생각한 것 같아요."

폰테인의 표정은 조금도 변하지 않았다. 하지만 그의 마음속에서는 희망이 빠른 속도로 사그라들고 있었다. 역사상 가장 처참한 두 건의 폭탄 투하를 둘러싼 정치적 배경을 분석하고 비교해서 어떤 마법의 숫자로 변환해야 하는 문제였다. 그것도 불과 5분 안에.

## 124

"마지막 방화벽이 공격받고 있습니다!"

VR에서는 PEM 인증 프로그램이 점점 한계에 봉착하고 있었다. 검은 선들은 마지막 방화벽을 집어삼킨 채 과녁의 한복판을 공략하기 시작했다.

전 세계의 해커들이 다 모여든 것 같았다. 그들의 숫자는 1분마다 두 배로 증가했다. 이제 오래지 않아 외국의 첩보원이든 급진주의자든 테러리스트든 간에, 컴퓨터만 있으면 누구나 무차별적으로 미국 정부의 일급 기밀을 빼낼 수 있었다.

기술 요원들이 전력을 차단하기 위해 안간힘을 다하는 동안 관제탑에 모인 사람들은 여전히 탄카도의 메시지를 연구했다. 데이비드와 두 명의 현장 요원들도 스페인의 밴 안에서 암호를 풀기 위해 머리를 싸매고 있었다.

# PRIME DIFFERENCE BETWEEN ELEMENTS RESPONSIBLE FORHIROSHIMA AND NAGASAKI

소시는 큰 소리로 자신의 생각을 얘기했다. "히로시마와 나가사키를 그 지경으로 만든 요소들……. 진주만? 히로히토의 결사 항전……."

"우리는 숫자가 필요해! 정치 이론이나 역사가 아니라 수학이 필요하다고!" 자바가 다시 한 번 되풀이했다.

소시는 금방 입을 다물었다.

"폭발력은 어때요?" 브린커호프가 제안했다. "사상자 숫자나 피해액은?"

"우리에게 필요한 것은 정확한 숫자예요." 수전이 말했다. "피해액은 평가 주체에 따라 다 다르잖아요." 그녀는 다시 한 번 메시지를 들여다보았다. "이 지경으로 만든 요소들……."

4,800킬로미터가 떨어진 곳에 있는 데이비드 베커의 두 눈이 번쩍 떠졌다. "요소들! 우리는 역사가 아니라 수학에 대한 이야기를 하는 거라면서요?" 그가 소리쳤다.

모두들 위성으로 전송되는 스크린을 바라보았다.

"탄카도는 말장난을 하고 있어요!" 베커가 흥분하며 소리쳤다. "'요소(element)'라는 단어에는 여러 가지 뜻이 있잖습니까!"

"생각나는 걸 말해 봐요, 베커 씨." 폰테인이 재촉했다.

"탄카도는 사회정치학적인 의미가 아니라 화학적인 측면에서 그 단어를 사용했어요. '요소'가 아니라 '원소'를 의미하는 겁니다!"

모두들 뒤통수를 한 대 얻어맞은 것 같은 표정이었다.

"원소!" 베커가 다시 소리쳤다. "주기율표! 화학적 원소! 혹시 〈멸망의 창조(Fat Man and Little Boy)〉라는 영화 보신 분 없어요? 맨해튼 프로젝트에 대한 영화 말이에요. 두 개의 원자 폭탄은 같은 게 아니었어요.

서로 다른 연료, 즉 서로 다른 원소를 이용했다고요!"

소시가 박수를 치며 말했다. "맞아요, 나도 그런 글을 읽은 적이 있어요. 두 개의 폭탄이 서로 다른 연료를 사용했다고 말이에요! 하나는 우라늄, 또 하나는 플루토늄이었어요! 두 개의 '다른' 원소인 셈이죠!"

"우라늄과 플루토늄!" 자바는 갑자기 희망이 되살아나는 듯 소리쳤다. "탄카도의 메시지는 두 원소 사이의 '차이'를 묻는 문제였어!" 그는 직원들을 돌아보며 소리쳤다. "우라늄과 플루토늄의 차이! 누구 그게 뭔지 아는 사람 없어?"

다들 멀뚱멀뚱 그를 쳐다볼 뿐이었다.

"말을 해 봐!" 자바가 소리쳤다. "너희들 대학도 안 나왔나? 아무도 없어? 플루토늄과 우라늄의 차이를 알아야 한단 말이다!"

여전히 반응이 없었다.

수전은 소시를 돌아보았다. "인터넷에 접속해야겠어. 브라우저 쓸 수 있어?"

소시는 고개를 끄덕였다.

수전은 그녀의 손을 움켜잡았다. "가자, 인터넷을 뒤져 봐야겠어."

## 125

"시간이 얼마나 남았나?" 자바가 소리쳤다.

관제실의 기술 요원들은 아무 대답이 없었다. 그저 VR을 멀뚱멀뚱 바라볼 뿐이었다. 마지막 방화벽이 무너지기 직전이었다.

수전과 소시는 인터넷 검색 결과를 들여다보았다. "비합법 연구소? 이건 또 뭐야?" 수전이 물었다.

소시는 어깨를 으쓱거렸다. "열어 볼까요?"

"그래." 수전이 대답했다. "우라늄, 플루토늄, 원자폭탄에 대한 문서가 647건이 검색되었어. 이제 행운을 기도하는 수밖에 없잖아."

소시는 링크를 열었다. 우선 경고문부터 떴다.

'이 파일에 포함된 정보는 반드시 학문적인 용도로만 사용되어야 함. 일반인이 여기에 설명된 장치를 제조하려고 시도하다가는 방사능 피폭, 혹은 자폭할 우려가 있음.'

"자폭? 맙소사." 소시가 중얼거렸다.

"어서 들어가 봐." 폰테인이 그녀의 어깨 너머로 재촉했다. "뭐가 나오는지 보자고."

소시는 문서를 살펴보기 시작했다. 다이너마이트보다 폭발력이 열 배나 강하다는 질산요소 폭탄 제조법이 휙 스쳐 지나갔다. 끔찍한 정보들이 마치 무슨 과자 요리법처럼 줄줄이 소개되어 있었다.

"플루토늄과 우라늄. 핵심을 까먹지 말라고." 자바가 말했다.

"앞 페이지로 돌아가 봐. 이 문서는 너무 커. 목차부터 확인하는 게 낫겠어." 수전이 말했다.

소시는 계속 앞 페이지를 찾아들어간 끝에 목차를 찾아냈다.

I. 원자폭탄의 구조
    A) 고도계
    B) 공기 압력 기폭 장치
    C) 탄두
    D) 폭약
    E) 중성자 굴절 장치
    F) 우라늄과 플루토늄
    G) 납 차단막
    H) 퓨즈

II. 핵분열/핵융합
    A) 분열(원자폭탄)과 융합(수소폭탄)
    B) U-235, U-238, 그리고 플루토늄

III. 원자 무기의 역사
    A) 개발 (맨해튼 프로젝트)
    B) 기폭

1) 히로시마
2) 나가사키
3) 원자폭탄의 부산물
4) 피폭 지역

"2장이야!" 수전이 소리쳤다. "우라늄과 플루토늄. 어서 들어가 봐!"

소시가 해당 항목을 찾아갈 때까지 다들 숨을 죽이고 기다렸다. "여기예요. 잠깐만요." 소시가 말했다. 그녀는 재빨리 데이터를 훑어보았다. "정보가 너무 많아요. 어떤 차이를 찾아야 되는지 어떻게 알죠? 자연적인 차이도 있고 인공적인 차이도 있어요. 플로토늄이 처음 발견된 건……."

"숫자를 찾아. 우린 숫자가 필요해." 자바가 말했다.

수전은 탄카도의 메시지를 다시 한 번 읽어 보았다. '원소들 사이의 중요한 차이, 사이의 차이, 우린 숫자가 필요해.' "잠깐만!" 수전이 말했다. "'차이'라는 단어도 여러 가지 의미를 가지고 있어요. 우린 숫자가 필요한데……. 따라서 '수학'과 관련된 의미로 해석해야 해요. 이것 역시 탄카도의 말장난이에요. '차이'는 '빼기'를 의미해요."

"맞아!" 스크린 속의 베커가 소리쳤다. "두 원소 사이에 양성자의 숫자라든가……. 아무튼 뭔가 차이가 있을 거야. 그걸 뺄셈으로 계산하면……."

"저 친구 말이 옳아!" 자바가 소시를 돌아보며 말했다. "도표에 숫자가 나와 있는 부분을 살펴봐. 양성자의 숫자, 반감기…… 뭐든 뺄셈을 할 만한 숫자를 찾아보라고."

"3분 남았습니다!" 기술 요원이 소리쳤다.

"임계 질량은 어때요?" 소시가 말했다. "플로토늄의 임계 질량은 35.2파운드라고 되어 있어요."

"그거다!" 자바가 말했다. "우라늄을 확인해 봐! 우라늄의 임계 질량은 얼마지?"

소시는 검색을 계속했다. "음……. 110파운드."

"110?" 자바는 이제 완전히 희망이 되살아난 표정이었다. "110에서 35.2를 빼면 얼마야?"

"74.8이요. 하지만 내가 보기에……." 수전이 대답했다.

"저리 비켜." 자바가 자판을 향해 달려들며 소리쳤다. "그게 킬 코드야! 임계 질량의 차이! 74.8이라고 했지?"

"잠깐만요." 수전이 소시의 어깨 너머로 들여다보며 말했다. "여기 다른 것들도 있어요. 원자의 질량, 중성자의 수, 추출 기법……." 수전은 도표를 쭉 훑어보며 말을 이었다. "우라늄은 바륨과 크립톤으로 나누어져요. 플루토늄은 또 다르고요. 우라늄은 92개의 양성자와 146개의 중성자가 있는데……."

"우린 가장 '뚜렷한' 차이가 필요해요." 미지가 끼어들었다. "단서를 보면 '원자들 사이의 뚜렷한 차이'라고 되어 있잖아요."

"이런 빌어먹을!" 자바가 욕설을 내뱉었다. "탄카도가 무엇을 '뚜렷한' 차이로 생각했는지 우리가 어떻게 알아?"

이번에는 데이비드가 끼어들었다. "정확히 말하면 '프라이머리(primary)'가 아니라 '프라임(prime)'이라고 되어 있어요."

그 단어가 수전의 눈을 파고들었다. "프라임! 프라임!" 그녀는 자바를 돌아보며 소리쳤다. "킬 코드는 '소수(prime number)' 예요! 생각을 해 봐요! 딱 맞아 떨어지잖아요!"

자바는 수전의 말이 옳다는 것을 알아차렸다. 엔세이 탄카도는 소수를 토대로 경력을 쌓은 인물이었다. 소수는 모든 암호화 알고리즘의 기본이라 할 수 있다. 1과 자기 자신을 제외하고는 어떤 숫자라도 나누어지지 않는 독특한 특성 때문이었다. 코드를 짤 때 소수가 중요한 역할을 하는 이유는 컴퓨터가 전형적인 인수분해를 이용해 넘겨짚기를 할 수 없기 때문이었다.

소시가 소리쳤다. "맞아요! 완벽해요! 소수는 일본 문화에서도 중요한 비중을 차지해요. 하이쿠도 소수를 이용하죠. 3행으로 이루어지고 5, 7, 5의 음절을 이용하니까요. 모두 소수잖아요. 교토의 절들도 모두……."

"됐어!" 자바가 말했다. "킬 코드가 소수라고 한들, 그래서 뭐? 소수는 수도 없이 많아!"

그것도 옳은 얘기였다. 수가 무한하기 때문에 소수 역시 무한하다고 봐야 했다. 예를 들어 0과 100만 사이에도 7만 개의 소수가 있다. 그중에서 탄카도가 어떤 소수를 원하는지 알아 내야 했다. 숫자가 크면 클수록 알아맞히기도 그만큼 어려웠다.

"엄청나게 큰 숫자일 거야. 틀림없이 무슨 괴물 같은 숫자를 골랐을 거라고." 자바가 말했다.

관제실 뒤쪽에서 또 한 번 고함 소리가 울려 퍼졌다. "2분 남았습니다!"

자바는 절망한 표정으로 VR을 들여다보았다. 마지막 방화벽이 무너지고 있었다. 기술 요원들은 사방으로 쫓아다니고 있었지만 별 성과가 없는 듯했다.

수전은 어디선가 이제 거의 다 왔다는 소리가 귓전에 들려오는 듯했다. "우린 알아낼 수 있어!" 수전은 소리치며 다시 한 번 힘을 냈다. "우라늄과 플루토늄의 모든 차이 중에서 소수로 떨어지는 건 딱 하나밖에 없는 게 분명해요! 그게 우리의 마지막 단서예요. 우리가 찾는 숫자는 소수라고요!"

자바는 모니터에서 우라늄과 플루토늄을 비교한 도표를 들여다보며 팔을 치켜들었다. "이 도표에 기록된 항목만 100개가 넘어! 그걸 일일이 다 빼 보고 소수인지 아닌지 확인하는 건 불가능해."

"숫자로 이루어지지 않은 항목들도 많아요." 수전이 말했다. "그런 것들은 무시하고 넘어가도 되잖아요. 우라늄은 자연물이고 플루토늄은 인공물이다, 우라늄은 총신 기폭 장치를 이용하고 플루토늄은 내부 폭발력을 이용한다, 이런 건 숫자가 아니니까 신경 쓸 필요가 없는 항목들이죠!"

"어서 해 봐." 폰테인이 명령했다. VR에 나타난 마지막 방화벽은 이제 계란 껍질처럼 얇아져 있었다.

자바는 이마의 땀을 훔쳤다. "좋아요, 어차피 끝난 게임이니까 뺄셈 연습이나 하지요. 내가 위쪽 4분의 1을 맡을 테니까 수전, 자네는 가운데를 맡아. 나머지는 다른 사람들이 각자 나눠서 살펴보고. 우리가 찾는 게 소수라는 것만 명심하라고."

하지만 불과 몇 초 지나지 않아 그런 식으로는 원하는 답을 찾아낼 수 없다는 사실이 명백해졌다. 숫자들이 너무 클 뿐만 아니라, 대부분의 경우는 단위가 맞지 않았다.

"망할 놈의 사과랑 오렌지로군." 자바가 말했다. "감마선과 전자기 펄스, 융합성과 비융합성, 정수와 백분율……. 이딴 걸 가지고 어떻게 뺄셈을 해? 완전 난장판이야!"

"틀림없이 여기 어디 있어요." 수전이 단호하게 말했다. "생각을 해야 해요. 플루토늄과 우라늄 사이에는 우리가 미처 생각하지 못한 차이가 있을 거예요! 아주 간단한 그 무언가가 있다고요!"

"어, 여러분?" 소시가 말했다. 그녀는 두 번째 창을 띄워 놓고 비합법 연구소의 나머지 문서들을 살펴보는 중이었다.

"뭐야? 뭐가 나왔어?" 폰테인이 물었다.

"음, 그런 것 같아요." 소시가 불안한 목소리로 대답했다. "조금 전에 제가 나가사키에 떨어진 폭탄은 플루토늄을 이용한 것이라고 했잖아요."

"그래." 다들 한목소리로 대답했다.

"그런데 제가 잘못 알았나 봐요." 소시는 큰 숨을 들이쉬며 말을 이었다.

"뭐야? 우리가 엉뚱한 걸 찾고 있었다는 거야?" 자바가 소리쳤다.

소시는 스크린을 가리켰다. 다들 모여서 그녀가 가리킨 문장을 읽어 보았다.

······가장 보편적인 오류는 나가사키에 투하된 폭탄이 플루토늄 폭탄이라는 오해다. 실제로는 그 폭탄 역시 히로시마에 투하된 것과 마찬가지로 우라늄을 이용한 폭탄이었다.

"하지만······." 수전이 중얼거렸다. "두 개의 원소가 다 우라늄이면 어떻게 그 차이를 알아낼 수 있죠?"

"탄카도가 실수를 한 모양이지." 폰테인이 말했다. "아마 그도 두 폭탄이 같은 종류라는 걸 몰랐을 거야."

"그럴 리가 없어요." 수전이 한숨을 내쉬며 말했다. "그는 그 폭탄들 때문에 불구의 몸이 되었어요. 누구보다도 잘 알고 있을 게 틀림없다고요."

## 126

"1분 남았습니다!"

자바는 VR을 쳐다보았다. "PEM 인증 프로그램이 빠른 속도로 무너지고 있어. 이게 우리의 마지막 저지선인데……. 수많은 해커들이 코앞에서 득실대는군."

"집중!" 폰테인이 소리쳤다.

소시는 웹 브라우저 앞에 앉아 큰 소리로 문장을 읽었다.

……나가사키에 투하된 폭탄은 플루토늄이 아니라 인위적으로 제조된 우라늄 238, 즉 중성자를 포화 상태로 만든 동위 원소를 이용했다.

"빌어먹을!" 브린커호프가 소리쳤다. "두 폭탄 모두 우라늄을 사용했어. 히로시마와 나가사키를 그 지경으로 만든 원소는 두 개 다 우라늄이라고. 차이가 없잖아!"

"우린 이제 죽었다." 미지가 신음을 토했다.

"잠깐만요." 수전이 말했다. "마지막 부분을 다시 한 번 읽어 봐!"

소시는 다시 읽었다. "인위적으로 제조된 우라늄 238, 즉 중성자를 포화 상태로 만든 동위 원소를 이용했다."

"238?" 수전이 소리쳤다. "조금 전에 히로시마에 투하된 폭탄은 다른 동위원소를 이용했다고 하지 않았어요?"

모두 어리둥절한 표정으로 서로를 돌아보았다. 소시가 열심히 페이지를 뒤로 돌려 해당 항목을 찾아냈다. "맞아요! 히로시마에 투하된 폭탄은 다른 동위원소를 사용했다고 되어 있어요!"

미지가 놀란 목소리로 중얼거렸다. "둘 다 같은 우라늄이긴 한데, 종류가 다르다는 거로군!"

"둘 다 우라늄이라고?" 자바는 소시와 수전 사이를 파고들어 자료를 직접 들여다보았다. "그럼 똑같군. 완벽하게 똑같아! 완벽해!"

"둘의 동위원소가 어떻게 다르지?" 폰테인이 물었다. "그건 아주 기본적인 사실일 텐데."

소시는 다시 문서를 훑기 시작했다. "잠깐만요, 여기에 나온 것 같은데……."

"45초 남았습니다!" 누군가의 목소리가 외쳤다.

수전은 고개를 들었다. 마지막 방화벽이 다 사라지고 거의 보이지도 않았다.

"여기예요!" 소시가 소리쳤다.

"읽어 봐!" 자바가 땀을 뻘뻘 흘리며 말했다. "차이가 뭐야? 둘 사이에 무슨 차이가 있을 것 아냐!"

"그래요! 이걸 보세요!" 소시가 모니터를 가리키며 말했다.

그들은 모두 텍스트를 읽었다.

……두 개의 폭탄은 서로 다른 연료를 사용했지만…… 그 화학적 특성은 완벽하게 동일하다. 일반적인 화학적 추출로는 이 두 개의 동위원소를 분리할 수 없다. 이 둘은 중량의 지극히 사소한 차이를 제외하고는 완벽하게 동일하다.

"원자의 중량!" 자바가 잔뜩 흥분해서 소리쳤다. "바로 그거야! 유일한 차이가 '중량'이라고 되어 있잖아. 그게 킬 코드라고! 중량을 불러 봐, 뺄셈은 우리가 할 테니까!"

"잠깐만요." 소시가 말하며 다시 화면을 살폈다. "거의 다 왔는데……. 그래요!" 다들 또다시 화면을 들여다보았다.

……중량의 차이는 아주 미세해서……
……둘을 분리하는 기체 확산……
……$10{,}032498 \times 10^{134}$ 대 $19{,}39484 \times 10^{23}$.**

"바로 그거야! 그거라고! 그게 중량이야!" 자바가 비명을 질렀다.
"30초 남았습니다!"
"어서 계산해. 빨리 뺄셈을 해 보라고." 폰테인이 말했다.
자바는 계산기를 꺼내 숫자를 입력하기 시작했다.
"저 별표는 뭐죠? 숫자 뒤에 별표가 있잖아요!" 수전이 물었다.
자바는 그녀의 말을 무시했다. 이미 계산을 하느라 정신이 없었다.
"조심해요! 우린 정확한 숫자가 필요해요." 소시가 주의를 주었다.
"별표……. 각주가 붙어 있어요." 수전이 중얼거렸다.
소시는 단락 밑 부분을 띄웠다.
수전은 별표가 붙은 각주를 읽어 보았다. 대번에 그녀의 얼굴이 하얗게 질렸다. "아, 맙소사."

자바가 고개를 들었다. "뭐야?"
다들 목을 길게 뽑고 들여다보더니, 한꺼번에 절망적인 한숨을 내쉬었다. 조그만 각주에는 이렇게 적혀 있었다.

** 오차 범위 12퍼센트. 연구소에 따라 수치는 다를 수 있음.

## 127

 갑자기 관제탑은 경건한 침묵에 빠져들었다. 마치 일식, 혹은 화산 폭발을 지켜보는 사람들 같았다. 도저히 어떻게 손을 써 볼 방법이 없는 일련의 사건들이 연쇄적으로 일어나는 느낌이었다. 시간이 이대로 멈춰 버린 듯했다.
 "끝났습니다! 벌 떼처럼 몰려 들어옵니다!" 기술 요원이 소리쳤다.
 왼쪽 구석의 스크린에서는 데이비드와 스미스, 콜리언더 요원이 멍하니 카메라를 들여다보고 있었다. VR상에 남아 있던 마지막 방화벽은 이제 희미한 줄무늬로 변해 있었다. 수없이 많은 검은 선들이 안으로 뛰어들 준비를 마친 상태였다. 그 화면 오른쪽은 탄카도가 지키고 있었다. 그의 마지막 모습을 담은 희미한 동영상 클립이 계속 반복되어 돌아가고 있었다. 그의 절망적인 표정, 앞으로 쭉 내민 손가락, 햇빛을 받아 반짝이는 반지…….
 그 동영상을 멍하니 바라보던 수전의 눈에 초점이 잡히다 말다가 했다. 그녀는 탄카도의 눈을 바라보았다. 후회로 가득 찬 듯한 눈빛이었다. '그는 일이 이 지경까지 되기를 원하지 않았어.' 수전은 생각했다. '우리를 구하고 싶었던 거야.' 탄카도는 그사이에도 계속해서 손가락을 앞으로 내밀며 사람들의 눈앞에 반지를 들이대고 있었다. 뭐라고 말을 하고 싶은 기색이었지만 이미 말을 할 수 있는 상태가 아니었다. 그저 손가락만 계속 내밀 뿐이었다.

세비야에 있는 베커의 마음속에도 그 영상이 자꾸만 되풀이되었다. 그는 혼잣말처럼 중얼거렸다. "두 개의 동위원소를 뭐라고 부르더라? U238하고 U…….." 베커는 깊은 한숨을 내쉬었다. 지금 그게 문제가 아니었다. 그는 언어학 교수지 물리학자가 아니지 않은가.

"몰려든 해커들이 승인을 기다리고 있습니다!"

"빌어먹을!" 자바가 절망적인 목소리로 외쳤다. "이 망할 놈의 동위원소들이 어떻게 다른 거야? 그걸 아는 사람이 아무도 없나?" 대답하는 사람이 아무도 없었다. 모든 기술 요원들은 무기력하게 VR을 바라볼 뿐이었다. 자바는 모니터를 향해 돌아서며 두 팔을 번쩍 치켜들었다. "망할 놈의 핵물리학자들은 다들 어디로 사라진 거야!"

수전은 이제 모든 게 끝났다는 생각을 하며 대형 스크린의 동영상 클립을 물끄러미 바라보았다. 천천히 돌아가는 화면 속에서 탄카도가 죽어 가는 모습을 몇 번이나 지켜봤는지 몰랐다. 그는 말을 하려 했지만 차마 목소리는 나오지 않고 기형적인 손을 들어 보일 뿐이었다. 뭔가를 알리고 싶은 기색이 역력했다. '그는 우리 데이터뱅크를 구하려고 했어.' 수전은 혼자 마음속으로 중얼거렸다. '하지만 우리는 그 방법을 알아 내지 못했어.'

"손님들이 문 앞에까지 도착했습니다!"

자바는 화면을 들여다보았다. "끝났군!" 그의 얼굴에 땀방울이 비 오듯 흘러내렸다.

가운데 화면에서 마지막 방화벽이 장렬한 최후를 맞고 있었다. 과녁의 한복판을 둘러싼 검은 선들은 제멋대로 미쳐 날뛰는 듯했다. 미지는 아예 고개를 돌려 버렸다. 폰테인도 넋 나간 사람처럼 전방을 주시하며 뻣뻣하게 서 있었다. 브린커호프는 구토라도 할 것 같은 표정이었다.

"10초 남았습니다!"

수전의 시선은 탄카도의 영상에 그대로 고정되어 있었다. 절망……후회……. 그의 손이 허공을 가를 때마다 반지가 반짝거렸고, 기형적인 그의 손가락들이 낯선 관광객들의 얼굴 앞으로 뻗어 갔다. '그가 사람들한테 뭐라고 말을 하고 있어. 그게 뭐지?'

화면 속의 데이비드는 깊은 생각에 잠긴 모습이었다. "차이……." 그는 계속 혼자 중얼거렸다. 'U238과 U235의 차이. 알고 보면 아주 간단한 것일 텐데."

어느 기술 요원이 카운트다운을 하기 시작했다. "5! 4! 3!"

그 카운트다운은 불과 10분의 1초의 시차를 두고 스페인까지 전달되었다. '3…… 3…….'

다음 순간, 데이비드 베커는 스턴 건을 또 한 방 맞은 듯한 충격에 사로잡혔다. '3…… 3…… 3…… 238 빼기 235! 차이는 3이다!' 그는 마치 느린 화면을 돌리듯 마이크를 향해 몸을 뻗었다.

바로 그때, 수전은 앞으로 쭉 내민 탄카도의 손을 바라보고 있었다. 갑자기 그녀의 눈길이 반지를 지나쳤다. 글자가 새겨진 그 금붙이 밑의 살……. 탄카도는 그들에게 말을 하는 게 아니라 행동으로 보여주고 있었다. 자신의 비밀을, 킬 코드를 목청껏 외치며 제발 누구든 그걸 알아봐 주기를 애원했던 것이다. 자신의 비밀이 너무 늦기 전에 NSA까지 전달되기를 기도하며…….

"3." 수전은 어리둥절한 심정으로 소곤거렸다.

"3!" 베커가 스페인에서 소리쳤다.

하지만 혼란에 사로잡힌 관제실에서, 누구도 그의 목소리에 귀를 기울이지 않았다.

"끝입니다!" 기술 요원이 외쳤다.

VR에서는 둑이 무너지듯 허무하게 함락된 과녁의 핵심이 번쩍거리기 시작했다. 머리 위 어디선가 사이렌 소리가 터져 나왔다.

"데이터가 유출되기 시작했습니다!"

"사방에서 해커들이 들어옵니다!"

수전은 마치 꿈을 꾸듯 몽롱한 기분으로 앞으로 내달렸다. 자바의 키보드 앞에서 빙글 몸을 돌린 그녀는 화면에 비친 자신의 약혼자, 데이비드 베커를 바라보았다. 그의 목소리가 또 한 번 울려 퍼졌다.

"3! 235와 238의 차이는 3이에요!"

모든 사람들이 고개를 들었다.

"3이에요!" 수전은 사이렌 소리와 기술 요원들의 고함 소리가 빚어내는 귀가 먹먹한 불협화음을 뚫고 힘껏 소리쳤다. 그녀는 화면을 가리켰다. 모든 사람들의 시선이 그녀의 손끝을 향했다. 탄카도는 세비야의 눈부신 햇살 아래 필사적으로 손가락 세 개를 쭉 내뻗고 있었다.

자바의 몸이 뻣뻣하게 굳어졌다. "하느님 맙소사!" 그도 이제 이 불구의 천재가 처음부터 줄곧 그들에게 답을 보여 주고 있었음을 깨달았다.

"3은 소수예요! 3은 소수라고요!" 소시가 소리쳤다.

"데이터 유출! 속도가 점점 빨라집니다!" 기술 요원이 울부짖었다.

관제탑의 모든 사람들이 동시에 단말기를 향해 뛰어들며 손을 뻗었다. 그중에서도 수전은 마치 직선 타구를 낚아채는 유격수처럼 제일 먼저 목표물에 도달했다. 그녀는 3을 입력했다. 모두들 고개를 돌려 스크린을 올려다보았다. 극심한 혼란의 소용돌이 속에서, 스크린에는 단 한 줄의 메시지가 떠 있었다.

패스 키를 입력하시오. 3

"그거야! 어서 엔터를 눌러!" 폰테인이 소리쳤다.

수전은 순간적으로 숨을 멈추며 손가락을 엔터 키로 가져갔다. 컴퓨터에서 신호음이 한 번 삑 하고 울렸다.

아무도 꼼짝도 하지 않았다.

팽팽한 긴장감 속에 3초가 흘렀다. 아무 일도 일어나지 않았다.

사이렌은 계속 울어 댔다. 5초, 6초가 지났다.

"데이터 유출!"

"아무 변화가 없습니다!"

갑자기 미지가 미친 듯이 스크린 상단을 가리켰다. "저것 봐요!"

화면에 메시지가 나타나고 있었다.

킬 코드 확인

"방화벽 다시 가동시켜!" 자바가 명령했다.

하지만 소시의 동작이 그보다 한 발 빨랐다. 그녀는 이미 필요한 명령을 입력한 다음이었다.

"데이터 유출 중단!" 어느 기술자가 소리쳤다.

"해커들이 절단되고 있습니다!"

VR에서는 다섯 개 가운데 제일 안쪽의 방화벽이 다시 나타나기 시작했다. 핵심부를 공격하던 검은 선들이 사정없이 잘려 나갔다.

"방화벽이 복구되고 있다! 저 망할 놈의 방화벽이 되살아나고 있어!"

자바가 소리쳤다.

그래도 혹시나 하는 우려까지 완전히 가시지는 않았다. 금방이라도 모든 게 도로 무너져 내릴 것만 같았다. 하지만 두 번째 방화벽에 이어 세 번째도 복구되기 시작했다. 잠시 후에는 다섯 개의 필터가 모두 원래의 모습을 되찾았다. 데이터뱅크가 지켜진 것이다.

관제실은 난리가 났다. 그렇게 요란할 수가 없었다. 기술 요원들은 서로를 부둥켜안고 출력물을 허공으로 던져 올리며 승리를 자축했다. 사이렌 소리도 잦아들었다. 브린커호프는 미지를 힘껏 끌어안았고, 소시는 결국 울음을 터뜨렸다.

"자바, 데이터가 얼마나 유출됐나?" 폰테인이 물었다.

"극소수입니다." 자바가 자신의 모니터를 들여다보며 대답했다. "아주 조금이에요. 다운로드가 완료된 파일은 하나도 없습니다."

천천히 고개를 끄덕이는 폰테인의 입가에 희미한 미소가 어렸다. 그는 수전 플래처를 돌아보았지만, 그녀는 이미 관제실 한복판으로 걸어가고 있었다. 그녀 앞의 벽면에 설치된 대형 스크린을 데이비드 베커의 얼굴이 가득 채우고 있었다.

"데이비드?"

"수전." 베커는 미소를 지었다.

"어서 돌아와. 당장 돌아오라고." 수전이 말했다.

"스톤 매너에서 만날까?" 베커가 물었다.

수전은 눈물을 글썽거리며 고개를 끄덕였다. "좋지."

"스미스 요원?" 폰테인이 끼어들었다.

스미스가 베커 뒤에 모습을 드러냈다. "예, 국장님?"

"베커 씨에게 데이트 약속이 생긴 것 같군. 그가 당장 귀국할 수 있도록 조치할 수 있겠나?"

스미스는 고개를 끄덕였다. "우리 제트기가 말라가에서 대기 중입니다." 그는 베커의 등을 두들기며 덧붙였다. "특별히 모시겠습니다, 교수님. 리어젯 60은 타 보셨습니까?"

베커는 웃음을 터뜨렸다. "어제 타 보고 아직 못 타 봤는데요."

## 128

 수전이 잠에서 깨어났을 때, 커튼 사이로 스며든 부드러운 햇살이 거위 털 매트리스가 깔린 침대를 어루만지고 있었다. 그녀는 데이비드에게 팔을 뻗었다. '내가 꿈을 꾼 건가?' 전날 밤의 황홀경 때문인지 몸과 정신이 아직도 몽롱했다.
 "데이비드?" 수전이 신음하듯 중얼거렸다.
 대답이 없었다. 그제야 수전은 눈을 떴다. 살갗이 아직 간질거리는 느낌이었다. 하지만 침대 위 그녀의 옆자리는 텅 비어 있었다. 데이비드가 사라진 것이다.
 '꿈을 꾼 건가.' 수전은 그런 생각을 하며 일어나 앉았다. 예쁜 레이스와 수수한 골동품으로 장식된 빅토리아풍의 이 방은 스톤 매너에서 제일 고급스러운 객실이었다. 마룻바닥 한복판에 그녀의 가방이 떨어져 있었고, 그녀의 속옷은 침대 옆 고풍스러운 의자 위에 널려 있었다.
 데이비드가 정말 도착하기는 한 건가? 그녀에게는 아직 자신의 살갗에 와 닿던 그의 몸, 부드러운 키스로 그녀를 깨우던 입술의 감촉이 남아 있었다. 그것까지도 전부 꿈이란 말인가? 수전은 침대맡에 놓인 탁자를 돌아보았다. 빈 샴페인 병 하나, 잔 두 개…… 그리고 쪽지가 한 장 놓여 있었다.

수전은 눈두덩을 문질러 잠을 쫓아 내며 벗은 몸에 베개를 하나 끌어안고 쪽지를 읽었다.

세상에서 가장 소중한 수전,
사랑해.
왁스 없이, 데이비드.

수전은 환한 미소를 지으며 쪽지를 가슴에 끌어안았다. 역시, 데이비드였다. '왁스 없이……' 그것은 아직 그녀가 풀지 못한 유일한 암호였다.

한쪽 구석에서 뭔가 부스럭거리는 소리가 났다. 수전이 돌아보자, 목욕 가운을 걸친 데이비드 베커가 아침 햇살이 비쳐드는 푹신한 소파에 앉아 말없이 그녀를 바라보고 있었다. 수전은 손을 뻗어 그를 곁으로 불렀다.

"왁스 없이?" 수전은 그를 끌어안으며 속삭였다.

"왁스 없이." 데이비드가 미소를 지으며 대답했다.

수전은 진한 키스를 퍼부었다. "그게 무슨 뜻인지 얘기해 줘."

"어림도 없는 소리." 데이비드는 웃음을 터뜨렸다. "부부 사이에도 비밀이 있어야 하는 법이야. 그래야 재미있잖아."

수전은 수줍은 미소를 지었다. "어젯밤보다 더 재미있었다가는 걷지도 못하겠다."

데이비드는 그녀를 꼭 끌어안았다. 아무런 무게가 느껴지지 않았다. 어제만 해도 죽음의 문턱까지 갔다 온 그였지만, 지금은 이렇게 멀쩡하게 살아 있다는 게 믿기지 않았다.
 수전은 그의 가슴을 베고 누워 그의 심장 뛰는 소리에 귀를 기울였다. 그녀 역시 데이비드를 영원히 잃었다고 생각했던 게 믿기지 않았다.
 "데이비드." 수전은 침대 옆에 놔둔 쪽지를 슬쩍 돌아보며 한숨을 내쉬었다. " '왁스 없이'가 뭔지 말해 줘. 내가 풀리지 않는 암호를 싫어하는 것 알잖아."
 데이비드는 대답이 없었다.
 "말해 줘." 수전이 뽀로통한 표정으로 졸라 댔다. "안 그러면 앞으로 내 몸에 손도 못 댈 줄 알아."
 "거짓말."
 수전은 베개로 그를 후려쳤다. "말해 줘! 얼른!"
 하지만 데이비드는 정말로 말해 줄 생각이 없었다. '왁스 없이'에 숨겨진 비밀은 사실 너무 간단했다. 오래전, 르네상스 시대의 스페인 조각가들은 값비싼 대리석을 가지고 작업을 하다가 실수를 하는 경우가 종종 있었는데, 그러면 '세라(Cera)', 즉 왁스를 가지고 흠집을 메우는 편법을 사용하곤 했다. 따라서 흠집을 메울 필요가 없는 조각품은 '신 세라(sincera)', 즉 '왁스 없는' 작품이라는 찬사를 받았다. 세월이 흐르면서 이 말이 결국 '솔직한' '진실된'이라는 뜻의 단어로 굳어진 것이다. 영어의 'sincere'는 스페인어의 'sincera', 즉 '왁스 없이'에서 유래된 단어였다. 따라서 데이비드의 암호는 무슨 거창한 수수께끼라고 할 것도 없었다. 그냥 자신의 편지 말미에 '진심으로(Sincerely)'라는 평범한 말과 함께 서명을 한 것뿐이었다. 수전이 이 같은 사실을 알면 별로 재미있어 할 것 같지 않았다.
 "좋은 소식이 있어." 데이비드는 은근슬쩍 화제를 바꾸었다. "돌아오는 비행기 안에서 우리 대학 총장님한테 전화를 했거든."

수전이 반가운 표정으로 고개를 들었다. "학과장 자리 그만두겠다고 한 거야?"

데이비드는 고개를 끄덕였다. "다음 학기부터 강의실로 돌아가게 됐어."

수전은 안도의 한숨을 내쉬었다. "당신이 있어야 할 자리는 원래부터 거기였어."

데이비드는 부드러운 미소를 지었다. "그래. 나도 스페인에서 무엇이 중요한지를 깨달았나 봐."

"또 풋내기 여학생들깨나 울리겠네?" 수전이 그의 뺨에 키스하며 말했다. "그래도 내 원고 쓰는 것 도와줄 시간은 내야 돼."

"원고라니?"

"책을 내기로 했거든."

"책? 무슨 책?" 데이비드는 깜짝 놀란 표정이었다.

"변형 필터 프로토콜과 평방 잉여에 대해서 생각해 오던 게 있어."

데이비드는 신음을 토했다. "대박 나겠는데."

수전은 웃음을 터뜨렸다. "두고 보라고."

데이비드는 목욕 가운 주머니에서 조그만 무언가를 꺼냈다. "눈 감아 봐. 당신한테 줄 게 있어."

수전은 눈을 감으며 말했다. "내가 맞춰 봐? 온통 라틴어가 새겨진 싸구려 금반지지?"

"천만에." 데이비드는 웃음을 터뜨렸다. "그건 엔세이 탄카도의 유품으로 보관되도록 폰테인한테 넘겨줬어." 그는 수전의 손을 잡고 손가락에 무언가를 끼워 넣었다.

"거짓말쟁이." 수전은 웃음을 터뜨리며 눈을 떴다. "그럴 줄······."

수전은 중간에 말을 멈추었다. 그녀의 손가락에 끼워진 반지는 탄카도의 금반지가 아니었다. 백금 반지에 반짝거리는 다이아몬드가 하나

박혀 있었다.

수전이 감탄사를 내뱉었다.

데이비드는 그녀의 눈을 가만히 들여다보았다. "나랑 결혼할 거지?"

수전이 갑자기 숨을 멈추었다. 그러고는 한참 동안 그의 얼굴과 반지를 번갈아 쳐다보는 것이었다. 갑자기 그녀의 눈에 물기가 어렸다. "아, 데이비드……. 뭐라고 말해야 좋을지 모르겠어."

"그냥 '응' 이라고 말해."

수전은 고개를 돌리고 아무 말도 하지 않았다.

데이비드는 기다리다 못해 먼저 입을 열었다. "수전 플래처, 사랑해. 나랑 결혼해 줘."

수전은 고개를 들었다. 그녀의 눈에 눈물이 가득 고여 있었다. "미안해, 데이비드. 난…… 난 그럴 수가 없어." 그녀가 속삭였다.

데이비드는 엄청난 충격에 사로잡혔다. 혹시 장난을 치는 것 아닌가 싶어서 그녀의 눈빛을 유심히 살폈지만, 어디서도 그런 기색은 찾아볼 수 없었다. "수, 수전. 나, 난 도저히 이해를……." 그가 더듬거리며 말했다.

"난 못해." 수전이 말했다. "당신과 결혼할 수가 없어." 수전은 그렇게 말하고는 고개를 돌려 버렸다. 그러고는 두 손으로 얼굴을 가린 채 말없이 어깨를 들썩이기 시작했다.

데이비드는 귀신에게 홀린 기분이었다. "하지만 수전, 내 생각에는……." 그는 수전의 떨리는 어깨를 안고 그녀의 몸을 끌어당겼다. 그제야 그는 모든 것을 알아차렸다. 수전 플래처는 우는 게 아니라 웃음을 참느라고 제대로 몸을 가누지 못할 만큼 숨을 참고 있었던 것이다.

"난 당신이랑 결혼 안 해!" 수전이 다시 한 번 베개를 휘두르며 웃음을 터뜨렸다. "'왁스 없이' 가 뭔지 설명해 주기 전에는 절대 안 할 거야! 당신 때문에 진짜 내가 미쳐!"

## 에필로그

죽음의 순간에는 모든 것이 더없이 명료해진다고들 한다. 도쿠겐 누마타카는 이제야 그 말이 사실임을 실감했다. 오사카 세관에서 관 하나를 앞에 두고 선 그는 지금까지 꿈에도 생각하지 못했던 쓰디쓴 진실을 깨달았다. 그의 종교는 윤회를, 인연을 강조했지만 지금까지 누마타카는 한번도 진심으로 종교를 믿을 시간이 없었다.

세관 직원이 그에게 입양 서류와 출생 기록이 담긴 봉투를 내밀었다. "이 젊은이의 살아 있는 유일한 혈육이 바로 당신입니다." 그들은 그렇게 말했다. "당신을 찾느라 고생이 많았습니다."

누마타카의 마음은 32년 전의 비에 젖은 그날 밤, 죽어 가는 아내와 기형아로 태어난 아기를 병원에 버려 두고 도망치던 그 순간으로 되돌아갔다. 그때만 해도 그의 마음속에는 '멘보쿠', 즉 명예라는 단어밖에 없었지만, 지금 생각하면 다 부질없는 그림자일 뿐이었다.

봉투 속에 금반지가 하나 들어 있었다. 누마타카로서는 뜻을 짐작할 수 없는 글자들이 새겨진 반지였다. 어차피 그런 것은 상관없었다. 말이라는 것 자체가 이제 더 이상 누마타카에게는 아무런 의미도 없었다. 그는 하나밖에 없는 아들을 버렸다. 잔인한 운명은 이렇게 그들의 재회를 준비해 두고 있었다.

128-10-93-85-10-128-98-112-6-6-25-126-39-1-68-78

**옮긴이 안종설**

성균관대학교 사회학과를 졸업한 뒤 출판사 편집장을 지냈고, 캐나다 UFV에서 영문학을 공부했으며, 현재 전문 번역가로 활동하고 있다. 지은 책으로 《영어 번역 함부로 하지 마라》가 있으며, 옮긴 책으로 《로스트 심벌》 《다빈치 코드》 《해골탐정》 《대런 샌》 《잉크스펠》 《프레스티지》 《관을 떨어뜨리지 마라》 《세상에서 가장 아름다운 이별 이야기》 《체 게바라, 한 혁명가의 초상》 《솔라리스》 등이 있다.

## 디지털 포트리스 ❷

초판 1쇄 발행 2010년 9월 17일
초판 7쇄 발행 2022년 10월 11일

지은이 | 댄 브라운
옮긴이 | 안종설
발행인 | 강봉자, 김은경

펴낸곳 | (주)문학수첩
주소 | 경기도 파주시 회동길 503-1(문발동 633-4) 출판문화단지
전화 | 031-955-9088(마케팅부), 9530(편집부)
팩스 | 031-955-9066
등록 | 1991년 11월 27일 제16-482호

홈페이지 | www.moonhak.co.kr
블로그 | blog.naver.com/moonhak91
이메일 | moonhak@moonhak.co.kr

ISBN 978-89-8392-358-5 (세트)
　　　978-89-8392-360-8　04840

\* 파본은 구매처에서 바꾸어 드립니다.